청평조
清平調詞

구름 닮은 옷차림 꽃과 같은 생김새
봄바람 난간을 스쳐 가고 이슬 맺힌 꽃 짙어만 가네
만약 군옥산 머리에서 만나지 않았다면
정녕 요대의 달빛 아래서 만날 수 있으리

雲想衣裳花想容
春風拂檻露華濃
若非群玉山頭見
會向瑤臺月下逢

동백

송백 4

백준 新무협 판타지 소설

초판 1쇄 찍은 날 § 2005년 3월 28일
초판 1쇄 펴낸 날 § 2005년 4월 8일

지은이 § 백준
펴낸이 § 서경석

편집장 § 문혜영
편집책임 § 장상수
편집 § 김민정 · 최하나

펴낸곳 § 도서출판 청어람
등록번호 § 제1081-1-89호
등록일자 § 1999. 5. 31
어람번호 § 제2-0557호

주소 § 경기도 부천시 원미구 심곡1동 350-1 남성B/D 3F (우) 420-011
전화 § 032-656-4452 팩스 § 032-656-4453
http://www.chungeoram.com
E-mail § eoram99@chollian.net

ISBN 89-5831-481-8 04810
ISBN 89-5831-383-8 (세트)

송백

松百

1부
魔道傳說
(마도전설)

4

백준 新武俠 판타지 소설

Fantastic Oriental Heroes

도서출판
청어람

|목차|

제1장 몰랐다   7

제2장 누구나 추억을 생각한다   29

제3장 싸움은 말로 시작된다   53

제4장 쏟아져 내리는 혈화(血花)   81

제5장 돌아가다, 처음으로…   117

제6장 강바람은 차갑다   151

제7장 아버지의 그림자   181

제8장 남는 것은 발자국뿐   213

제9장 경쟁자는 밟아야 한다   241

제10장 모여드는 사람들   265

■제1장■

몰랐다

화르륵!

해가 지며 노을의 붉은 음영이 불타는 집과 함께 주변을 붉게 만들고 있었다. 온통 붉은 세상인 듯 흑의청년도 붉은 그림자를 만들며 그렇게 서 있었다. 휘날리는 머리카락조차도 붉게 물들 것 같은 강한 불꽃이 청년의 얼굴을 감싸 안았다.

"송… 단주……."

청년이 바라보는 곳에 서 있는 불꽃 속의 노호관은 눈을 빛내고 있었다. 노호관의 머리 속에는 강렬한 송백의 인상이 늘 남아 있었다.

안개 사이로 나타난 거대한 검은 그림자와 그 속에서 미소 지으며 내려다보는 철갑의 송백. 들리는 낮은 목소리의 울림은 만인을 거느린 장군만이 보여줄 수 있는 위압감, 그리고 어깨를 누르는 무거운 눈동자.

"몇 조인가?"

"훗."

노호관은 저도 모르게 입 꼬리가 올라갔다. 그때의 일이 떠올랐기 때문이다. 미소와 함께 어깨에 걸린 직도의 손잡이를 잡았다.

스릉!

"솔직히 이런 곳에서 만날 줄은 꿈에도 몰랐소."

노호관은 도를 꺼내 쥐곤 송백을 바라보았다. 송백은 그저 표정없는 얼굴로 노호관을 바라보고 있었다. 하지만 마음속의 동요는 분명히 있었다. 기억나는 얼굴이었기 때문이다.

"아는 사람인가요?"

검을 꺼내 손에 쥐고 있던 이화가 묻자 노호관은 왼손으로 이화의 앞을 막았다. 자신이 해결한다는 말을 대신한 것이다. 이화와 이련이 이미 싸울 준비를 하고 있었기 때문이다.

노호관은 고개를 끄덕였다.

"예전에 잠깐… 만난 적이 있지요."

노호관의 말에 이화와 이련은 상대를 바라보았다. 눈이 마주치자 이화와 이련은 위축되는 것을 느꼈다. 자신들도 모르게 그렇게 된 것이다. 그녀들은 긴 흑발을 늘어뜨린 흑의인의 모습에서 알 수 없는 위압감을 느끼기 시작했다.

노호관은 송백의 뒤에서 타오르는 불길을 응시하며 앞으로 걸어나갔다. 그때까지 송백은 단 한 마디도 하지 않고 있었다. 삼 장의 거리가 되어서야 노호관이 걸음을 멈추었다.

"오랜만이군."

송백의 입이 그제야 열렸다. 하지만 입이 열리자 입술을 타고 검붉은 핏방울이 흘러내렸다. 내상 때문이다. 이미 심각한 내상을 입은 상태였다. 감부성을 이길 수 있었던 것은 그가 자신과 싸우면서 삶을 포기했기 때문이다. 그 사실을 잘 알고 있었다. 왜 그런 것일까? 그것이 송백을 혼란스럽게 하고 있었다.

송백은 혼란한 마음을 잡으며 노호관을 바라보았다. 기억에 남는 인물이기에 기억하고 있었다. 특히 그가 들고 있는 직도가 피로 물들었을 때, 그때의 처절한 투쟁을 송백은 기억하고 있었다.

"우연인가?"

송백은 눈을 빛내며 노호관의 눈을 응시했다. 노호관의 표정 역시 바위처럼 굳어 있었다. 알 수 없는 기이한 압박감이 마음을 눌러왔다.

'위축되는가⋯⋯?'

노호관은 자신도 모르게 피식거리며 도를 어깨 위에 걸쳤다.

"송 단주가 한 것이오?"

노호관이 왼손으로 송백의 뒤를 가리키며 말하자 송백은 고개를 끄덕였다. 그러자 노호관의 눈동자가 번뜩였다. 그것을 모르는 송백도 아니었다.

"관계있나?"

"물론이오."

"그럼⋯⋯."

송백은 백옥도를 늘어뜨리며 노호관을 응시했다.

"싸워야겠군."

노호관은 자신도 모르게 등줄기를 타고 흐르는 전율스런 느낌을 받아야 했다. 그것은 송백의 몸에서 자연스럽게 흘러나오는 위압감 때문이었다. 무공의 고하를 떠나 사람 자체가 발산하는 기도. 아무나 갖지 못하는 그 기도가 노호관의 신경을 자극하고 있었다.

'강한 사람이다……. 무공의 능력을 떠나 인간이 가지고 있다는 그 자체가.'

노호관은 살기를 슬쩍 피우며 직도를 늘어뜨렸다. 직도의 넓은 면에 송백의 얼굴이 비쳐졌다.

"당신을 처음 봤을 때 문득 이런 생각을 했소. 이런 사람이 무공을 익힌다면 어떻게 될까……. 적으로 만나면 참으로 무서운 사람이 되겠지……."

노호관은 송백의 전신에서 퍼져 나오는 위압감을 뜨거운 한 줌의 숨으로 쓸어 내리듯 흘러보내며 미소 지었다.

"그런데 이렇게 만나다니 참으로 나는 운이 좋은 사람 같구려."

노호관은 직도를 가볍게 손에서 위로 띄웠다.

휘릭!

손가락으로 회전을 주었을까? 아니면 어떤 기공을 부렸을까? 직도가 가슴 앞에서 맹렬히 회전하기 시작했다. 노호관의 손이 회전하는 직도의 손잡이를 잡는 순간 송백의 눈동자가 굳어졌다.

노호관의 손과 마주한 직도의 손잡이가 멈추지 않고 회전했기 때문이다. 무엇보다 노호관의 손과 직도의 손잡이 사이에 미세한 틈이 있었다. 마치 무색 투명한 껍질에 직도가 감싸여 있듯 그 위를 잡고 있는 것처럼 보였다.

윙! 윙!

도에서 일어나는 기의 파장 소리가 조용하게 울렸다.

"옛 정을 생각해서 일초에 끝내겠소."

노호관의 눈동자에서 살기가 피어나기 시작했다. 이미 노호관은 다 알고 있었다, 송백의 몸 상태가 정상이 아니라는 것을. 또한 뒤에서 가까워지는 발걸음 소리에 신경이 쓰였다. 그럴 수밖에 없는 것이 철시린이 이 장면을 보게 된다면, 아니, 자신의 도에서 일어난 변화를 보게 된다면 그것이 어떤 무공인지 단번에 간파할 것이다. 그것이 문제였다.

게다가 저렇게 송백이 살아 있으니 교에 대한 애정이 높은 철시린의 검이 용서하지 않을 것이다.

"……."

송백은 자연스럽게 내공을 끌어올리며 백옥도에 집중했다. 알 수 없는 기이한 압박감이 느껴졌기 때문이다. 지금까지 느껴보지 못한 독특한 압박감이었다. 그리고 그것은 맹렬했으며 뜨거웠다.

"합!"

슈아악!

강렬한 기합성이 울리는 순간, 노호관의 신형이 바람에 휘날리며 송백의 안면으로 날아들었다. 급작스러운 일이었으며, 호흡의 틈으로 움직인 순간이었다. 송백의 인상이 굳어졌다. 숨을 내쉬려는 찰나였기 때문이다.

송백은 광포한 기류에 섞여 도를 옆으로 쳐오는 노호관의 온몸을 주시했다. 강렬하게 회전하며 그 주변으로 회오리 같은 기류를 뿜어내는 모습에 송백은 저도 모르게 백옥도를 들어 노호관을 찔러갔다.

막기보다는 먼저 찌르는 쪽을 선택한 것이다. 옳은 판단이었다. 송백의 백옥도가 섬광을 피워내며 노호관의 목젖을 찔러갔다.

'과연.'

노호관은 송백의 성격으로 미루어 그의 행동에 대해 어느 정도 예상할 수 있었다. 그는 눈앞에 창이 날아들어도 몸을 미끼로 목숨을 취하는 인물이다. 자신이 아는 송백은 그런 인물이었다.

"하압!"

순간 노호관의 입에서 기합성이 터져 나오며 순식간에 몸을 비틀어 회전했다.

슝!

노호관의 어깨를 백옥도에서 뿜어진 섬광이 직선을 그리며 지나치는 순간, 송백의 옆구리를 노호관의 직도가 강렬한 회전과 함께 베어갔다.

송백의 백옥도가 반사적으로 세워지며 그것을 막았다.

콰앙!

"⋯⋯!"

순간 강렬한 회오리가 송백의 전신을 감쌌다. 송백의 눈동자가 부릅떠지며 충격으로 인해 육체가 허공에 떠올랐다. 입과 코에서는 핏물이 튀어나왔으며, 전신을 부숴 버릴 것 같은 거대한 충격이 머리를 울리고 있었다. 상의는 갈기갈기 찢어져 허공에 뿌려지기 시작했다. 그런 송백의 흐릿한 눈에 적색으로 물들고 있는 하늘이 들어왔다.

'얼마 만에 보는 하늘인가⋯⋯.'

송백은 설마 자신도 이렇게 하늘을 올려다보게 될 줄은 몰랐다. 눈을 가득 메운 하늘이 흘러가고 있는 것 같았다. 마치 시간이 느리게 흐르듯, 그렇게 천천히 송백의 눈에서 흘러가고 있었다. 송백의 눈동자가 미미하게 떨리기 시작했으며, 눈동자가 붉게 물들어갔다. 눈의 혈관이 터져 나가기 시작한 것이다. 그리고 끝내는 눈가에서 혈선이 흘러내리며 송백의 시선에는 붉은 세상만 보이기 시작했다.

쿵!

송백의 양 어깨가 바닥에 닿는 순간 거대한 충격음이 연무장에 울리며 그의 신형이 뒤로 빠르게 밀려 나가기 시작했다. 마치 누군가가 힘차게 미는 것처럼 송백의 양다리는 허공에 올라가 있었으며, 양 어깨만 바닥에 핏빛 혈선을 만들어내고 있었다.

그런 송백의 머리를 향해 담장이 급속도로 달려들어 왔다.

쾅!

벽면에 어깨까지 박혀 들어가자 거미줄 같은 균열이 벽면에서 일어났다. 그리고 그 균열은 힘을 이기지 못한 듯 크게 갈라지기 시작했다.

와르르르!

윙! 윙!

휘리리릭!

직도에서는 진동 소리와 회전하는 바람 소리가 여전히 울리고 있었다. 곧 그 회전이 서서히 줄어들더니 진동 소리마저 사라지고, 노호관의 손 안으로 떨어지듯 차갑게 달라붙었다.

담장이 무너지며 송백의 신형을 삼키자 노호관은 직도를 움켜잡으며 똑바로 섰다.

"……."

양 발만이 무너진 담장에서 보이자 노호관은 쓰게 웃었다. 자신이 전할 수 있는 모든 것을 전해주었다는 생각이 들었지만, 마음 한구석에 무언가 처리하지 못한 것 같은 답답함이 남았다.

"무슨 일인가요?"

노호관은 굳은 표정으로 신형을 돌렸다.

"아, 아무 일도 아닙니다."

"불타고 있는 마정회가 아무 일도 아니라는 것인가요?"

철시린의 낮은 목소리에 노호관은 재빠르게 대답했다.

"마정회가 아무래도 사라진 듯합니다. 물론 그 원인은 지금 처리했습니다. 불타는 곳이 이곳뿐이라 다행이라 생각합니다. 안쪽에 자리한 내실에 저희가 필요로 하는 지도와 여러 물건들이 있기 때문입니다."

"……."

철시린은 가볍게 고개만 끄덕이며 연무장의 한쪽에 나 있는 거대한 혈선을 따라 담장으로 시선을 돌렸다. 무너진 담장 사이로 양 발만이 보였다.

"혼자 한 일인가요?"

"그런 것 같습니다."

철시린의 눈동자가 빛났다.

"아무래도 마정회에 무슨 일이 있는 모양이군요."

"쓰으읍… 그런 것 같습니다."

쓰게 숨을 마신 노호관이 걱정스런 표정으로 말했다.

"노 위사님은 저 사람을 알고 있는 듯했는데요?"

이화가 철시린의 옆으로 다가와 말하자 노호관의 표정이 굳어졌다. 이화는 노호관의 표정을 보고는 약간 경직되었다. 노호관의 시선이 싸늘했기 때문이다.

'이런……'

곧 노호관은 표정을 바꾸며 철시린을 바라보았다. 철시린은 아무런 말 없이 노호관을 바라보다 천천히 말했다.

"사람마다 사정은 있는 법이에요. 그리 신경 쓰지 마세요. 그것보다 이곳은 사람 타는 냄새가 조금 나니 안으로 안내해 주세요."

"예."

노호관은 고개를 숙이며 신형을 돌렸다. 노호관이 앞으로 빠르게 나아가자 이화가 이련의 옆으로 다가와 붙었다. 그리곤 이련의 귓가에 입을 붙이곤 소곤거렸다.

"내가 실수한 거야?"

"글쎄… 아가씨가 신경 안 쓰시니 걱정하지 마."

"노 위사님이 나 싫어하면 어떻게 하지?"

"좋아하니?"

이련의 갑작스런 질문에 이화의 얼굴이 붉어졌다. 순간적으로 일어난 일이었다.

"흐응… 그렇군."

이련은 뭔가를 알겠다는 듯한 아리송한 미소를 머금으며 고개를 끄덕였다.

"왜… 왜?"

이화가 놀란 듯 고개를 돌리자 이련이 미소 지었다.

"아무것도 아니야."

이련의 대답에 이화가 막 말을 하려는 순간, 앞서 걷던 철시린의 신형이 멈춰졌다. 이련과 이화는 놀라 걸음을 멈추며 철시린의 시선을 따라 고개를 돌렸다. 그곳에는 무너진 담장이 있었으며, 죽은 사람의 발만이 눈에 들어왔다.

철시린은 자신도 모르게 걸음을 멈추었다. 이상한 기분이 들었기 때문이다. 무언가 알 수 없는 듯한, 기이하면서도 가슴을 뛰게 만드는 묘한 기분.

"아가씨."

이련이 자신도 모르게 말하자 한참 동안 무너진 담장을 바라보던 철시린이 몸을 돌렸다.

"왜?"

"무슨 일이신지……? 뭔가… 걱정하는 것처럼 보여서요."

이련의 말에 철시린은 고개를 저으며 앞으로 걷기 시작했다.

"그냥… 조금 신경 쓰였을 뿐이야."

철시린은 가볍게 말하며 노호관의 뒤를 따라갔다.

'…….'

새벽의 서늘한 공기를 마시며 노호관이 마부석에 올랐다.

"일단 서안에서 배를 타고 개봉부로 가겠습니다."

"그렇게 하세요."

철시린은 마차에 오르며 말했다. 그러자 이화와 이련이 노호관의 양옆으로 말 머리를 같이했다.

마차가 움직이자 철시린의 시선이 마정회로 향하였다. 알 수 없는 기이한 느낌. 철시린은 그렇게 마정회의 모습이 안 보일 때까지 바라보았다.

그들이 길 모퉁이로 사라질 때까지의 시간은 얼마 걸리지 않았다. 잠깐의 시간에 그들의 모습은 사라졌으며, 마차의 소리조차 사라질 때

마정회를 바라보는 숲에서 미미한 소리와 함께 움직임이 나타났다. 그리곤 하나의 머리가 나타났다.

"갔나⋯⋯?"

숲에서 고개를 내민 것은 능조운이었다. 능조운은 고개만 내밀고 마차가 사라진 방향을 응시하고 있었다. 그리곤 주변을 둘러보기 시작했다.

"도대체 마정회에 가자고 난리 치는 이유를 모르겠다니까. 마정회가 어디 애 이름이야? 그런데 난 왜 여기 있는 거야. 휴⋯⋯."

투정 부리듯 중얼거린 능조운은 곧 몸을 일으키며 길가로 걸어나왔다. 등에 하나의 큰 짐을 업고 있던 능조운은 조용한 마정회의 정문을 바라보았다.

"후달리는군⋯⋯?"

능조운은 미미하게 떨리는 다리를 부여잡고 다리 건너의 문 쪽을 바라보다 시신들을 발견하고는 떨림을 멈추었다.

"무슨 일이라도 있는 건가⋯⋯?"

"왜? 조용해?"

"어? 그런 것 같은데⋯⋯ 연기도 나고."

"일단 들어가자."

"그래."

안희명의 목소리에 능조운은 고개를 끄덕였다. 자신의 목을 잡고 있는, 등에 업혀 있는 큰 짐이 안희명이었던 것이다. 능조운은 다리를 향해 걸으며 문득 무언가 생각난 듯 걸음을 멈추었다.

능조운의 표정이 기괴하게 변하였다.

"언제 일어났어?"

능조운이 고개를 힘겹게 뒤로 돌리며 말하자 안희명의 얼굴이 능조운의 얼굴 옆으로 나타났다.

"좀 전에."

"……."

능조운의 표정이 굳어졌다.

"그럼 내려와야지. 힘들어죽겠다."

말을 하며 능조운은 안희명의 다리를 잡던 양손을 풀었다. 순간 안희명의 다리가 능조운의 허벅지에 걸리며 목을 잡고 있는 양손에 힘이 들어갔다.

"켁!"

"흐흥, 내려올 줄 알았지?"

안희명의 목소리가 울리자 능조운은 인상을 찡그리고는 몸을 빙글거리며 돌렸다. 회전력으로 떨구기 위함이다. 하지만 찰싹 달라붙은 안희명은 떨어질 생각을 안 하고 있다. 오히려 목만 더 아파왔다.

"콜록! 콜록!"

몇 번 기침을 하던 능조운은 몸을 멈추고는 주저앉았다. 힘들었기 때문이다. 그 등에 안희명이 달라붙어 있었다.

"내가 무거워?"

"아, 아니."

어느 정도 숨을 원활하게 쉬게 되자 능조운의 얼굴에 순간적으로 번뜩이는 미소가 걸렸다.

'안 떨어지고 견디나 보자.'

순간 능조운의 양 발이 힘차게 땅을 차 올랐다.

"죽었어!"

힘껏 소리친 능조운의 신형이 삼 장 가까이 올라갔다. 안희명의 눈이 놀란 듯 커졌다.

"뭐야? 왜 그래?"

갑작스러운 일이었기 때문이다. 하지만 능조운은 안희명의 말에 대답도 없이 땅을 바라보다 재빠르게 몸을 뒤집었다.

"억!"

안희명의 입에서 놀란 외침이 터져 나왔으며 능조운의 눈앞에 푸른 하늘과 구름, 그리고 떠오르는 태양의 강렬한 빛살이 들어왔다. 그리고 앞으로 일어날 일에 대한 알 수 없는 희열과 감동이 전신을 감쌌다.

'포가 되거라. 크큭.'

하지만 그것은 능조운의 생각일 뿐 안희명이 그의 의도대로 될 이유가 없었다.

'흥!'

안희명의 눈 꼬리가 아래를 향했다. 땅과의 거리는 불과 이 장. 시간이 없었다. 순간 안희명의 다리가 능조운의 허벅지를 뒤꿈치로 누르며 양 어깨를 양손으로 강하게 잡곤 재빠르게 오른쪽으로 힘을 주어 몸을 뒤집었다.

휙!

"헉!"

순간 능조운의 눈에 하늘이 아닌 땅바닥이 들어왔다.

"뭐야!"

픽!

안희명의 신형이 어느새 능조운의 등에서 내려왔다.

"이런, 씨이."

주룩!

흘러내리는 쌍 코피

"너무하잖아. 자기가 내려오지도 않았으면서."

고개를 든 능조운은 어느새 다리로 걸어가는 안희명의 뒤통수를 노려보았다.

"미안, 미안. 헤헤."

"……."

순간적으로 능조운의 얼굴에 붉은 구름이 앉았다. 고개를 돌리며 미소 지은 안희명의 얼굴과 떠오르는 햇살에 반사된 그녀의 모습이 눈부셨던 것이다. 물론 능조운의 눈에만 그렇게 보였다.

"아, 아니야."

능조운은 저도 모르게 고개를 저었다. 그러고는 태연한 척 웃음을 보였다.

'괜히 그랬나. 그냥 계속 업고 있을걸……'

아쉬움이 남았다. 업혀 있을 때는 무거웠고 힘들었지만, 막상 등에서 떨어져 나가자 허전함이 들었다. 그리고 아직까지 느껴지는 그녀의 체온과 말랑한 살결의 느낌이 능조운의 머리를 어지럽혔다.

"먼저 간다."

"같이 가."

안희명의 말에 능조운이 빠르게 다리를 건너며 그녀의 옆으로 붙었다.

"헉!"

옆에서 걷던 능조운은 대문 앞에 쓰러져 있는 시신들을 발견하곤 놀란 표정으로 안희명의 소매를 잡았다. 무의식 중에 일어난 행동이었다.

"무서워?"

"당연하지. 저렇게 피를 흘리고 쓰러져 있는데, 너는 안 무서워?"

"피 많이 봐서 별로……."

안희명은 시신들을 바라보다 고개를 돌렸다. 이미 익숙한지 별 감흥이 없는 얼굴이었다.

"그건 그렇고 벌써 끝나 다른 데로 간 것 아닐까?"

능조운이 시신들을 뛰어넘어 문 안으로 들어섰다. 안희명은 이미 들어와 아직도 옅은 연기를 뿜으며 타고 있는 대전을 응시했다.

"송 소협이 온 것은 확실해. 마정회와 원한이 있는 것 같았으니까."

"그렇지? 이미 와서 다 끝냈겠지? 난 말이야 마정회가 무섭다고. 물론 일 대 일로 상대하면야 어느 정도 자신은 있지만, 원래 이런 놈들은 일 대 일이 뭔지도 모르고, 비무가 뭔지도 모르는 놈들이라 우르르 덤빈단 말이야."

능조운이 떠들며 주변을 살펴보자 안희명은 연무장을 살폈다.

"사내자식이 겁은 많아가지고."

안희명의 따가운 목소리에 능조운은 콧방귀를 뿜으며 고개를 돌렸다.

"겁은 무슨, 그냥 그렇다는 거지."

고개를 돌린 능조운의 눈에 허물어진 담장과 발만 나와 있는 시신의 모습이 들어왔다. 그리고 그곳까지 이어지는 긴 혈선이 눈살을 찌푸리게 만들었다.

"새벽에 이곳에서 누군가가 나가던데… 그 사람들은 그럼 뭐지? 마정회의 사람들인가?"

말을 하며 능조운은 담장으로 다가가고 있었다. 담장의 돌들 사이로 삐져 나온 백색의 도집 때문이었다.

"안 소저, 저기 저 도집 말이야, 흰색인데."

"뭐?"

능조운의 말에 안희명이 고개를 돌리자 돌들 사이로 백색의 도집이 보였다. 그리고는 순식간에 그곳에 나타났다. 능조운이 미처 다가가기도 전에 도집 앞에 선 안희명의 눈동자가 미미하게 떨렸다.

"돌 치워."

안희명은 재빠르게 허리를 굽혀 돌들을 치우기 시작했다. 그 모습을 보다 능조운도 돌을 치우기 시작했다.

"설마… 여기 누워 있는 게 송형일까? 그럴 리 없겠지만… 송형은 정말 강해 보였는데… 이런 곳에 누워 있겠어?"

"잔말 말고 치워!"

안희명의 목소리가 크게 울리자 능조운은 말을 하던 입을 닫았다. 안희명의 표정이 굳어 있었기 때문이다. 꽤나 심각해 보였다. 이런 반응의 안희명은 능조운도 처음이라 굳은 표정으로 돌을 치우기 시작했다.

얼굴을 덮고 있는 돌을 치운 안희명의 표정이 싸늘하게 굳어갔다. 익히 아는 얼굴이 나왔기 때문이다.

"송 소협……."

코와 입에서 흘러내린 핏물이 말라 있었으며, 어디서 흘렀는지 모를 피가 얼굴의 반을 덮고 있었다.

안희명의 얼굴을 살피던 능조운은 고개를 저으며 송백의 목에 손을 데어보았다. 미약하게 뛰고 있는 울림이 손을 타고 전해지자 능조운의 표정이 밝아졌다.

"살아 있으니까 걱정하지 말고, 일단 치료부터 하자."

능조운은 말을 하며 품에서 아끼던 물건인 듯 금색의 비단포로 감싼 작은 함을 꺼냈다. 그러고는 상자를 열어 기름종이로 감싼 물건을 펴기 시작했다.

종이를 펴자 폐부를 맑게 해주는 향기가 사방으로 퍼지기 시작했다. 그것을 느낀 안희명의 표정이 놀란 듯 커졌다. 냄새만으로도 몸에 좋을 것 같았고, 귀중한 것 같았기 때문이다.

"입 좀 벌려."

"어? 어, 알았어."

능조운은 별로 아깝다는 생각도 없었다. 그리고 아낄 생각도 없었다. 어차피 비상사태에 대비해 몸에 지니고 다니는 물건이었다. 작은 환단을 송백의 입 속에 넣은 능조운은 안희명을 바라보며 미소 지었다.

"입 안에서 천천히 녹아들어 갈 테니 일단 편안히 눕히자. 참, 전신을 주물러 주고. 안마는 나보다 여자의 손이 더 섬세하고 좋으니까. 굳어진 근육 좀 풀어주고."

"응? 어… 그래."

능숙하게 말하는 능조운의 목소리에 안희명은 새삼스런 표정으로 능조운을 바라보다 송백의 전신을 주무르기 시작했다. 능조운은 그런 안희명과 송백을 바라보다 곧 일어섰다. 허물어진 대전과 그 뒤 담장 사이로 고각들이 보였다. 능조운의 얼굴에 미소가 걸렸다.

"그럼, 마정회를 좀 조사해 볼까나."

능조운은 그렇게 말하며 빠르게 안쪽으로 사라져 갔다.

안희명은 생각보다 송백의 근육이 부드럽다는 느낌이 들었다. 보기에는 단단한 사람 같아서 육체도 단단할 것 같았지만 팔다리의 근육은 부드러웠다.

"아……."

왼쪽 다리를 주무르던 손이 무릎 위로 올라가자 안희명은 자신도 모르게 얼굴을 붉혔다. 그것을 아는지 모르는지 송백은 그저 누워 있었다.

조금씩 안희명의 양손이 위로 올라가기 시작했으며, 점점 위로 올라갈수록 얼굴은 더욱더 붉게 변하기 시작했다.

'왜 이렇게 떨리지…….'

안희명은 눈으로 허벅지를 확인하며 애써 시선을 피하려 했다. 하지만 시선을 피하면 자신도 모르게 손이 더 올라갈 것만 같았다.

"흐음……."

흘러나오는 신음 소리.

"어머!"

저도 모르게 놀란 안희명이 뒤로 물러섰다. 신음 소리에 반사적으로 행동한 것이다. 조금은 부끄럽다는 생각도 들었다.

'시집도 안 갔는데… 남자의 몸을…….'

이런 저런 생각을 할 때였다. 발자국 소리와 함께 능조운이 나타났다. 빠르게 갔다 온 것이다.

"일단 저 안쪽에 편히 쉴 만한 자리가 있으니까 그리로 옮기자."

말을 하며 능조운이 송백을 업자 안희명은 바닥에 떨어진 백옥도를 손에 쥐었다. 그러다 한쪽에 떨어져 있는 검이 눈에 들어왔다.

'검… 그리고 도……'

안희명은 검도 손에 쥐었다. 두 개를 들어 살펴보던 안희명의 얼굴에 주름이 잡혔다.

"도대체 도법이야, 검법이야?"

안희명은 송백의 무공을 생각하며 알 수 없다는 듯 중얼거렸다.

"뭐 해? 빨리 와."

능조운이 저만큼 앞으로 가다 뒤를 돌아보며 소리쳤다.

"알았어."

안희명은 곧 생각을 접곤 빠르게 발을 굴렀다.

"노호관이라 합니다."

처음 보았을 때 그 느낌은 단단함이었다. 부드러운 인상과는 다르게 절대 부서질 것 같지 않은 암벽 같은 단단한 눈빛.

"자네는 무슨 이유로 이곳에 있는가?"

문득 나는 그런 의문이 들었다. 왜 그럴까? 내가 이곳에 끌려왔기에? 궁금했다, 적진으로 뛰어들어 갈 때 보여준 그 살인적인 위력과 적들을 쓸어가는 그 강인함에.

"자기가 오고 싶어서 오는 전쟁터가 있습니까?"

노호관은 그저 웃음을 보이며 말해 주었다. 문득 그 말이 맞다는 생각이 들었다. 그리고 그와는 헤어졌다. 이제는 다시 못 볼 것이라 여겼다. 나의 전쟁은 끝났기 때문이다. 하지만,

"솔직히 단주와는 적으로 만나고 싶지 않소."

"그건 왜 그런가?"

노호관은 미소 지었다. 그리고 그 손에 들린 직도가 내 머리 위로 날

아들었다.

"무서우니까."

픽!

■제2장■

누구나 추억을 생각한다

섬서성에서 가장 큰 문파 하면 화산이다. 다들 화산파가 섬서성의 대표라 생각하지만, 화산은 섬서성에서 활동하는 경우가 드물었다. 몇 개의 표국이 화산의 입김을 받지만, 실제 섬서성에서 가장 큰 문파를 꼽으라면 정주문(正株門)이다.

서안(西安)의 남문으로 일 리가량 가다 보면 거대한 크기의 정주문이 남산을 중심으로 자리잡고 있다. 정주문은 사백 명 정도의 문도를 거느렸으며, 아직도 섬서제일이라 불리는 일정도법(一定刀法)으로 유명하다.

서안의 시장 중 오 할을 움직이는 정주문은 섬서에서 그 힘을 가장 크게 발휘한다. 섬서성은 변방이라면 변방이었고, 중원이라면 중원이라 불릴 외곽 지역이라 중원무림인들이 많이 찾아오는 곳이 못 되었다. 그러하기에 정주문은 이곳에서만큼은 더욱 강력한 힘을 가지고 있었다.

마정회가 서안까지 내려오지 못한 이유도 정주문 때문이었다. 그들이 없었다면 섬서제일은 마정회가 되었을 것이다.

정주문의 후원 깊숙한 곳에 자리한 별원에 다섯 명의 사람이 원탁을 중심으로 앉아 있었다. 둘은 흰머리에 수염을 기르고 있었으며, 둘은 사십대로 보이는 장년인이었다. 그리고 그들의 가장 중앙에 이십대 중반의 젊은이가 앉아 있었다.

정주문의 삼대문주인 정문(正門)은 십칠 세라는 어린 나이에 정주문을 이어받아 지금까지 이끌어왔다. 어린 나이에 정주문주라는 자리에 앉았을 때는 아무것도 몰랐다. 그 자리가 갖는 무게감을. 하지만 몸으로 직접 그 어려움을 실감하게 되자 그는 변하기 시작했다. 수많은 날을 뜬눈으로 보냈으며, 고민하고 또 고민했다.

이번에도 오 일 동안 잠을 못 자고 고민해야 했다. 자신의 결정에 모든 것이 달렸기 때문이다. 그것이 마음을 억누르고 있었다.

"피곤해 보입니다, 문주."

옆에 앉은 대장로인 장호가 흰 수염을 쓰다듬으며 안쓰러운 듯 말했다.

"아닙니다. 아직 젊기 때문에 이 정도로 쓰러지거나 하지는 않습니다. 하하."

정문은 웃으며 말했다. 하지만 그의 얼굴은 수척했다. 얼마나 고민을 했던가? 본능과 마음은 이미 결정을 내렸으나 이성이 그것을 막고 있었다. 그것이 고민이었다.

주변에 앉은 인물들 역시 정문의 고민을 이해하는 듯 어두운 표정이었다. 그들 역시 결정을 쉽게 내리지 못하였기 때문이다.

정문이 품속에서 전서를 꺼내 탁자의 중앙에 올려놓았다.

"이것을 처음 보았을 때 머리 속에 들어오는 것은 복수였습니다. 복수만이 머리에 남았습니다."

굳어진 목소리.

정문은 마음속에서 일어나는 울분을 참는 듯 가늘게 떨리는 목소리로 말했다.

"이십 년 전 할아버님을 죽이고, 아버님을 병마에 시달리게 한 그 장본인… 철우경… 그놈의 손녀가 나타난 것입니다. 지금까지 참고 참았으며, 수많은 날들을 수련 속에 보내게 했던 그놈의 손녀가 나온 것입니다."

정문의 살기 어린 목소리가 울렸다. 그러자 우측에 앉은 오십대의 중년인이 조용히 입을 열었다.

"하지만 이 전서가 어디서 왔는지, 어떤 사람이 보낸 것인지 확실하지 않습니다. 거기다 무림맹도 생각해야 합니다."

정보를 담당하는 유한수는 말끝을 흐려야 했다. 무림맹의 무게감 때문이었다.

"그것이 문제입니다. 유 각주님의 말씀처럼 무림맹이 걸림돌입니다. 이 일을 무림맹에 알려야 하는지, 아니면 저희가 비밀리에 일을 처리할 것인지……."

정문은 고민하는 얼굴이었다. 그러자 장호가 말했다. 장호는 정주문이 처음 생겼을 때부터 지금까지 함께해 온 인물로, 정주문의 역사와도 같은 인물이었다.

"이십 년 전 일대문주님께서 철우경과 만나 비무하셨지……. 하지만 철우경의 무공을 감당하기에는 역부족이었네. 지금 생각하면 정말 두려울 정도의 무공이었어……."

장호는 그때의 일이 떠오르는 듯 어두운 표정이었다.

"일검을 가슴에 맞은 일대문주님의 모습에 흥분한 이대문주의 발을 잡았더라면…… 그러한 불상사는 없었을 것인데……. 아직도 후회되는구나……."

장호가 말을 하며 고개를 저었다. 피를 토하는 일대문주의 모습에 흥분한 정문의 아버지가 달려들다 무공을 잃었으며, 십오 년이라는 세월 동안 병마에 시달렸다. 그리고 그 모습을 보면서 정문은 커왔다. 그 마음에 남은 한이 어느 정도인지 장호는 짐작할 수 있었다. 그런데 정문은 지금 참고 있는 것이다.

"제가 문주가 아니었다면 이미 결단을 내렸을 것입니다. 하지만 저에게는 사백의 식솔과 그 식솔들의 천여 명이나 되는 가족들도 있습니다. 그들에게 제 결정으로 슬픔을 남기고 싶지는 않습니다."

정문은 손으로 이마를 잡으며 짧은 숨을 내쉬었다. 아직까지도 선택을 못하고 있는 것이다. 철우경의 손녀는 문제가 되지 않는다. 그 뒤에 있는 철우경이 문제가 되는 것이다. 철우경의 명성과 그의 잔인함은 익히 알고 있었다.

철우경의 손녀를 죽인다면 분명히 그가 달려올 것이다. 그럼 정주문은 그날로 멸문할지도 모른다. 그만큼 그의 힘은 절대적이었으며, 두려웠다. 그것이 정문의 마음을 잡고 있는 것이었다.

"해야 합니다."

조용함이 가득한 주변의 공기가 단 한 마디에 급격하게 변하였다. 고개를 든 정문은 입을 연 인물을 바라보았다. 바로 유한수였다. 큰 눈과 덥수룩한 수염이 그를 험악하게 보이게도 했지만 부드러운 성품의 인물이기도 했다.

모두의 시선이 유한수에게 향하였다. 장호 역시 수염을 쓰다듬으며 유한수의 말을 기다렸다. 그러자 유한수가 큰 눈을 더욱 크게 뜨며 말했다.

"철우경에 대한 원한은 문주님뿐만 아니라 전 문도들에게도 있습니다. 그런데 철우경의 손녀가 나온 지금, 그냥 넘어가는 일은 돌아가신 전 문주님께 죄가 될 것입니다. 또한 철우경이 아니라 그 손녀가 나와 있는 것입니다. 이것은 기회입니다. 그녀를 죽인다면 철우경이 움직일 것이고, 그럼 철우경과 원한이 쌓인 무당과 화산, 그리고 소림마저도 저희를 위해 달려올 것입니다. 그렇게 된다면 철우경도 쉽게 저희 문을 어찌하지는 못합니다. 거기다 맹에 저희의 입지가 확고하게 들어갈 것입니다."

"하지만 철우경이 그리 호락호락할 것 같은가? 아니, 무림맹에 알리지도 않고 이 일을 추진한다면 뒤탈은 어떻게 할 것인가? 소림과 무당, 화산이 움직이면 철우경도 마교도들을 끌어들일지 모르네. 잘못하면… 전쟁이 되겠지."

"……!"

장호의 목소리에 모두의 안색이 급격하게 굳어졌다. 사실 정문도 그것이 가장 큰 문제라 여기고 있었다.

"화산과 소림은 몰라도 무당은 확실하게 올 것이네. 그들의 전대 장문인이 철우경의 손에 죽었으니……."

장호의 옆에 앉은 육십대의 반백을 한 중년인이 조용히 중얼거렸다. 정주문의 장로인 고명기였다.

"파급 효과가 크네. 이 일은 결코 가볍게 넘길 문제가 아니네."

장호의 말에 유한수가 다시 말했다.

"그렇기 때문에 비밀리에 해야 합니다. 소문이 나기 전에 그녀를 죽이는 것입니다. 흔적도 없이 말입니다. 죽이고 태우는 방법을 택해야겠지요. 철우경조차 누구의 손에 죽었는지 모르게 해야 하는 것입니다. 다행스럽게 철우경의 손녀는 시비 둘과 호위 무사 한 명만 거느리고 왔습니다. 이것은 내 목을 드릴 테니 가져가라는 말밖에는 안 됩니다. 굳이 무림맹에 알릴 필요도 없습니다."

유한수가 빠르게 말하자 모두의 안색이 굳어졌다. 가능한 일이었기 때문이다.

"하지만 이것을 보낸 자는 알고 있습니다."

정문이 고개를 저으며 말하자 유한수가 입을 닫았다.

"가장 문제가 되는 것이 이 전서를 누가 보냈느냐는 것입니다. 그자는 알고 있습니다. 알기 때문에 우리에게 이러한 전서를 보낸 것이고, 무언가를 노리고 있는 것이 분명합니다."

정문은 나름대로 생각한 듯 말하였다. 결국 장호가 입을 열었다.

"배후에 누군가가 조종하는 일이라면 손을 떼는 것이 좋지 않겠나?"

정문은 고개를 끄덕였다. 하지만 입은 다르게 말하고 있었다.

"저도 그러고 싶습니다. 하지만… 아버님과 할아버님을 생각하면… 배후에 누가 있든, 아니, 누가 무엇을 노리든 지금 당장이라도 달려가고 싶습니다."

말을 하는 정문의 손이 미미하게 떨리고 있었다. 하지만 결단을 내려야 했다. 그러한 시간이 다가온 것이다. 고개 숙인 정문의 표정이 일그러졌다.

　잠시 침묵이 흐르며 주변에 둘러앉은 사람들의 얼굴에도 긴장감이 어렸다. 정문의 한마디가 정주문이 나아갈 길을 열어줄 것이다. 그것이 파멸이라도 그들은 따를 것이며, 그렇게 해야 한다.

　"하겠습니다. 철우경의 손녀를……."

　고개를 든 정문의 표정은 좀 전과는 달리 약간은 평온해 보였다. 하지만 주변의 인물들은 더없이 굳은 얼굴이었다.

　"죽이겠습니다. 그래서 철우경에게 남은 자의 슬픔을 가르쳐 주겠습니다. 얼마나 슬프고 한스러운 일인지 뼈저리게 느끼게 해줄 것입니다."

　정문의 싸늘한 목소리에 장호를 비롯한 사람들이 침음을 삼켰다. 결국 이렇게 된 것이다.

＊　　　＊　　　＊

　내상을 치료하기 위한 금정환(金禎丸)은 남궁세가에서 쓰는 내상약이었다. 과거 능가장과 남궁세가에서 함께 만든 내상약이기에 능조운도 가지고 있었다.

　"기혈이 뒤틀리거나 그런 것은 없는데… 오래 자네……."

　이틀 동안 눈을 뜨지 않은 송백을 바라보며 능조운이 중얼거렸다. 그 옆으로 안희명이 의자에 앉아 몸을 탁자에 기댄 채 잠들어 있었다.

　능조운은 편안한 얼굴로 자고 있는 안희명과 송백을 나란히 바라보다 실소를 터뜨렸다.

　"내가 왜 여기 있는 건지, 원."

저도 모르게 그런 말이 흘러나왔다. 자신이 왜 이렇게 이곳에 있는지 모르고 있었기 때문이다.

"오랜만이군."

능조운은 들려온 말소리에 놀라 고개를 돌렸다. 어느새 일어난 것일까? 송백은 일어나 앉아 있었다.

"엇! 송형 일어나셨군요."

능조운은 반갑게 미소 지었다.

"여기는?"

"마정회인데요."

송백은 고개를 끄덕이며 여벌로 준비한 옷을 입었다. 안희명은 세상 모르게 잠만 자고 있었다.

"어떻게 온 건가?"

송백은 좀 전까지 머리 속에 떠오른 기억을 상기하며 물었다. 잠깐 눈을 감았다고 생각했는데, 눈앞에 능조운이 있었고 안희명이 엎드려 있었다. 찰나의 순간 같았는데 상황이 변한 것이다.

"송형이 사라지고 나서 한나절 정도 지나자 안 소저가 일어났는데, 송형을 찾아가자고 발악하는 바람에……. 하하."

능조운은 어색하게 웃었다. 송백은 문득 전과는 다르게 몸이 가볍다는 생각이 들었다.

"고맙군."

"에?"

송백은 가볍게 말했으나 능조운은 갑작스러운 말에 그것이 무엇을 말하는지 선뜻 이해하지 못했다. 그저 치료해 줘서 고맙다고 이해하곤 미소 지었다. 그러다 무언가 생각난 듯 인상을 찌푸렸다.

'근데… 왜 하대를 하지……? 그리고 보니 처음부터 하대를 했었어.'

능조운은 그런 생각이 들자 이 일에 대해 확실하게 말해야 한다고 생각했다. 고개를 돌려 송백을 바라보자 그는 어느새 검을 어깨에 메고 도를 손에 쥔 채 문 앞에 서 있었다.

"저기……."

송백은 능조운의 말소리를 못 들었는지 고개를 돌리며 말했다.

"가자."

"예?"

송백은 대답도 기다리지 않고 밖으로 신형을 옮겼다. 그 모습에 놀라 송백을 바라보던 능조운은 빠르게 안희명을 업고는 뒤따라 나갔다.

"아니, 이렇게 급하게 어디로 가는데요?"

어느새 옆으로 따라온 능조운의 물음에 송백은 가볍게 미소 지었다. 생각은 이미 정리되어 있었다.

"조용한 곳으로."

송백은 말을 하며 앞으로 걸어나갔다. 그리고 연무장이 나오자 문득 걸음을 멈추었다. 고개를 돌리니 아직 남아 있는 핏자국이 길게 허물어진 담장으로 이어져 있었다. 아직도 등이 쓰라린다는 생각이 들었다.

'처음이군……. 싸움 중에 하늘을 바라보며 땅에 누운 것도…….'

송백은 노호관의 얼굴과 그의 도를 상기하며 하늘을 바라보았다. 이렇게 바라보면 마음이 편한데 눈앞에 상대를 두고 하늘을 바라보면 두려움이 밀려왔다. 그래서 패배라는 말이 주는 두려움에 대해 어느 정도 이해가 갔다. 결국 진 거다.

아무리 내상을 입었고 정상이 아니었다 하지만, 결국 자신은 하늘을 바라보았다. 그것도 노호관의 배려로 치명상은 입지 않은 채 가벼운 내상과 외상만 입고 그렇게 눕게 되었다. 과거의 안면이 아니었다면 분명히 그는 자신을 확실하게 죽였을 것이다. 하지만 노호관은 마지막에 힘을 거두었다.

그것이 더 자존심을 상하게 하였다. 송백은 쓴웃음을 지으며 곧 고개를 돌렸다. 다음에 만난다면 반대가 될 것이다. 마음속으로 그렇게 다짐하고 있었다.

마을에 들어서자 곧 객잔을 찾아 들어갔다. 능조운의 모습에 마을 사람들이 시선을 던졌으나 능조운은 익숙한지 안희명을 업은 채 함께 들어갔다.

"저녁은 내려와서 먹겠소? 아니면 방에서 먹을 거요?"

안희명을 침상에 눕히고 송백의 방으로 들어온 능조운이 가장 먼저 한 말이었다.

"배가 고픈가?"

"당연한 거 아닙니까? 저런 무거운 걸 들고 지금까지 걸어왔는데."

능조운은 투덜거리며 자리에 앉곤 옆방 쪽을 손으로 가리켰다. 그 무거운 것이 지금은 자고 있었기 때문이다.

"허리가 다 아프네."

능조운은 다시 말하며 허리를 손으로 두드렸다. 그 고생을 몰라 주는 송백이 서운할 뿐이었다.

똑! 똑!

문을 두드리는 소리에 능조운이 고개를 돌렸다. 그러자 문이 열리며 어려 보이는 점소이가 들어왔다.

"음식은 어떻게 하실 겁니까?"

"방으로 가져와."

능조운이 말을 하며 여러 가지 요리들을 시키기 시작했다.

점소이가 나가고 나자 능조운은 송백을 바라보며 전부터 묻고 싶었던 것을 떠올렸다.

"저기, 송형."

"……?"

송백이 창가를 바라보다 능조운의 목소리에 고개를 돌렸다.

"궁금한 게 있는데 물어도 되겠소?"

송백이 가볍게 고개를 끄덕이자 능조운은 침음을 삼키며 잠시 고민하더니 곧 천천히 말하기 시작했다.

"저기 그, 송형은 보면…… 여자하고 말할 때 화도 잘 내고 당당하게 말하던데, 그건 어떤 비결이 있어야 하는 것이오?"

송백은 잠시 인상을 찌푸리며 능조운을 바라보다 창가로 시선을 돌렸다. 대답할 필요가 없는 질문이기 때문이다. 또한 어이없음을 표시하고 싶지도 않았다.

"전에 기 소저하고 있을 때 보니 말도 잘하는 것 같아서… 저는 그게 좀 힘이 들어 못하겠던데……. 부럽기도 하고 어떻게 하면 잘하는지……?"

능조운에게는 나름대로 심각한 질문이었다. 하지만 송백은 대답하지 않고 있었다. 그러다 문득 무언가 생각난 듯 송백이 고개를 돌렸다. 능조운은 송백의 말을 기대하며 바라보았다.

"전에 기 소저하고 함께 있었던 것 같았는데… 같이 가지 않고 왜 따라왔나?"

"그건……."

능조운은 느닷없는 질문에 잠시 허공을 바라보며 눈알을 굴렸다. 대답할 말을 생각하기 위함이다. 그리고 대답할 말이 머리에 떠올랐다.

"사실 다른 게 아니라 중원에 나왔는데 눈에 띄는, 아니, 하늘에서 내려온 것 같은 미녀가 앞에 지나가지 않겠소? 사내대장부로 태어나 그런 미녀를 보고도 마음에 두지 않는다면 사내가 아니라 생각했지요. 그래서 따라다녔는데, 그녀가 기 소저일 줄은……. 사실 중원오미라 불리는 여자들에게는 관심을 갖지 말자고 다짐했었는데, 하필 따라가던 여자가 중원오미에 이름이 올라 있는 여자일 줄이야."

"뭐야? 결국 여자 뒤꽁무니만 따라다니다가 차였다는 소리네."

"누가 차여! 누가! 어?"

뒤에서 들리는 말소리에 발끈하며 고개를 돌린 능조운은 안희명이 서 있자 경직된 표정으로 변하였다.

"차이긴… 그냥 따라만 다녔다니까……. 사실은 내가 안 소저에게 반하지 않았겠소. 하하!"

능조운은 송백의 시선이 느껴지자 웃으며 말했다. 그러자 안희명의 얼굴이 약간 붉어졌다. 곧 의자에 앉자 능조운은 살짝 눈을 감았다. 주먹이라도 날아올 것 같았기 때문이다. 하지만 안희명은 얌전하게 앉아 가만히 미소만 그리고 있었다.

평소와는 약간 다른 안희명의 행동에 능조운의 얼굴에 주름이 잡혔다. 하지만 그것은 금세 지나쳐 갔다.

'역시… 아직은 시간이 필요한가…….'

능조운은 송백의 뒷모습과 고개 숙인 안희명의 얼굴을 바라보다 짧게 숨을 내쉬곤 자리에서 일어났다. 아닌 게 아니라 사실 안희명의 발이 능조운의 발을 살짝 찼기 때문이다. 눈치를 주자 일어선 것이다.

"잠깐 산보 좀 하고 오겠소."

탁!

문이 닫히는 소리와 함께 능조운의 모습이 문밖으로 사라지자 안희명의 시선이 송백에게 향하였다.

"저기……."

안희명의 작은 목소리에 송백은 시선을 돌렸다. 안희명은 그것을 보곤 천천히 말했다.

"그때… 왜 그냥 떠난 건가요?"

"개인적인 일이 있어서."

"마정회와의 일은 저도 들어서 알아요. 그렇다고 혼자 갈 것은 없었잖아요."

안희명이 기다렸다는 듯이 자신이 하고픈 말을 내뱉었다. 송백은 잠시 동안 안희명을 바라보다 곧 침상에 앉으며 옆에 세워놓은 검과 도를 바라보았다. 그러자 안희명이 다시 말했다.

"얼마나… 서운했는데요."

안희명이 고개를 돌리며 작은 목소리로 중얼거렸다. 꽤 많이 서운했을 것이다. 송백도 그것을 알고는 있었지만 그때는 어쩔 수 없었다. 개인적인 일에 다른 사람이 끼는 것은 성격상 맞지 않았기 때문이다. 그렇다고 미안함이 드는 것도 아니었다.

"개인적인 일이다."

송백이 다시 한 번 말하자 안희명은 살짝 아미를 찌푸리며 일어섰다.

"미안해요, 괜한 투정부려서."

안희명은 빠르게 말하며 문고리를 잡았다. 마음속은 송백이 한마디라도 해주면서 잡아주길 바랐지만 잠시의 시간을 기다려도 송백의 입은 열리지 않았다. 실망한 표정으로 문고리를 잡으며 망설일 때 송백의 목소리가 들렸다.

"고맙다."

안희명이 고개를 돌리자 송백의 목소리가 다시 들렸다.

"능 소협이 그러더군. 내가 누워 있을 때 옆에서 떠나지 않았다고."

송백의 말에 안희명은 곧 인상을 찌푸리며 문을 열었다.

"누구나 할 수 있는 일인데요."

탁!

문이 닫히는 소리에 송백은 시선을 돌렸다. 이제 안에는 자신 혼자만 있는 것이다.

문을 닫은 안희명은 혀를 내밀었다.

"쳇!"

모기 소리만큼 작게 무언가를 중얼거리며 주먹으로 문가를 휘두르다 계단을 내려와 후원으로 향하였다. 발로 여기저기 널려 있는 돌들을 툭툭 차며 걷던 안희명은 눈에 익은 모습을 발견하곤 걸음을 멈추었다.

그곳에 능조운이 소나무 밑에 쭈그리고 앉아 땅을 바라보며 길게 한숨을 쉬고 있었다. 그 뒷모습이 안희명의 눈에 들어왔다.

"뭐 해?"

"어? 그냥……."

능조운은 안희명의 목소리에 약간 놀란 표정으로 바라보다 고개를 돌렸다. 안희명이 옆에 다가와 소나무에 기대었다.

"어땠어?"

능조운이 궁금한 듯 물어보자 안희명은 짧게 숨만 내쉬었다.

"별로……."

"……."

능조운은 무슨 말이라도 해야 할 것 같았지만 그냥 입을 닫고 있었다. 능조운은 문득 처음 만났을 때가 떠올랐다. 그때 다툼 속에서 친구처럼 지내게 되었지만, 아직도 안희명의 말이 능조운의 가슴속에 무겁게 남아 있었다.

"좋아하니까."

능조운은 그 말이 누구를 향한 말인지 잘 알고 있었다. 마정회에 왜 가려 하냐고 말리려 했던 자신에게 안희명이 한 말이다. 그 말을 듣는 순간 그 자리를 떠나고 싶었지만, 함께하게 되었다. 그리고 마음속으로 다짐했다.

'곁에 있어줄게…….'

능조운은 가만히 중얼거리며 일어섰다.

"잘되겠지. 너무 상심하지 말고 포기하지 말고 힘내."

능조운의 미소 진 말에 안희명은 저도 모르게 웃음을 지어 보이며 고개를 끄덕였다.

"응."

안희명은 능조운의 말이 자기 스스로에게 한 말임을 모르고 있었다.

똑! 똑!

문 두드리는 소리에 송백은 고개를 돌렸다. 안희명과 능조운이라면 문을 두드리지 않을 것이다.

"들어가도 되겠소?"

문이 열리며 사람이 들어왔다. 대답도 듣기 전에 들어온 것이다. 하지만 송백은 별로 신경 쓰는 얼굴이 아니었다.

"누가 보냈나?"

들어온 인물은 사십대 중반으로 보이는 장년인이었다. 송백의 물음에 그는 짧게 포권했다.

"문에서 나왔소."

"빠르군."

송백의 말에 장년인이 고개를 끄덕이며 미소 지었다.

"마정회에 대한 일은 고맙게 생각한다고 문주님이 전하라 하였소."

송백은 대답없이 고개만 끄덕였다.

'소문처럼 상대하기 힘들군.'

장년인은 그런 그의 모습에 잠시 헛기침을 하며 다시 말했다.

"마정회주를 죽인 송형의 위명은 아직 알려지지 않았지만 곧 천하에 퍼질 것이오. 사람의 발보다 빠른 것이 소문이라고, 벌써 섬서 지방에서는 조금씩 퍼지고 있는 상태요."

송백은 가볍게 미소만 지어 보였다. 그 미소는 쓴웃음이었다. 곧 송백이 말했다.

"대가를 받고 한 일도 아니고, 나 개인을 위해 한 일이니 굳이 고마움을 표시하러 올 필요는 없다고 생각하는데?"

"하하하. 물론 그렇지만, 또 세상일이란 것이 어디 혼자 하겠다고 할 수 있는 일은 아니지 않소? 마정회가 없어지면서 섬서의 시장이 변하였고, 그뿐만이 아니라 산서까지 막대한 시장이 굴러다니게 되었소."

그렇게 말한 장년인은 굳은 표정으로 다시 말했다.

"돈이 굴러다니게 되었다는 말이오."

송백은 이해가 되는 것 같았다. 어차피 무림인이라 하여도 돈이 없으면 밥을 굶는다. 마정회가 그동안 장악했던 시장의 규모가 어느 정도인지는 알지 못했지만, 하오문에 큰 이득이라는 사실은 알 수 있었다.

"돈을 벌게 해주었으니 내가 원하는 것도 해줄 수 있다는 말처럼 들리는군."

"물론이오. 그것 때문에 이곳에 온 것이지요."

장년인의 미소에 송백은 빠르게 말했다.

"조용한 장소 좀 알아볼 수 있나? 일 년 정도 쉴 수 있는. 가능하면 강남 쪽으로 가고 싶은데?"

송백의 말에 장년인은 무언가 생각하는 표정이 되었다. 그러다 생각난 듯 미소 지으며 말했다.

"딱 좋은 장소가 생각났소. 서안에서 황하를 타고 개봉까지 간 후에 그곳에서 운하를 타고 강남으로 내려가 포양호로 가시오. 가는 길마다 사람이 붙을 것이오. 일단 서안의 운하루로 오시오."

"그러지."

송백이 고개를 끄덕이자 장년인이 자리에서 일어섰다.

"그럼, 다음에. 아차, 나는 문의 나장풍이라 하오."

가볍게 포권하며 나장풍이 나갔다. 그러자 두 명의 점소이가 음식을 들고 들어왔으며 그 뒤로 능조운과 안희명이 들어왔다. 점소이가 알린 것이다.

"방금 누가 나가던데……."

능조운이 들어오면서 송백을 향해 말했다. 송백도 숨길 필요가 없기에 고개를 끄덕이며 입을 열었다.

"하오문의 사람인데, 강남으로 가게 되면 쉴 곳을 부탁한다 했더니 들어준다는군."

"강남이요?"

"강남?"

능조운과 안희명이 서로를 보며 말했다. 약간 놀랐기 때문이다.

"왜? 강남은 싫은가?"

송백의 말에 능조운이 고개를 저었다.

"그런 건 아니지만 뜻밖이라……."

능조운은 약간 당황했지만 안희명은 곧 미소 지으며 말했다.

"강남은 경치도 좋고 음식도 좋아 꼭 가보고 싶었어요."

안희명이 그렇게 말하며 능조운의 소매를 잡아 의자에 앉혔다. 그러자 능조운도 미소 지었다.

"강남이라… 좋지요. 그런데 그곳은 무슨 일로 가는 것이오?"

능조운의 물음에 송백은 야채볶음을 젓가락으로 집으며 말했다.

"수련. 내년에 무림대회에 나가려면 수련을 해야지. 조용한 곳에서."

"컥!"

밥알을 넘기려던 능조운의 입에서 헛기침이 튀어나왔다.

＊　　　　＊　　　　＊

타닥! 탁!

나뭇가지가 타 들어가는 소리가 어둠 사이로 울렸다. 주변에 서 있는 나무들 사이로 평평하고 약간 넓은 공간에서 피어나는 모닥불이 주변을 밝히고 있었다.

마차는 모닥불 옆에 서 있었으며, 말들은 한쪽에 서 있는 나무에 매여 있었다. 그리고 모닥불을 중심으로 바위가 바람을 막아주고 있었다. 바위 사이에 두 명의 소녀가 앉아 있었고, 반대편에 청년이 앉아 불을 바라보고 있었다.

노호관은 타 들어가는 불꽃 속으로 나뭇가지를 집어 던지며 잠들어 있는 이화와 이련을 바라보았다. 서로 어깨를 기대며 잠을 자는 모습이 자매처럼 느껴졌다.

'마정회가 사라져서 남은 걱정투성인데 잘도 자는군······.'

노호관은 인상을 찌푸리며 주변을 둘러보았다. 밤공기만이 남아 있을 뿐 숲 속의 어둠은 아무것도 전해주지 않았다.

끼익!

작은 소리가 울리며 마차의 문이 열리자 노호관의 시선 속으로 면사를 한 철시린이 들어왔다.

"아가씨, 주무시지 않고."

노호관은 재빠르게 일어나 허리를 숙였다.

"잠시 산책 좀 하고 싶어서요."

철시린의 조용한 음성이 주변으로 울렸다. 노호관은 그런 철시린의 뒤로 따라붙었다. 그러자 철시린이 걸음을 멈추었다.

"혼자 있고 싶어요."

"아… 예. 하지만 멀리 가시면 안 됩니다."

철시린이 고개를 끄덕이자 노호관은 곧 시선을 돌렸다. 걱정스럽기에 한 말이지만 사실 무공으로 볼 때 노호관이 걱정할 만큼은 아니었다.

숲 속으로 철시린이 사라지자 노호관은 자리에 앉았다.

"여인……."

아직까지 코끝에 스치는 철시린의 은은한 향기가 노호관의 전신을 감싸고돌았다.

"풋."

"……?"

갑자기 들리는 웃음소리에 노호관은 놀라 고개를 돌렸다. 그곳에 어느새 일어났는지 이화가 눈을 뜨고 있었다. 노호관의 얼굴이 붉어졌다.

"여인이라……."

이화가 눈을 위로 돌리며 중얼거렸다. 그 모습에 노호관은 슬쩍 미소 지었다.

"노 위사님."

노호관이 고개를 들자 이화가 미소 지으며 곁눈으로 흘깃거리고는 말했다.

"아가씨에게 반했죠?"

"흡!"

노호관은 놀란 표정으로 손을 들어 얼굴을 가렸다. 자신도 모르게 한 행동이었다.

"어머! 정말인가 봐? 농담인데."

혀를 내밀며 말하는 이화의 목소리에 노호관은 손을 내리며 헛기침
을 했다.

"위사의 신분으로 그런 마음을 가질 수는 없습니다."

노호관이 정중하게 말하자 이화가 재미없다는 표정으로 담요를 어
깨까지 올리며 말했다.

"위사가 아니면 가능한가요?"

"글쎄… 그건 저도 잘……."

"마음에 없는 것도 아닌가 보네요."

"하하. 남자라면 누구나 아가씨를 보면 반할 것입니다."

노호관이 부드럽게 말하자 이화가 혀를 내밀며 담요를 머리까지 눌
러썼다. 그 모습에 노호관은 선선히 웃으며 모닥불을 바라보았다. 고
요하게 흘러가는 시간이 피부로 전해지고 있었다.

철시린은 나무 사이로 나 있는 소로를 따라 천천히 걸음을 옮기고
있었다. 마치 무언가에 끌려가듯 들려오는 물소리에 발걸음이 저절로
그곳을 향해 걸어가고 있었다. 숲을 빠져나오자 보이는 것은 절벽의
끝과 그 너머로 보이는 계곡의 깊은 어둠뿐이었다.

쏴아아아!

어둠 속에서 들리는 시원한 폭포 소리에 철시린은 잠시 동안 절벽의
끝에 서서 멍하니 하늘을 바라보았다.

"……."

바람이 불었다. 차가운 바람에 머리카락이 날리자 시원함보다는 언

젠가 본 듯한 장소처럼 느껴졌다. 그 순간 알 수 없는 기이함이 머리 속을 헤집기 시작했다.

"으윽……."

절로 신음성이 흘러나오며 눈을 감았다. 머리가 깨질 것처럼 아파왔기 때문이다. 무언가 이런 상황과 비슷한 기억이 떠오르는 것 같았다. 하지만 그저 단편적인 생각일 뿐 조각들만이 머리를 아프게 만들고 있었다.

양손으로 머리를 잡곤 자리에 주저앉았다. 깨질 것처럼 머리가 아파왔기 때문이다. 단편적인 기억 속에 자신은 이곳에 서 있었다. 무언가 알 수 없는 끈을 잡을 듯 이렇게 서 있었다. 하지만 다음은 떨어지고 있었다.

"산… 다……!"

철시린은 순간적으로 중얼거리다 고개를 들었다. 하나의 얼굴이 머리를 빠르게 스치고 지나쳤기 때문이다. 하지만 그 얼굴이 누구인지 어떤 얼굴인지 도저히 생각나지 않았다.

"왜……?"

철시린은 소매를 들어 눈가를 훔쳤다.

"눈물이 흐르지……."

자신도 알지 못하는 몸의 반응에 스스로 놀라고 있었다. 애써 외면하려 했지만 그치지 않았다. 철시린은 가만히 눈을 감았다.

■제3장■

싸움은 말로 시작된다

"마정회가 사라진 것이 확실합니다."

"사실이라면 큰일이로군요."

정문은 들려오는 보고에 굳은 표정으로 턱을 괴었다. 잠시의 시간
동안 무엇을 생각하는지 표정은 심각하게 굳어 있었다.

"마정회의 상권을 가장 빠르게 차지해 가는 곳이 어디입니까?"

정문의 물음에 마주 앉은 유한수가 빠르게 대답했다.

"일단 하오문입니다. 가장 빠르게 움직이고 있으며 벌써 오 할 가까
이 장악한 상태입니다."

"흠. 돈이 된다면 물불 안 가리고 뛰어들 녀석들이니……. 예상은
했지만 오 할이라니… 너무 빠르지 않습니까?"

"마정회가 멸문할 것이라고 미리 예견하고 있었던 것 같습니다. 그
렇지 않고서야 이렇게 빠르게 움직일 수는 없으니까요."

유한수가 말하며 정문의 안색을 살폈다. 마정회의 힘이 약해진다면 기회이기 때문이다, 섬서 북단을 차지할 수 있는.

"우리도 빨리 준비합시다. 그리고 철우경의 손녀에 대해 조사된 것은 있소?"

"아직… 지금 서안을 중심으로 무림인들을 조사 중입니다. 외부에서 온 무림인들을 중심으로 조사 중이지요. 조만간 소식이 들릴 것입니다."

"알겠습니다. 일단 마정회로 인한 시장의 변화는 차후로 하고 철우경의 손녀에 대한 조사를 일차로 하시기 바랍니다. 어차피 상권이야 상회에서 알아서 할 터이니 우리는 조그마한 힘만 보태주기로 합시다."

"예, 알겠습니다."

유한수가 포권하며 자리에서 일어서자 정문도 일어섰다.

"그럼."

"좋은 소식 고대하겠습니다."

정문의 말에 유한수가 미소 지으며 밖으로 나갔다. 정문은 그런 유한수의 뒷모습을 바라보다 자리에 앉아 양손으로 턱을 괴며 싸늘한 눈동자를 굴렸다.

"이십 년……."

서안 성내에서는 대낮부터 정주문의 무사들이 조를 이루어 지나가는 모습이 눈에 많이 띄었다. 서안의 사람들이야 정주문의 무사들이 종종 이렇게 지나다니고 있으니 이상하게 여기진 않았지만 신경을 쓰는 사람들도 많이 존재했다.

주루 안은 시끌벅적 사람들로 붐비고 있었다. 일층은 이미 만석이었고, 이층도 거의 자리가 다 차가고 있는 상태였다. 그런 주루의 안으로 어깨에 정(正)이라는 글자가 적힌 백색의 무복을 걸친 무인 네 명이 들어왔다. 그들의 시선은 사람들로 향하고 있었다.

"정주문의 무사들이 많이 보이는군. 무슨 일이라도 있는 건가?"

주루의 이층 난간에 기대앉은 오조천이 밑을 바라보며 중얼거렸다. 그러자 식사를 하던 막소희와 장추문의 시선도 일층으로 향하였다.

"며칠 전부터 계속 눈에 띠네요. 한번 조사해 보고는 싶은데, 섬서에서 우리의 발이 되어줄 곳이 없어졌으니 문제네요."

막소희가 말하자 오조천이 고개를 끄덕였다. 며칠 전 교에서 마정회의 일에 대해 연락을 받게 되었다. 그렇기에 섬서에 있는 것보다 다른 성으로 가는 것이 훨씬 더 이득이었다. 분타라도 있다면 편하기 때문이다. 물론 한두 달 후면 섬서분타가 세워지겠지만 지금은 없는 게 문제였다.

"철 소저를 만나면 바로 떠나도록 하자."

오조천이 말을 하며 정주문의 무사들을 바라보았다. 그런 오조천의 표정이 굳어졌다. 무기를 들고 있는 무인들 곁으로 정주문의 무사들이 다가갔기 때문이다. 자신들을 제외하고 이곳에 무기를 든 사람들은 일층의 구석에 있는 네 명뿐이었다. 모두 젊은 사람들로 두 명의 남자와 두 명의 여자였다. 복장으로 보아서는 꽤나 잘 나가는 집안의 젊은이들 같았다.

"무림인들을 조사하는군."

"정주문도 무림문파잖아요. 섬서에서는 가장 큰 곳인데 당연히 무림에 관련된 일이겠지요."

장추문이 조용히 말했다. 그러자 오조천은 막소희와 장추문이 식사를 끝낸 것 같아 일어섰다.

"우리도 가야겠지. 더 이상 이곳에 있어봤자 귀찮은 일만 생길 테니. 일단 표식은 해두고 조용한 곳을 찾자."

"그래요."

막소희가 일어서고 그 뒤로 장추문이 일어섰다.

일층으로 내려가는 계단을 내려가던 오조천은 정주문의 무사들이 일층을 다 돌고 계단으로 향하는 것을 보았다. 그리고 오조천이 계단을 다 내려오자 정주문의 무사 중 삼십대 초반의 인물이 앞을 막아섰다.

그것은 오조천 때문에 그런 것이 아니라 장추문의 손에 들린 검과 막소희의 어깨에 걸린 검 때문이다.

"저는 정주문의 삼조장인 배연고라 합니다."

짧은 수염을 기른 배연고가 포권을 하며 오조천과 그 뒤의 막소희, 장추문을 살폈다. 그의 시선이 장추문에게 향하고 있었다. 면사를 쓴 여인은 드물기 때문이다. 무언가 이상하다는 생각도 들었다.

오조천은 살짝 인상을 찌푸렸으나 곧 미소 짓고는 마주 포권하며 입을 열었다.

"아, 정주문이었구려. 그런데 무슨 일로?"

배연고는 정주문의 옷을 입은 자신을 몰라보는 것 같아 의문이 들었다. 적어도 섬서성에서 모르는 사람은 없을 거라 여겼기 때문이다.

"다름이 아니라, 그저 출신과 관등 성명을 듣고 싶어서 이렇게 잡은 것입니다. 어떤 일 때문에 그러니 협조 좀 부탁드리겠습니다."

"그렇군요. 저희는 사천 연가장(蓮家莊) 출신으로 모두 가족입니다.

뒤에 둘은 사촌들이지요."

오조천은 미리 준비한 말을 빠르게 하며 배연고를 바라보았다. 중원은 넓기에 아무리 배연고가 여러 문파들을 안다 해도 작은 곳까지 알 수는 없었다.

배연고는 잠시 생각하는 듯하더니 고개를 갸웃거리다 곧 미소 지었다.

"협조해 주셔서 감사합니다."

배연고의 말에 오조천과 뒤에 있던 장추문과 막소희가 앞을 막아선 정주문의 무사들을 스치며 지나쳤다. 그 순간이었다.

"연가장이라면 좀 아는데… 내가 알기론 연가장에 형장 같은 인물이 있었나……?"

뒤에서 들리는 목소리에 오조천의 걸음이 멈춰졌다. 오조천의 미간에 주름이 잡혔다. 하지만 주름은 곧 미소로 변하였고 그는 신형을 돌렸다. 그러자 장추문과 막소희도 뒤돌아 말한 인물을 바라보았다.

이남이녀. 네 명의 청년이 앉아 있는 곳에서 한 명의 청년이 일어난 것도 오조천이 신형을 돌렸을 때였다.

"사천의 연가장은 하나인데, 그중에 형장 같은 인물은 못 본 것 같아 한 말이오."

백의무복에 이목구비가 뚜렷한 미남형의 청년이었다. 이십대 초반으로 보이는 그는 두 눈이 맑고 깊어 어느 정도 경지에 든 듯 보였다.

"뉘시오?"

"백리세가의 백리후라 하오."

백리세가라는 말에 오조천의 눈동자에 기광이 어렸으나 빠르게 사라졌다. 백리세가는 육대세가에 들어가는 곳으로 오조천도 어느 정도는 알고 있는 곳이었다.

백리후가 일어서자 뒤에 앉아 있던 인물들이 일어섰다. 그들의 알 수 없는 기운을 느낀 듯 주변의 사람들이 좌우로 물러서더니 곧 밖으로 하나둘씩 나가기 시작했다.

"이쪽은 제 동생인 백리정이고, 옆의 분은 팽가의 팽소련, 팽 소저요. 그리고 이분은 모용세가의 모용혁, 모용 소협이시오."

백리후가 오조천을 바라보며 한 명씩 소개했다. 자신의 이름이 불릴 때마다 한 사람씩 가볍게 인사했다. 백리정은 여성스러운 얼굴의 소녀로 십대 후반으로 보였으며, 옆에 서 있는 팽소련은 옅은 붉은 무복을 걸치고 손에는 도를 들고 있어 꽤나 강한 인상을 주었다.

그리고 모용혁은 옅은 하늘색의 경장을 걸치고 검을 들고 있었는데, 가라앉은 눈매가 신중한 성격의 소유자인 듯 보였다.

그들을 모두 둘러본 오조천이 가볍게 미소 지으며 포권했다.

"이거 이렇게 이름있는 분들을 이곳에서 한꺼번에 보게 될 줄이야, 정말 영광이군요."

형식상의 말을 한 오조천이 다시 말했다.

"시간이 된다면 함께 자리라도 마련해서 대화라도 하고 싶지만 지금은 그런 여유 있는 문제를 거론할 때가 아닌 듯합니다. 연가장을 아신다면 그 연가장이 어디 있는지 말씀해 주시겠습니까?"

"사천의 연가장은 성도의 북부에 있지 않소? 그곳 외에 무림에서 활동하는 연가장이 또 있었소?"

백리후가 입을 열자 백리정이 백리후의 소매를 잡았다. 쓸데없이 왜 이런 일에 끼어드냐는 듯 눈치를 주었던 것이다.

백리후의 말에 오조천이 고개를 저으며 말했다.

"저희는 사천 음산에 위치한 연가장을 말한 것인데 조금 오해가 있는 듯합니다."

"음산?"

백리후가 의문의 표정으로 변하자 오조천이 미소 지으며 다시 말했다.

"백룡강이 앞에 보이는 경치 좋은 곳이지요."

"호오, 그곳 주변에 연가장이 있었던가?"

백리후가 고개를 돌려 모용혁을 바라보자 모용혁도 의문의 표정을 지으며 생각하는 듯했다. 그러자 오조천이 재빠르게 말했다.

"그곳에 연가장이 있지요. 그럼 저희는 바빠서……."

오조천이 포권하며 신형을 돌리자 순간적으로 빠르게 배연고의 그림자가 나타났다. 오조천의 아미가 찌푸려졌다.

"무슨 일이시오?"

"하하. 형장, 시간이 좀 남는다면 저희 정주문에 같이 가주시겠소? 잠깐이면 끝날 테니 말이오"

"신분이 확실한데 군이 정주문에 갈 것은 또 뭐란 말이오?"

"신분이 확실하다면 잠시만 가주실 수 있지 않소? 급한 일이 있다면 일이 끝난 뒤에 거기에 대한 합당한 대가를 드릴 것이오."

오조천은 쉽게 끝날 것 같지 않은 상황일수록 여유를 잡아야 한다고 생각했다. 하지만 마음만 그렇지, 실제 그렇게 하기가 쉬운 일은 아니었다.

"군이 잡는다면 못 갈 것도 없지만 저희가 지금은 급한 일이 있기에 다음을 기약합시다."

오조천이 말을 하며 배연고를 비켜 옆으로 걸어나갔다. 그러자 막소희와 장추문이 따라나갔다. 하지만 어느 순간 배연고가 오조천의 앞을 가로막았다. 이미 주루를 빠져나와 넓은 대로에 서 있는 상태였다. 주변 사람들의 눈이 그들에게 쏠릴 수밖에 없는 것이 정주문의 인물이 서 있었기 때문이다.

"바쁜 것은 알겠으나 마교도가 아닌 이상 정주문에 가서 꺼릴 것이 있겠소?"

배연고의 말에 순간적으로 오조천의 안색이 굳어졌다. 가장 싫어하는 말을 들었기 때문이다. 갑자기 기분이 가라앉으며 저도 모르게 살심이 일어났다.

그것을 아는지 모르는지 배연고가 빠르게 다시 말했다.

"정주문에 대해 몰라 망설이시는 것이라면 걱정할 필요가 없소. 우리는 정도에 어긋나는 행동을 하는 곳이 아니며 이름있는 곳이오. 그러니 걱정하지 마시고 잠시 쉬어간다고 생각해 주면 고맙겠구려."

"하지만… 시간이……."

"훗. 정주문은 어느 정도 재력도 있으니 충분히 보상받으실 거라 생각하오. 마교도가 아닌 이상 우리는 칼을 뽑지 않기 때문에 형장께서는 마음 푹 놓고 함께 정주문으로 갑시다."

오조천의 눈썹이 배연고의 말에 꿈틀거리며 움직였다. 순간 장추문의 눈동자에 다급함이 나타났다. 막 오조천에게 무언가 말을 하려던 순간 오조천의 신형이 움직였다.

그것은 순간이었다. 배연고가 눈앞에 무언가 어른거린다고 느낀 순간 검은 그림자가 눈앞에 아른거렸다.

팍!

차가운 감촉이 얼굴을 덮자 배연고의 팔이 무의식 중에 허리에 찬 도를 잡으려 했다. 하지만 어느새 마혈이 잡힌 듯 몸은 뜻대로 움직이지 않았다.

배연고의 머리를 손으로 잡은 오조천의 얼굴이 배연고의 어깨로 다가오며 속삭이듯 중얼거렸다.

"호오… 마교도라……. 누가 마교도란 말이지……?"

살기 어린 속삭임과 얼굴을 누르는 압박에 배연고의 입에서 큰 숨소리만 흘러나오고 있었다.

뚜둑!

"크윽……!"

"조장님!"

뒤에 서 있던 세 명의 조원이 놀라 도를 뽑아 들었다. 순간 막소희와 장추문도 검을 뽑았다. 오조천은 그런 주변의 상황에 신경 쓰는 것 같지 않았다. 그저 눈앞에 보이는 배연고만 의식하고 있을 뿐이었다.

얼굴을 잡은 손의 손가락 사이로 배연고의 튀어나온 눈동자가 오조천의 시선을 잡고 있었다. 두려움에 떠는 붉게 충혈된 눈동자. 하지만 배연고를 바라보는 오조천의 얼굴에는 살기만이 맴돌았다.

"나는 그 말이 싫어."

배연고의 미간을 누르던 중지에 힘이 들어갔다

퍽!

그리 크지 않은 소리가 울렸으나 중지가 누른 이마는 둥글게 함몰되었다. 그걸로 끝이었다. 배연고를 잡은 오조천의 손에 힘이 풀렸다.

쿵!

옆으로 쓰러진 배연고는 이미 산 사람이 아닌 듯 숨조차 쉬지 않고 있었다. 너무도 급작스럽게 일어난 일이었고, 이런 상황에 어떻게 대처해야 할지 아직 깨닫지 못하는 정주문의 사람들이 멍하니 배연고의 시신을 바라보았다.

잠시의 시간이 흐르자 가장 먼저 정신을 차린 무사가 오조천을 향해 혈광을 빛냈다.

"이, 이… 이런 개자식!"

도를 치켜들며 달려드는 순간 오조천의 손이 꿈틀거렸다. 이미 살인을 한 이상 망설이면 안 되었기 때문이다. 살려줄 생각도 없었다. 순간 획 하는 바람 소리가 울리며 백색의 그림자가 오조천의 눈앞에 아른거렸다.

퍼퍼퍽!

세 번의 격타음이 울리며 아른거린 백색 그림자가 오조천의 옆으로 모습을 보였다. 장추문이었다.

"살인은 안 돼요."

장추문의 조용한 목소리에 손을 올리던 오조천이 미미하게 고개를 끄덕였다. 하지만 마음속에 남은 살심이 수그러들지는 않았다.

장추문은 세 명의 무사가 달려들자 피가 뿌려질 것을 우려해 먼저 몸을 날려 마혈과 아혈을 제압했다.

정주문의 무사들은 달려들던 모습 그대로 멈춰 선 채 식은땀만 흘리며 오조천과 장추문을 바라보고 있었다. 그 사이로 하나의 그림자가 나타난 것도 순간이었다.

"하하하. 역시 한 수 있었구려."

백리후였다. 백리후의 손에는 어느새 검이 들려 있었으며, 강렬한 신광을 발산하며 오조천을 응시하고 있었다.

"마정회가 사라졌다는 소식에 확인도 좀 할 겸 해서 왔는데… 설마 하니 마정회의 인물들은 아닐 테고……. 백주 대낮에 살인을 하는 모습으로 보아 마교도가 확실한데… 맞나?"

백리후가 미소 지으며 오조천을 바라보자 오조천의 눈매가 날카롭게 변하였다. 그러자 오조천의 앞으로 장추문이 한 발 나섰다.

"마교도가 아니에요. 오해하신 것 같네요."

장추문의 고운 목소리에 백리후가 씁쓸히 미소 지으며 고개를 저었다.

"마교도가 아니면 대낮에 살인을 할 사람이 없지 않소? 안 그런가?"

백리후가 장추문에게 말을 하다 고개를 돌려 일행에게 물었다. 그의 일행도 어느새 백리후의 좌우로 다가온 것이다.

"서안을 벗어나야 해요."

장추문이 그런 그들을 바라보며 오조천에게 전음을 보냈다. 오조천은 날카로운 눈으로 백리후의 얼굴을 기억하려는 듯 노려보았다.

'능글거리는군. 자신있다는 뜻인가? 아니면 죽고 싶다는 뜻인가?'

오조천은 마음속에 차 오르는 화를 참기 위해 노력하고 있었다. 그것을 아는지 모르는지 백리후가 오조천에게 살기를 보내기 시작했다.

"정주문의 사람을 죽였으니 서안을 벗어나기 힘들 것이고, 우리 눈에 띄었으니 저항은 의미없다는 것을 알 텐데?"

오조천의 얼굴이 싸늘하게 변하더니 곧이어 얼굴의 주름이 풀리며 웃음기가 머물렀다. 웃음기가 크게 변하더니 대소하기 시작했다.

"하하하하하!"

웃음소리가 크게 울리자 경계하던 장추문과 막소희가 오조천을 바라보았으며, 백리후를 비롯한 그의 일행은 어이없다는 표정으로 오조천을 응시했다.

"왜 웃는 것이냐?"

백리후의 표정이 싸늘하게 변하더니 살기 어린 목소리가 튀어나왔다. 웃음은 좋은 의미가 많지만 지금 상황에서의 웃음은 비웃음으로 들렸기 때문이다.

곧 웃음을 그친 오조천이 미소 지으며 백리후를 바라보았다.

"백리 소협."

"……?"

"당신 뭔가 잘못 먹었소? 입으로 밥을 먹어야 하는데 백리 소협은 엉덩이로 밥을 먹는 것 같소. 헛소리를 그렇게 해대니……."

"……!"

백리후의 얼굴이 붉게 변하더니 손에 쥔 검이 미미하게 떨리기 시작했다. 그것을 본 오조천이 비웃듯이 다시 말했다.

"살인은 해봤소? 내가 알기론 육대세가의 사람들은 모두 겁쟁이라 비무조차 안 하고 수련만 한다고 들었는데 사실이오?"

"이 녀석!"

쉬악!

백리후의 검이 순간적으로 늘어나며 오조천의 미간으로 찔러 들어왔다. 순간 오조천의 고개와 허리가 뒤로 넘어가며 발을 위로 차올렸다.

미간을 찌르며 달려들던 백리후의 검을 든 손으로 오조천의 발등이 날아온 것이다.

팍!

뒤로 원을 그리며 한 바퀴 회전하던 오조천의 발이 백리후의 손목을 차올리자 순간적으로 놀란 백리후의 손에서 검이 떨어져 나갔다.

따땅!

"......!"

백리후의 눈동자가 부릅떠지며 왼편으로 떨어진 자신의 검을 바라보았다.

쉬악!

"가가!"

백리정의 목소리에 아차 싶어 고개를 돌리는 순간 백리후의 눈에 손이 들어왔다.

팍!

짧은 소맷자락의 바람 소리가 주변으로 울리며 목을 쳐오던 오조천의 손끝이 목에 닿을 듯 말 듯 멈춰 섰다. 백리후의 굳은 눈동자가 오조천을 향하고 있었다. 그 눈에 비친 것은 오조천의 미소.

"뭘 믿고 까분 것이냐?"

"......."

백리후의 눈동자가 미미하게 떨리며 굳게 움켜쥔 두 주먹이 크게 요동치기 시작했다. 강하게 문 어금니의 뿌드득거리는 소리조차 크게 울려 나왔다.

"상대의 비웃음도 이기지 못하고 허를 보이는 네놈이 진정 명성이 자자한 백리세가의 자제란 말이냐? 지나가는 개가 웃을 일이다."

"죽여라."

백리후의 싸늘한 목소리에 오조천은 백리후의 목에서 손을 떼며 한 발 뒤로 물러섰다. 왜 그런 것일까? 백리후가 놀란 눈으로 오조천을 응시하자 오조천의 입가에 가는 미소가 걸렸다.

"개는 안 죽이거든."

"이……."

백리후의 전신이 크게 요동치며 떨리기 시작했다. 그 순간 백리후의 머리 위로 하나의 그림자가 날아들었다.

"흥! 말이라고 함부로 하는구나!"

쉬아악!

가늘게 소리친 외침과 함께 날아드는 강렬한 바람 소리에 오조천의 표정이 굳어졌다. 순간적으로 몸을 돌리며 옆으로 피했다. 받기에는 늦었기 때문이다.

쾅!

바닥의 흙과 돌들이 사방으로 비산하자 주변의 구경꾼들이 놀라 더 멀리 떨어져 나갔다. 잠시의 소란이 일어나는 순간 먼지 사이로 강렬한 섬광이 번뜩였다.

"윽!"

오조천은 놀라 재빠르게 소매를 들어 눈가를 가리고는 다시 내렸다. 순간 하나의 그림자와 도광이 눈을 파고들었다.

쉬악!

가슴을 베어오는 도광에 놀라 오조천이 옆으로 물러서자 그 사이로 검은 그림자가 나타났다.

깡!

도와 검이 부딪치며 강렬한 금속음이 주변으로 울렸다.

팽소련은 자신의 도를 막고 서 있는 막소희를 바라보며 눈을 빛냈다. 자신보다 어려 보였기 때문이다.

"호오, 어린 계집이 제법이구나."

팽소련의 목소리에 검을 받쳐 든 막소희의 이마에 땀방울이 맺혔다.

생각보다 강력한 힘의 압박이었기 때문이다. 말을 하기 힘들 정도로 팔이 떨려왔다. 그것을 알았는지 오조천이 한 걸음 나섰다.

그 순간이었다. 허공으로 강렬한 휘파람 소리가 울리며 폭약이 터져 나갔다.

쾅!

어디에서도 들을 수 있는 강렬한 폭음 소리에 놀라 막소희와 팽소련이 뒤로 물러섰다. 그리고 나타나는 수많은 무인들의 모습에 오조천의 안색이 굳어졌다. 정주문이었기 때문이다. 누군가가 알린 것이다.

"저기 있다!"

누군가의 외침 소리에 오조천은 빠르게 뒤로 물러서며 장추문과 막소희를 바라보았다.

"물러선다."

"어딜!"

횡!

도가 허공을 가르며 뒤로 물러서는 오조천의 머리를 쪼갤 듯이 내려쳐 왔다. 그 힘과 내력이 강렬해서 주변의 공기가 크게 요동쳐 왔다. 그것을 느낀 오조천의 오른손이 위로 쳐 올라갔다.

맨손으로 도를 쳐가는 것이다. 주변의 사람들과 내려치던 팽소련도 놀란 눈으로 오조천을 바라보았다. 하지만 놀란 것은 잠깐이었다. 자신이 우습게 보였다는 생각이 들자 손을 자를 듯 더욱 강력하게 내력을 끌어올리며 소리쳤다.

"좋구나!"

콰쾅!

폭음성이 울리며 오조천의 신형이 뒤로 십여 장이나 날아올랐다. 팽소련의 신형 또한 뒤로 튕겨 나가며 바닥에 떨어져 내렸다. 하지만 충격으로 십여 걸음이나 뒤로 밀려났다. 그런 그녀의 어깨를 잡은 것은 백리정이었다.

팽소련은 그런 백리정의 어깨를 밀치며 도를 들고 앞을 바라보았다. 자신도 모르게 입가에 선혈이 흘러내렸다.

"아무래도 놓친 것 같은데요."

백리정의 목소리에 팽소련 역시 미미하게 고개를 끄덕였다. 뒤로 날아가던 오조천의 신형이 바닥에 떨어지는 순간, 재빠르게 몸을 돌리며 그 반동을 이용해 땅을 차 올랐기 때문이다. 그리고는 눈앞에서 멀어져 가고 있었다. 순식간에 사람들 속으로 사라진 것이다.

"우엑!"

가슴을 부여잡던 팽소련이 피를 토하며 허리를 숙였다. 그 모습에 모두의 안색이 굳어졌다. 팽소련의 무공이 어느 정도인지 모두 알기 때문이다. 그런 팽소련이 내상을 입은 것이다.

고개를 든 팽소련이 싸늘한 안색으로 도를 들어 보았다.

"두 번… 두 번 때렸어."

자신의 도를 바라보며 중얼거린 팽소련이 무엇을 발견했는지 순식간에 안색이 굳었다. 그것은 오조천의 장이 도를 두 번 때린 것에 놀란 것이 아니라 도신에 남겨진 손 모양의 장영 때문이었다.

오색의 무지개 같은 손 모양의 그림자가 햇빛에 반사되어 여러 색을 띠고 있었다. 그리고 그것이 무엇을 말하는지도 그들은 잘 알고 있었다. 모두의 안색이 굳어졌으며 팽소련의 전신이 미미하게 떨리기 시작했다.

"오… 행장!"

정주문의 무사들이 빠르게 오조천과 일행을 따라갔으며, 그들이 지나치는 발소리를 들으며 백리후는 바닥에 떨어진 자신의 검을 바라보았다.

두두두두!

수많은 발소리가 요란하게 울리고 있었다. 그 사이로 햇살이 반사되어 빛을 내뿜는 검신의 맑은 모습이 백리후의 눈을 자극시켰다. 멍한 그의 시선에 비친 것은 무엇일까? 패배? 아니면 구겨진 자존심? 문득 멍하니 검을 보던 백리후의 입가에 허탈한 미소가 걸렸다.

"훗."

"검이다. 백리세가의 검. 진검을 들어보니 어떠하냐?"

"그냥 무거운데요."

오 년 전 자신에게 검을 건네주던 아버지의 모습이 떠올랐다. 자신의 대답에 머리에 알밤을 한 대 때리던 아버지의 모습이었다. 그때는 이렇게 떨리지도 않았다.

미미하게 떨리는 손으로 검날을 움켜잡았다. 그때는 이렇게 차갑다는 느낌이 들지 않았다. 하지만 오늘은 가슴이 시리도록 차갑게만 느껴졌다.

그는 자신을 죽이지 않았다. 대신 죽음보다 더한 치욕을 가슴에 남겨주었다. 눈물이 흘러야 했지만 눈물은 흘러내리지 않았다. 그저 차갑게 식어버린 가슴속에 불씨만을 남겨두었다. 모두 타올라 온몸이 사라지게 만들 강렬한 불씨.

백리후는 검을 검집에 넣으며 땅을 바라보았다. 땅에 무언가가 있어서가 아니라 땅에 비친 오조천의 얼굴을 바라보는 것이다.

"······."

바람이 불고 있었다. 죽어버린 가슴속으로.

"오라버니······."

백리정이 걱정되는지 우울한 눈으로 백리후의 소매를 잡았다. 이렇게 백리후가 간단하게 제압당하는 모습은 처음 보았기에 그녀 역시 충격이 컸다. 하지만 어떤 말도 할 수 있는 상황이 아니었다.

백리후는 가만히 땅을 보다 소맷자락이 잡히는 느낌에 고개를 돌렸다. 겨우 돌아온 것이다. 백리정의 걱정스러워하는 모습에 백리후는 자신이 얼마나 나약한 사람인지 알 것 같았다.

백리후는 미소 지었다.

"돌아가자, 집으로."

백리후가 신형을 돌리며 앞으로 걸어나갔다. 팽소련과 모용혁이 있었지만, 백리후는 그들에게 말을 걸지도 않았다. 그런 백리후의 눈앞으로 사십대 후반의 덥수룩한 수염을 기른 장년인이 다가왔다.

"정주문의 유한수라 하오."

"······?"

백리후가 바라보자 유한수는 백리후를 비롯한 일행을 바라보며 말했다.

"함께 정주문에 가겠소?"

서안을 나와 갈 곳은 정해져 있었다. 감숙을 지나 청해로 들어가는 것. 오조천은 그것을 생각하고 있었다. 이미 중원 여행은 마정회가 사라지면서 물거품이 된 것이라 생각했다.

"휴우……."

멀리 대로가 내려다보이는 산봉우리에 올라서자 오조천은 주저앉으며 한숨을 크게 내쉬었다. 그 뒤로 장추문과 막소희가 따라와 바위 위에 걸터앉았다.

한숨을 크게 내쉬는 오조천을 바라보며 막소희가 인상을 찌푸렸다.

"사형 바보."

"……."

오조천은 못 들은 척 고개조차 돌리지 않았다. 그 모습에 막소희는 더욱 인상을 찌푸리며 말했다.

"거기서 울컥하면 어쩌겠다는 거예요? 더구나 사람도 그렇게 많은데."

오조천은 그 소리에 귀를 손으로 막았다. 그러자 막소희가 허리에 손을 얹고는 조잘거렸다.

"사람을 죽이지는 말았어야 했어요. 아무리 중원의 무림인들이 싫다 해도 그렇게 큰일을 하면 안 되는 거라구요."

"미안하다."

오조천이 귀를 막던 손을 내리며 고개를 끄덕였다. 그러자 조용히 있던 장추문이 말했다.

"오행장을 알아보았을까요?"

장추문의 목소리에 오조천의 표정이 굳어졌다.

"아마도… 육대세가의 사람들이라면 충분히… 알아보겠지."

오조천의 낮은 목소리에 장추문이 말했다.

"거기서 오행장까지 썼어야 했나요? 가볍게 끝낼 수도 있었을 텐데."

"후후."

오조천은 씁쓸히 미소 지으며 오른손을 펴보았다. 손바닥에 나 있는 긴 혈선이 그녀들의 눈에 들어왔다.

뚝!

"어머!"

바닥에 떨어진 한 방울의 핏방울이 어쩔 수 없음을 말해 주는 듯 보였다.

"강했어, 그 여자."

오조천의 중얼거림에 장추문과 막소희는 팽소련을 생각했다. 오조천의 오행장이 어느 정도의 위력인지 잘 알기에 그녀들도 놀라고 있는 것이다.

오조천 역시 두 번이나 도날을 튕겨내었다. 처음 한 번은 도를 막고 두 번째는 팽소련을 가격하기 위함이었다. 하지만 생각 밖으로 도를 밀쳤지만 더욱 강하게 눌러왔다. 그렇기 때문에 어쩔 수 없이 다시 한 번 튕기며 생각을 바꿔 물러선 것이다.

주먹을 말아 쥔 오조천이 싸늘한 표정으로 중얼거렸다.

"아무래도 예상보다 더욱 강한 인물들이 나올 거야."

그렇게 말한 오조천은 장추문과 막소희를 바라보며 미소 지었다.

"천하대회에 말이야."

"아……."

장추문과 막소희가 고개를 끄덕이자 오조천은 곧 일어섰다.

"쉴 시간은 없다. 정주문이 움직인 감숙으로 넘어가려면 한시라도 빠르게 가는 것이 좋아."

"그래야지요."

장추문이 대답하자 막소희가 일어서며 무언가 생각난 듯 말했다.

"철 언니는요?"

"아! 맞다!"

오조천은 손으로 이마를 잡으며 소리쳤다. 자신도 까맣게 잊어버리고 있었기 때문이다.

"내가 개인적인 원한으로 실수를 펼치지만 않았어도… 이렇게 되지는 않았을 터인데……."

우울한 표정으로 오조천이 중얼거리자 장추문이 조용한 목소리로 말했다.

"걱정하지 마세요. 오는 길에 표식을 남겼으니."

"역시 장 사매야. 그런 꼼꼼한 면이 좋다니까."

장추문의 말에 오조천이 금방 웃음 진 얼굴로 변하며 칭찬했다. 그 말에 장추문이 신형을 돌렸다.

"어서 출발해요. 해가 지기 전에 정주문의 눈에서 벗어나야 하니까."

"그래."

장추문이 신형을 날리자 그 뒤로 막소희와 오조천이 몸을 날렸다. 막 몇 걸음 가던 오조천이 무엇이 생각난 것인지 걸음을 멈추고 뒤돌아 저 멀리 보이는 대로를 응시했다.

"백리후라고 했었지……."

오조천은 분노에 몸을 떨던 백리후를 떠올렸다. 그의 분노는 자신에게 향한 것이 아닌 그 스스로에게라는 것도 알고 있었다.

"또 보자고. 후후."

오조천은 중얼거리며 신형을 돌렸다.

*   *   *

　마차가 멈춘 것은 길을 막고 있는 정주문의 무사들 때문이었다. 노호관은 처음엔 산적인 줄 알았다. 하지만 가까이 다가가 그들의 복장을 보고 섬서성의 정주문이라는 것을 알았다.

　정주문에 대해서는 노호관도 잘 알고 있었기에 원만하게 대처할 수 있을 것 같았다.

　"무슨 일이시오?"

　노호관은 길을 막고 서 있는 삼십대 중반의 인물을 바라보았다. 짧은 수염과 가는 눈을 한 인물로 허리에 도를 차고 있었다. 그가 이들 중에 가장 기도가 강했기 때문이다.

　아니나 다를까, 노호관을 향해 한 발 나선 것은 노호관이 바라본 인물이었다.

　"본인은 정주문의 삼당 부당주인 장국전(張菊前)이라 하오. 다름이 아니라 문에 일이 생겨 무림인들을 조사하고 있던 중이었소."

　장국전은 말을 하며 노호관의 허리에 찬 도와 좌측에 서 있는 두 마리의 말과 그 위에 올라탄 두 명의 소녀를 바라보았다. 둘 다 어깨에 검을 차고 있었다.

　"보아하니 무림인인 듯한데 방명이라도 알 수 있겠소?"

　노호관은 순순히 고개를 끄덕이며 대답했다.

　"사천의 대정문(大正門)에서 오는 길이오. 나는 그곳의 일급 무사인 이지관이라 하오. 그리고 마차에는 대정문주인 장추성문주님의 따님께서 타고 계시오."

"사천의 대정문이라……."

대정문은 익히 들어 알고 있는 장국전이기에 고개를 끄덕였다. 대정문은 사천에서도 알아주는 곳으로, 그곳의 문주인 장추성 역시 명성이 높은 인물이었다. 그리고 그에게는 딸도 한 명 있었고, 아들도 한 명 있었다.

"대정문에서 오셨구려. 그런데 이곳 섬서까지 무슨 일로 온 것이오?"

노호관은 그 말에 살짝 인상을 찌푸렸다.

"사소한 것까지 말해야 하는 것이오?"

"저희에게는 중요한 문제라서 그렇소."

장국전의 말에 노호관은 곧 대답했다.

"서안에서 며칠 머물면서 유명한 곳 좀 돌아다닐 계획이오. 그리고 그곳에서 배를 타고 개봉까지 간 후 운하를 타고 무림관에 가려는 것이었소."

노호관은 이미 준비된 듯 막힘없이 대답했다. 그 말에 장국전은 무언가 생각하더니 한 발 길옆으로 물러섰다. 그러자 정주문의 이십여 명이나 되는 무사들이 좌우로 물러섰다.

"그러셨구려. 길을 막아 죄송했습니다. 그럼 다음에 뵐 수 있다면 뵙겠습니다. 협조해 주셔서 감사합니다."

"별말씀을… 이럇!"

노호관이 말을 몰며 앞으로 나가기 시작했다.

"여행이라……. 좋군요. 돈 있는 사람들은."

장국전에게 말을 하며 다가오는 무사가 부러운 듯 멀어지는 마차를 바라보고 있었다. 장국전은 수하의 말을 듣고도 별달리 변화 없는 얼굴로 마차를 바라보고 있었다.

곧 시선을 떼며 옆에 다가온 수하를 바라보았다.

"대정문에 여행을 좋아하는 여식이 있지만 그녀는 병석에 누워 있다고 들었는데… 아마 반년 전이지. 우연히 들은 소문이었는데, 그런 그녀가 갑자기 이곳으로 여행을 오다니 이상하지 않나?"

"그렇습니까?"

어리둥절해하는 수하의 대답에 장국전은 쓰게 웃으며 말했다.

"장로님께 알려라, 발견했다고."

"예?"

수하의 대답이 시원치 않은지 장국전은 싸늘한 표정으로 말했다.

"엽산(葉酸)의 길목에서 기다린다고 전해주게. 우리도 출발한다. 그곳에서 매복할 테니 빠르게 가도록. 적어도 마차보다는 빨라야 하니까."

"예!"

수하의 외침에 장국전은 고개를 끄덕이며 저 멀리 사라져 가는 마차를 응시했다.

"승급인가……?"

장국전은 자신의 나이에 당주로 올라설 것을 생각하며 미소 지었다.

"무슨 일인가요?"

마차 안에서 들리는 조용하고 차분한 목소리에 노호관은 귀를 기울였다.

"별일 아닙니다. 정주문의 무사들이 길을 막고 신분을 묻기에 적당히 둘러댔습니다."

노호관의 대답에 더 이상 마차 안에서는 목소리가 흘러나오지 않았다. 노호관은 아쉬운 듯 앞을 바라보며 주변을 둘러보았다. 좌우로 숲이었고 대로는 넓었다. 그런 노호관의 옆으로 이화가 다가왔다.

"정주문은 어떤 곳인가요?"

아까부터 궁금했던 이화는 노호관 옆으로 바짝 말 머리를 붙였다.

"정주문은 섬서성의 여러 무림문파 중 화산 다음으로 큰 곳입니다. 뭐, 화산에 비해서는 조족지혈이겠지만 서안에서만큼은 큰 영향력을 행사하고 있지요. 그러니 서안에 가게 된다면 그들의 심기를 건드리지 않는 게 좋습니다."

"정주문은 그럼 우리 교와 비교할 때 어느 정도인가요?"

이것 역시 매우 궁금했다. 이화의 대답에 노호관은 미소 진 얼굴로 대답했다.

"교에 비할 곳은 중원무림에 없습니다. 교와 비교를 하자면… 천하에 널린 분타 정도? 그 정도일 것입니다."

노호관의 대답에 이화는 고개를 끄덕이며 그리 크게 신경 쓸 곳이 아니라고 생각했다.

연락을 받은 사람은 정주문의 장로인 고명기였다. 원래는 문에서 쉬어야 할 나이였지만 과거를 생각하며 서안을 벗어난 당원들과 함께한 것이다.

"발견했다고?"

"옙. 그렇습니다."

삼당의 당주인 왕기의 대답에 고명기는 눈을 빛내며 빠르게 말했다.

"일단 문에 연락하고 우리는 먼저 가기로 하자. 엽산까지의 거리는 얼마지?"

"반나절 정도입니다."

"그래? 생각보다 일이 쉽게 풀리는 것 같구나."

"그런 것 같습니다."

왕기도 동감한 듯 미소 지었다.

"출발하지."

고명기가 먼저 앞으로 나서자 왕기와 십여 명의 남은 당원이 따라가기 시작했다.

■제4장■

쏟아져 내리는 혈화(血花)

　　삼문협(三門峽)에 배가 닿자 송백은 일단 배에서 내려야 했다. 웬 종일 배를 타서 그런지 머리가 어지러웠기 때문이다. 서안으로 간 것이 아니라 바로 황하를 탔다. 그리고 이곳까지 오는 데 이틀 정도가 소요된 것이다.

　　"송형? 설마 뱃멀미를 하는 것은 아니겠지요?"

　　능조운이 옆에 다가와 배에서 내리는 송백을 향해 물어왔다. 몇 시진 전부터 이상했기 때문이다. 송백은 슬쩍 능조운을 바라보다 대답없이 앞으로 걸어나갔다. 배가 고파왔기 때문이다.

　　"설마 송형이 뱃멀미를 할 줄이야. 대단한 발견이네요."

　　능조운이 중얼거리며 옆으로 따라붙자 송백은 걸음을 멈추었다. 능조운도 반사적으로 걸음을 멈추자 송백은 잠시 동안 능조운을 바라보았다.

"왜……?"

"자네도 무거울 텐데 좀 쉬어야지."

송백이 곧 빠르게 앞으로 걸어가자 능조운은 자신이 업고 있는 인물을 생각했다.

"음냐. 쩝. 쩝."

"미인은 잠꾸러기인가……."

능조운은 고개를 저으며 따라갔다.

삼문협이라 불리는 큰 시진에 들어선 송백은 주루를 찾아 들어갔다. 그 뒤로 사람들의 시선을 받으며 능조운이 따라 들어갔다.

능조운의 도움으로 별원을 하나 빌릴 수가 있어서 편하게 쉴 수 있었다. 식사를 하고 나자 송백은 안으로 들어갔으며 능조운도 안희명이 있는 곳으로 향하였다. 손에는 간단한 식사를 들고.

'내가 왜 이런 놈으로 전락했지… 점소이도 아니고 말이야.'

문을 열고 안으로 들어서자 안희명의 자는 모습이 눈에 들어왔다. 탁자에 음식을 내려놓곤 곧 안희명의 옆으로 다가갔다.

안희명의 얼굴이 눈에 들어오자 능조운은 그 앞에 의자를 내려놓고 앉았다.

"……."

무슨 생각이 든 것일까, 가만히 의자에 기대 안희명의 자는 모습을 보던 능조운은 입술이 조금 움직이는 안희명의 모습에 희미한 미소를 그렸다.

'긴 속눈썹… 붉은 입술… 뽀얀 피부… 고운 머리카락…….'

능조운은 저도 모르게 손을 움직여 입가로 흘러내린 머리카락을 귓가로 올려주었다. 그때 살짝 닿은 볼의 느낌이 손끝으로 전해졌다.

'희명…….'

능조운의 중얼거림을 알아들었던 것일까? 안희명의 손이 위로 올라오며 능조운의 손을 잡았다.

"……!"

놀란 능조운이 손을 빼려 했지만 안희명의 손이 능조운의 손을 잡고 볼에 붙였다. 따뜻한 체온이 손을 타고 전해져 왔다. 능조운은 당황한 듯 얼굴을 붉혔으나 싫지 않은 듯 가만히 있었다.

"엄마……."

잠꼬대였을까? 미약하지만 입술이 움직이며 작은 목소리가 들려왔다. 하지만 그 말은 천둥처럼 능조운의 뇌리에 박혀들었다.

"왜 죽었어……."

주룩!

능조운은 멍하니 안희명의 얼굴을 바라보았다. 콧등을 타고 밑으로 흘러내리는 물줄기가 능조운의 심장을 요동치게 만들고 있었다.

"……."

손을 뺄 수가 없었다. 그렇게 굳어버린 듯 능조운은 움직이지 않고 있었다.

문이 열리는 소리에 의자에 앉아 눈을 감고 있던 송백이 눈을 떴다.

"늦었군."

한 시진은 지나서야 들어온 능조운이었다.

"예? 아… 뭐……."

능조운의 우울한 얼굴을 읽은 송백은 더 이상 말을 하지 않았다. 능조운은 자신의 침상으로 다가가 몸을 뉘었다.

천장을 응시하던 능조운의 눈에 아직까지도 안희명의 얼굴이 남아 있었다. 그리고 어머니의 얼굴도 떠올랐다. 왠지 모르게 뒤숭숭한 기분이었다. 그런 모습을 보았기 때문일까? 지금까지와는 또 다른 감정이 가슴을 치고 있었다.

"저기… 송형."

능조운은 천장을 바라보다 무의식적으로 송백을 불렀다. 하지만 송백은 고개조차 돌리지 않았으며 대답도 없었다. 그것을 예상한 듯 능조운은 멍하니 말했다.

"송형의 어머니는 어떤 분이셨소?"

송백의 감은 눈이 떠졌다. 급작스러운 질문이었다. 전혀 생각지도 못했던 단어를 듣게 된 것이다. 그리 기억나는 것도 없었고, 애써 찾으려 하지도 않았다.

"글쎄."

달리 할 말이 없었다. 그것을 아는지 아니면 대답을 기대하지 않았는지 능조운은 여전히 천장을 응시하고 있었다.

"갑자기 어머니가 보고 싶어서… 애라고 욕할지 모르겠지만 그리운 걸 어쩌겠습니까."

"집으로 가지 그래."

송백의 무심한 말에 능조운의 시선이 송백의 뒤통수로 향하였다.

"그러고 싶지만 아직은……."

능조운의 대답에 송백은 잠시 고개를 돌리려다 그냥 눈을 감았다. 그 모습을 바라본 능조운이 생각난 듯 말했다.

"그러고 보니 송형에 대해서는 아무것도 모르는 것 같은데, 우리 심심한데 지난 이야기라도 하면서 보내기로 합시다."

능조운의 말에 송백은 자신도 모르게 입가에 미소를 그렸다. 곧 발소리와 함께 능조운이 송백의 옆으로 다가와 앉았다.

"함께했던 날도 많은데 이제는 서로 좀 알아야 하지 않겠소?"

능조운이 허물없이 말하자 송백은 고개를 끄덕였다. 자신에게 이렇게 다가오는 인물도 그러고 보면 없었던 것 같았다. 단 한 명을 제외하곤.

"그렇게 하지."

송백의 대답에 능조운은 지금이 기회라는 생각으로 빠르게 말했다. 자신은 존대하는데 송백은 자신을 하대하는 것이 그동안 껄끄러웠기 때문이다.

"친구처럼 지내는 것은 어떻겠소? 서로 허물없이 말이오."

말투를 바꾸며 능조운이 말을 하자 송백은 간단히 고개를 끄덕였다.

"그렇게 하지."

"그럼 이제 서로 친구처럼, 응? 응?"

손으로 송백과 자신을 몇 번 왔다 갔다 하면서 가리키던 능조운이 미소 지었다. 이제야 편하게 된 때문이다. 하지만 너무 손쉽게 이루어졌다는 생각도 들었다.

"자, 우린 이제 친구다. 그렇지?"

능조운이 웃음기를 가득 머금고 송백의 얼굴을 바라보며 말했다. 송백은 고개를 끄덕였다.

"그렇게 하지."

"좋아."

탕!

능조운이 자리를 박차고 일어났다. 급작스러운 행동에 송백의 시선이 능조운에게 향하였다. 그러자 능조운이 빠르게 밖으로 나가며 말했다.

"술을 가지고 오지."

탁!

문이 닫히며 사라져 버린 능조운을 생각하며 송백은 미소 지었다. 재미있는 사람이기 때문이다. 가식적이지 않은 모습이 송백에게는 좋은 인상으로 남았다.

*   *   *

검술을 익히는 최종적인 목표는 무엇일까? 마차에 앉아 하염없이 드는 상념들을 정리하며 자신의 과거와 함께 가장 많이 하던 생각이었다.

'강해져야 한다.'

흔들리는 마차의 움직임처럼 상념들도 흔들렸지만 흔들리지 않고 있던 생각은 강함에 대한 생각이었다.

'왜 난 기억을 잃어야 했을까……?'

철시린은 가만히 생각하며 창가의 천을 옆으로 살짝 젖혔다. 그러자 수풀의 푸른 모습이 눈에 들어왔다.

'왜 잃어야 했지……?'

문득 손에 잡힌 반쪽의 승룡패가 차가움을 전하며 손 안으로 파고들었다. 그것을 들어 바라보던 철시린의 표정이 굳어졌다.

'약하기 때문일까……. 내가 약해서……?'

철시린은 그런 생각이 불현듯 들었다. 허전함과 함께 자신의 손으로 지키지 못했다는 죄책감 같은 감정. 이상하게 아무것도 기억이 나지 않았지만 그런 감정은 여전히 남아 있었다.

"휴우……."

오래 생각하면 머리가 아파왔다. 짧게 숨을 내쉬며 검에 대한 생각으로 넘어갔다. 하지만 그런 생각과 상념은 짧게 끝내야 했다. 마차가 멈춘 것이다.

"워! 워어!"

"……?"

철시린은 잠시 동안 앞을 바라보다 서른 명 정도의 사람들이 서 있자 곧 천을 내리며 마차의 푹신한 의자에 깊숙이 기대앉았다.

노호관은 마차를 멈추며 자신의 앞을 막고 있는 정주문의 무사들을 바라보았다. 반나절 전에 만났던 사람들이었다. 그리고 그 외에도 십여 명이 더 늘어나 있었다. 직감적으로 무언가 이상하다는 생각이 들었다.

"이런, 또 만났습니다."

노호관은 애써 태연하게 말했다. 노호관이 보는 사람은 불과 반나절 전에 만난 장국전이었다.

"다시 보게 되어 반갑소."

장국전의 대답에 노호관은 살짝 인상을 찌푸렸다.

"그런데 무슨 일로 다시 우리의 앞을 막아선 것입니까?"

노호관의 질문에 장국전은 잠시 뒤를 돌아보았다. 사십대 후반으로 보이는 왕기가 있었기 때문이다. 노호관은 직감적으로 그 사람이 장국전의 윗사람이라는 것을 알았다. 왕기가 앞으로 나서며 말했다.

"정주문의 당주인 왕기라 하오. 다름이 아니라 누군가를 찾고 있는데, 그 사람들과 당신들이 비슷해서 그런 것이오."

"누구를 찾기에……?"

노호관의 물음에 왕기가 앞으로 다시 한 걸음 나섰다.

"마교도들이오."

"……!"

노호관의 눈동자가 미미하게 흔들렸다. 하지만 티가 날 정도는 아니었다. 단지 뒤에 있던 이화와 이련의 표정이 굳어졌을 뿐이다. 그것을 놓치지 않은 왕기였다.

"하하. 마교도들이라니요. 설마 저희보고 그러는 것은 아니겠지요?"

노호관이 미소 지으며 말했으나 왕기의 표정은 변화가 없었다.

"그것은 조사해 보면 알 일이 아니겠소?"

왕기가 서늘한 목소리로 말하자 노호관의 인상이 굳어졌다.

"무엇을 조사한다는 말이오?"

"대정문의 여식은 반년 전부터 몹쓸 병에 걸려 누워 있는 것으로 알고 있소. 그런데 이렇게 돌아다닌다니 믿어지지가 않는구려."

왕기의 말에 노호관은 인상을 찌푸렸다.

'마정회만 있었어도 이런 실수는 없었을 텐데…….'

노호관은 자신이 실수한 것을 알고 있었다. 대정문에 대한 것은 이미 일 년 전의 것이었기 때문이다. 마정회가 있었다면 이런 문제는 쉽게 해결할 수 있었을 것이다. 사소한 것까지 신경 쓰는 사람들이 무림의 사람들이다. 노호관은 그렇게 알고 있었다. 그리고 정주문은 신교와 원한이 많은 곳이었다.

한동안 말이 없자 왕기의 손이 도를 잡아가며 말했다.

"마교도가 아니라면 굳이 다른 문파를 빌미로 거짓을 말하지는 않겠지? 안 그런가?"

왕기의 말에 노호관은 입술을 굳게 깨물었다. 어떻게 해야 할지 고민하고 있는 것이다. 하지만 이렇다 할 답이 나오지 않았다. 그렇다고 눈앞에 있는 사람들이 두렵다거나 겁이 나는 것은 아니다. 단지 귀찮았을 뿐이다. 그리고 소란이 일어나면 순탄한 길이 안 되기 때문이다.

"마교도라… 정주문은 마교에 무슨 원한이라도 있는 것이오?"

노호관의 말에 왕기는 막 공격하라는 신호를 보내려다 멈추곤 싸늘한 인상으로 입을 열었다.

"있지. 중원의 문파 중 마교와 원한을 맺지 않은 곳이 과연 몇이나 있을 것 같나? 특히 화산파는 백 년 전 거의 멸문하다시피하지 않았나? 더욱이 마교의 철우경은 사악한 대마두가 아닌가? 그놈이 죽인 사람만 해도 그 수를 헤아리기 힘들다. 그런 마교와 친한 곳은 중원에 없을 것이다."

왕기의 말에 노호관은 더 이상 피할 수는 없을 것 같았다. 특히나 철우경의 이름이 나오는 순간 이화와 이련의 표정이 더없이 싸늘하게 변했기 때문이다. 무엇보다 마차 안에서 느껴지는 미미한 기도가 노호관의 뒤통수를 아프게 만들고 있었다.

탁!

문이 열리는 소리가 울리며 발이 나온 것도 왕기의 말이 끝나는 순간이었다.

"아가씨."

노호관이 놀라 마부석에서 내려와 옆으로 섰다. 모두의 시선이 면사녀에게 향한 것도 그 순간이었다.

"……."

왕기는 잠시 동안 멍하니 면사녀를 바라보았다. 무릎까지 흘러내린 긴 흑발과 햇살에 반사되는 투명한 눈동자가 말을 잃어버리게 만들었기 때문이다. 그것은 왕기뿐만이 아니라 정주문의 무사들도 마찬가지였다. 그들은 잠시 동안 햇살에 반사되는 투명한 철시린의 눈동자에 말을 잃고 있었다.

"제 할아버님이 무엇이라고요?"

낮은 목소리였다. 단아한 음성이었고 차분했다. 순간 정신을 차린 것은 가장 후미에 서 있던 정주문의 장로인 고명기였다.

'요… 요녀(妖女)다.'

고명기는 순간적으로 생각하며 사람들 사이로 천천히 걸어나왔다. 자신조차도 놀랐기 때문이다.

"철우경의 손녀인가?"

고명기의 목소리가 주변으로 울리자 철시린의 시선이 고명기에게로 향하였다. 모두의 표정이 좀 전과는 다르게 굳어 있었다. 고명기를 바라보며 철시린은 눈을 빛냈다.

반백의 머리카락과 수염을 한 고명기는 턱수염을 가볍게 쓰다듬었다. 그의 목소리에 정신을 차린 왕기가 재빠르게 뒤로 물러섰다.

"철우경의 손녀가 맞는가?"

다시 한 번 같은 물음을 철시린에게 하는 고명기였다.

'면사로 얼굴을 가렸지만 눈만으로도 사람을 이렇게 긴장하게 만드는구나……..'

고명기는 햇살에 비치는 철시린의 모습에 미미하게 고개를 끄덕였다. 그럴 수밖에 없는 것이 자신도 젊었으면 하는 기분이 들었기 때문이다.

"제 할아버지가 무슨 잘못이라도 한 것인가요?"

철우경의 목소리에 노호관은 아미를 찌푸렸다. 인정하는 말이기 때문이다. 그러자 고명기가 부드럽게 미소 지었다.

"그렇다. 오래전이지. 철우경은 정주문의 초대 문주님을 비무에서 죽였네."

"아……."

철시린의 눈동자가 흔들렸다. 뜻밖의 말이었기 때문이다. 그러자 고명기가 다시 말했다.

"물론 비무에서 죽는 일이야 흔하겠지만, 거기에 있던 정주문의 무사들을 모두 죽였네. 그리고 전대 문주님이 그날 내상을 입어 불구가 되었지."

고명기는 그렇게 말하며 철시린의 얼굴을 바라보았다. 변화를 읽기 위해서이다. 하지만 철시린의 얼굴에는 아무 변화가 없었다. 그저 투명한 눈으로 고명기를 바라볼 뿐이었다.

"원한이 없다면 그것은 말이 안 되는 일이겠지. 안 그런가? 그리고 우리는 원한을 갚기 위해 이렇게 서 있는 것이네."

고명기의 말이 끝나자 철시린은 인상을 찌푸리며 입을 열었다.

"그럼 제가 어떻게 하면 되는 것인가요?"

철시린은 이런 경우를 처음 당하기에 물은 것이다. 그렇다고 해서 예상을 못하는 것도 아니었다. 단지 할아버지가 비겁자라는 소리를 듣게 하고 싶지 않았기에 당당하게 나선 것이다. 그것뿐이었다.

"당연히 목숨. 그것 외에 더 있겠나?"

고명기의 담담한 목소리에 담긴 살기가 날카롭게 철시린의 전신을 찔러갔다. 그것을 느낀 철시린의 눈동자가 미약하게 흔들렸다. 자신도 모르게 오른손에 쥔 검을 굳게 쥐었다.

"죽여라!"

고명기의 목소리가 흘러나오는 순간 왕기의 신형이 앞으로 내달렸다.

"원한을 갚아라!"

그의 외침이 정신을 못 차리고 있던 무사들의 머리에 천둥처럼 떨어져 내렸다. 그리고 정주문의 무사들이 철시린에게 달려들기 시작했다.

"이 검은 신교의 대표라고 할 수 있다. 검을 뽑을 때 늘 신중함을 잃지 말아야 한다."

검을 뽑기 위해 손잡이를 잡던 철시린의 손을 잡는 목소리였다. 철우경의 당부가 귓가에 울리자 철시린의 눈동자가 흔들렸다.

쉬아악!

왕기의 도가 강력한 바람과 함께 내려쳐 왔다. 순간 하나의 그림자가 왕기의 도를 막으며 위로 쳐갔다.

쾅!

"큭!"

신음성과 함께 왕기의 신형이 달려들 때보다 더욱 빠르게 뒤로 튕겨 나갔다.

"아가씨, 일단 피해야 합니다."

노호관이 다급하게 말하며 직도를 움켜잡았다.

따다당!

옆에서 들리는 병장기 소리가 철시린의 시선을 잡았다. 이화와 이련이 정주문의 무사들과 마주친 것이다.

"한 수가 있구나!"

왕기의 외침성이 터지며 다시 한 번 그의 신형이 땅을 박차고 노호관을 향해 날아들었다. 순간 노호관의 도가 미미하게 흔들렸다. 그것을 본 철시린의 입에서 다급한 목소리가 흘러나왔다.

"살인은 안 돼요."

"……!"

노호관의 표정이 일순간에 굳어졌다. 죽이지 않으면 안 되었기 때문이다. 하지만 철시린의 말을 듣고 살인을 할 생각까지는 없었다.

팍!

왕기의 도가 내려쳐 오자 위로 쳐 올리는 직도가 부딪치며 풍압이 찢어지는 소리가 울렸다. 노호관의 직도가 더욱 강하게 위로 올라갔으며 양손으로 도를 잡고 내리던 왕기의 표정이 점점 일그러지기 시작했다. 밀렸기 때문이다.

"하압!"

순간 옆에서 기합성이 울리며 장국전이 노호관의 목을 베기 위해 날아들었다.

쉬악!

바람을 가르는 소리가 강렬하게 울리는 순간, 철시린의 검이 노호관의 앞으로 튀어나왔다.

탁!

도가 검집에 부딪치며 충격을 이기지 못한 장국전이 뒤로 밀려났다. 그리고 노호관의 앞으로 튀어나온 검집이 왕기의 이마를 찔러갔다. 놀란 왕기의 신형이 뒤로 퉁겨 나갔다. 스스로 몸을 날린 것이다.

"일단 피해요."

철시린의 목소리가 흘러나오는 순간 그녀의 신형이 뒤로 날았으며, 노호관이 이화와 이련의 사이로 뛰어내리며 땅을 도로 찍어갔다.

쾅!

거대한 폭음이 일어나며 이화와 이련을 공격하던 무사들이 풍압과 먼지에 뒤로 물러섰다. 그 사이로 세 명의 신형이 빠르게 몸을 날렸다.

"어딜!"

왕기가 입술에서 흘러내린 핏물을 소매로 닦으며 땅을 찼다. 그 뒤로 서른 명의 무사가 따라가기 시작했다. 고명기 역시 천천히 걸음을 옮기기 시작했다. 그가 움직인 곳은 왕기의 뒤가 아니라 철시린이 타고 온 마차 쪽이었다. 마차를 살피기 위함이다.

*　　　　*　　　　*

"무림관에 간다면 당연히 무림대회일 텐데 하오문의 이름으로 출전한다니… 조금 이상하지 않아?"

"……?"

능조운의 목소리에 상념에 잠겨 있던 송백이 눈을 떴다. 그러자 능조운이 빠르게 다시 말했다.

"생각을 해봐. 일반적으로 하오문은 무림맹에서 무림문파로 인정하는 곳이 못 되는데, 그곳의 이름을 붙이다니… 물론 출전은 할 수 있겠지만 감시가 따라붙을 것이 뻔해. 귀찮을 텐데, 그러고 싶어?"

"그런가?"

송백의 말에 능조운은 당연하다는 듯이 고개를 끄덕였다.

"그러지 말고 그냥 낭인이라고 하는 게 더 나을걸."

"음……."

송백은 자신이 했던 말을 변경해야 한다는 말에 생각에 잠겼다. 한 번 한 말은 무슨 일이 있어도 지켜야 한다고 생각했기 때문이다.

"자세히 알려줄 수 있나? 하오문을 바라보는 시각이 어떤지?"

"뭐, 나야 별 상관은 없지만, 하오문이 아무리 문도가 많다 해도 결국 중원에서는 이류라고 봐야 해. 돈이야 잘 벌지만, 그래 봐야 결국 중원의 상계에서 차지하는 비중은 이 할 정도? 그 정도면 충분히 대단하다고 볼 수 있지만, 팔 할은 무림과 연관되어 있지. 그리고 그 나머지 중에서 녹림도 삼 할 정도는 차지하고 있어. 하지만 그런 것과는 다르게 무공을 따지는 무림에 있어서 하오문의 무공은 녹림보다 못하지. 지금까지 무림대회에 하오문의 사람이 나온 적은 단 한 번도 없었어. 왜냐하면 무공이 약하거든. 무공이 약하다는 말은 곧 무림에서 살 수 없다는 뜻도 포함되어 있지."

능조운의 긴 설명에 송백은 고개를 끄덕였다.

"그렇군. 그들의 정보력도 별로인가?"

송백의 질문에 능조운은 잠시 생각하는 표정으로 바뀌었다.

"글쎄… 그건 나도 잘 모르겠는데, 일단 개방에 비해서는 떨어질 것이고… 그렇다고 나쁜 것도 아니니 모르는 것보다 아는 것이 좋다고 보는데."

능조운의 대답에 송백은 미소 지으며 눈을 감았다.

"하오문은 그저 그런 문파가 아니다. 강한 놈들이 모여 있는 곳이지."

송백은 가만히 중얼거렸다. 능조운은 이해할 수 없었다. 강한 놈들이 모여 있는 곳이 아니기 때문이다. 하지만 송백의 강함과 능조운의 강함은 달랐다.

'무공이 아니라 사람으로서 그들은 강하다.'

송백은 그렇게 생각하고 있었다. 물론 송백의 개인적인 생각일 뿐이었다.

"에효… 뭐, 그렇게 하겠다면 굳이 말리지는 않겠지만… 그래도 사람들 시선이라는 것이 있는데 그러는 건 좀 뭐하지 않을까나?"

능조운이 침상에 드러누우며 말했다. 송백은 대답하지 않았다. 곧 문이 열리며 눈을 비비고 들어오는 여자가 있었다.

"으아아암! 뭐 해?"

안희명이었다. 안희명은 송백이 앉아 있는 것을 발견하곤 놀란 듯 몸을 재빠르게 돌리며 머리카락을 정돈하기 시작했다. 하지만 이미 봉두난발인 머리카락을 어찌할 수는 없었다.

"일어났어?"

능조운이 반가운 듯 말하자 안희명은 고개를 끄덕였다. 송백은 생각할 것이 있기에 안희명을 발견하곤 곧 눈을 감았다. 다른 생각이 아니었다. 송가도법(松家刀法)에 대한 생각이었다. 지금까지 마정회를 나오며 생각하고 있었던 것이다.

무(無)에서 유(有)가 나온다. 그것을 알기에 송백은 무초식의 전검류에서 유초식인 송가도법을 생각하고 있었던 것이다. 그리고 다시 유초식인 송가도법에서 무초식의 전검류로 발전할 수 있다면 월파검법도 완성할 수 있을 것이라 여겼다.

'무(無)에서 유(有)가 창조되고, 유에서 무가 다시 창조된다. 그리고 무와 유는 늘 반복되는 것이다.'

송백은 그것을 상기하며 송가도법을 머리로 익히고 있었다. 하나의 초식을 펼칠 때마다 거기에서 파생되는 수많은 변초들이 머리를 가득 메우고 있었다. 그것을 정리하는 것이 지금 해야 할 일이었다.

"배 안 고파?"

안희명이 의자에 앉으며 말했다. 그러고 보니 벌써 해가 지고 있었다. 내일 아침 이곳을 떠날 것이다.

$$* \qquad * \qquad *$$

왜 하필 자신이 참고로 했던 곳이 문제가 있었던 것일까? 노호관은 인상을 찌푸렸다. 이럴 때 도움이 되라고 마정회가 있는 것이다. 하지만 전혀 도움이 안 되었다. 거기다 철시린의 말은 지금 이런 상황에서 최악의 말이었다.

'왜 죽이지 못하게 하는가……?'

노호관은 그것이 불만이었다. 그것만 아니라면 벌써 몇 명 불구로 만들었을 것이다. 그리고 수도 줄었을 것이고, 몸을 피하는데 용이했을지도 모른다. 하지만 철시린은 여전히 검을 뽑지 않고 있었다.

"중원은 신교를 좋아하지 않습니다. 물론 좋아하는 사람들도 있겠지만 대체적으로 원한이 많기 때문에 싫어하고 죽일 듯이 덤벼들지요. 그리고 그런 일이 생기면 살인이 일어나기 마련이고, 또 다시 원한이 쌓이게 됩니다."

"원한의 반복이군요."

노호관이 수풀에 앉아 말했다. 약간의 공터에 앉아 쉬고 있는 일행을 향해 한 말이었다. 물론 상대는 철시린이다. 철시린은 담담히 대답했을 뿐이다. 그녀가 어떤 생각을 하는지 노호관은 알 수 없었다.

"이곳에 있다고 해도 그들의 손에서 벗어나는 일은 어렵습니다. 결국 왔던 길을 되돌아가는 것밖에는 방법이 없습니다."

"그냥 돌아가자는 말인가요?"

노호관이 고개를 끄덕이자 이화와 이련은 걱정스러운 표정으로 철시린을 바라보았다. 그녀들도 의외의 일들이 발생하자 놀란 것이다.

"알겠어요."

이화와 이련을 보던 철시린이 고개를 끄덕이자 노호관은 이제부터 해야 할 일들을 생각하며 일어섰다.

"일단 감숙으로 들어갑니다. 감숙은 신교의 영향력이 큰 곳이니 그들도 그곳까지는 넘어오지 않을 것입니다."

노호관의 말이 끝나는 순간이었다.

삐이익!

하늘 높이 올라가는 폭약 소리에 모두의 표정이 굳어졌다. 어느새 따라온 것이다. 노호관의 시선이 수풀 사이로 보이는 산등성으로 향하였다.

"빨리도 오는군."

애초에 정주문의 손을 벗어날 생각은 없었다. 모두 죽여야 하기 때문이다. 하지만 철시린의 눈이 그것을 막고 있었다. 노호관은 빠르게 말했다.

"먼저 출발하십시오. 곧 뒤따라가겠습니다."

"무슨 말인가요?"

철시린의 말에 노호관이 몸을 돌리며 굳은 목소리로 말했다.

"제가 시간을 벌겠습니다. 그러니 어서 가시기 바랍니다. 두 분 시비들도 있지 않습니까? 일단 약속된 장소에서 뵙기를 바랍니다."

노호관은 여러 상황을 볼 때 자신이 시간을 버는 것이 좋다고 판단했다. 더욱이 철시린이 없다면 이들의 발목을 잡기에 충분히 자신있었다. 살인을 할 수 있기 때문이다. 하지만 그것은 노호관의 생각이었다.

"그럴 수는 없어요. 어떻게 노 위사를 두고 우리만 가겠어요."

철시린의 단호한 목소리에 노호관은 입을 닫았다. 설마 하니 이렇게 나올 줄은 몰랐다. 그리고 설득할 방법도 머리에 떠오르지 않았던 것이다. 노호관은 짧게 숨을 내쉬었다.

쉬악!

순간 수풀을 헤치며 하나의 그림자가 빠르게 노호관의 머리 위로 날아들었다. 노호관은 이미 알고 있었기에 허리를 숙이며 앞으로 나아감과 동시에 다리를 향해 도를 그었다.

퍼퍽!

"크아악!"

두 번의 살을 베는 소리가 요란하게 울리며 양다리가 잘린 정주문의 무사가 땅을 굴렀다. 이 정도라도 해야 한다고 여겼던 것이다.

피가 뿌려지며 비명성이 메아리치자 그것을 신호로 정주문의 무사들이 달려들기 시작했다.

철시린은 인상을 찌푸리며 노호관에게 뭐라고 말을 하려 했다. 하지만 말을 할 시간이 없었다. 자신을 향해 날아드는 인영이 있었기 때문이다.

장국전은 면사녀가 철우경의 손녀라는 사실에 적지 않게 놀라고 있었다. 사악해 보이는 그런 여자가 전혀 아니었다. 적어도 자신이 죽여야 하는 여자는 마교의 요녀가 되어야 옳았으며, 이렇게 도를 들기 힘들게 만드는 여자가 되어서는 안 되었다. 그렇게 생각했다. 하지만 눈앞에 있는 여자는 마교의 여자였다.

쉬악!

좌에서 우로 가슴을 베어가듯 도날을 베어가는 장국전은 움직이지 않는 철시린의 모습에 인상을 찌푸렸다.

'피해라.'

자신도 모르게 그렇게 중얼거렸다. 여자의 피를 보고 싶지는 않았기 때문이다. 하지만 철시린은 움직이지 않았으며 가볍게 검집을 들어 올렸다.

팍!

도날이 검집에 막혀 멈추었다. 순간 철시린의 검집이 짧게 몇 번 도날을 두드렸다.

따닥!

"큭!"

손목으로 검집을 움직여 도날을 두드렸으나 장국전은 손목이 부러지는 충격을 느끼곤 뒤로 물러섰다. 그제야 장국전은 상대가 누구인지 인식했다. 상대는 대마두인 철우경의 손녀였다.

"크악!"

비명성이 울리며 피가 허공에 뿌려졌다. 그 밑으로 잘린 팔이 떨어져 내렸다. 노호관의 직도가 자른 것이다. 뒤로 물러서는 무사의 안색은 퍼렇게 변하고 있었다.

슈악!

노호관은 옆에서 찔러오는 도날을 발견하곤 몸을 돌리며 찔러오는 도날 위로 자신의 직도를 베어갔다.

퍽!

노호관의 도날이 달려들던 무사의 어깨에 박혀들었다.

"컥!"

고통이 커서일까? 어깨에 박힌 노호관의 도가 뽑히자 무사가 뒤로 물러섰다. 노호관은 잠시 주변을 둘러보았다. 이화와 이련은 서로 어깨를 붙이고 있었으며 철시린도 여유있게 상대를 하고 있었다. 하지만 이렇게 되면 끝이 없다는 것도 알았다.

문득 무사들 중에 누군가가 안 보인다는 것을 알았다. 그리고 그 사람이 고명기란 것도 알았다.

"참으로 난감한 무공을 구사하는구나, 젊은 친구는."

노호관은 목소리에 고개를 돌렸다. 그리고 그곳에 자신이 찾던 고명기가 보였다.

"어디 소속인가?"

고명기의 목소리에 노호관은 입을 닫았다. 열 필요가 없었기 때문이다. 고명기는 그저 고개를 끄덕이며 허리에 찬 도를 꺼내 손에 쥐었다.

"그리 뛰어난 도법은 아니나 상대하는데 어려울 것은 없을 것이네."

노호관은 직도를 비틀듯 쥐며 기를 운용했다. 쉬운 상대가 아니기 때문이다. 그리고 먼저 움직였다.

슝!

도를 고명기의 안면으로 빠르게 베어갔다. 간단한 동작이지만 막기 쉬운 동작도 아니었다. 고명기 역시 허리를 뒤로 젖히며 도를 하늘 위에서 내려쳤다.

땅!

노호관의 도가 충격을 이기지 못하고 밑으로 떨어졌다. 그 순간 고명기의 도가 다가온 노호관의 안면으로 도날을 세우며 베어갔다. 놀란 노호관이 뒤로 물러섰다.

핏!

휘날리던 머리카락이 도날에 베이며 허공 중에 뿌려졌다. 몇 올 안 되는 머리카락이었으나 노호관의 표정은 싸늘하게 변하였다.

'살인은 안 된다……'

노호관은 마음속으로 생각하며 도를 들어 찔러갔다. 그 기세가 예사롭지 않은지 고명기는 뒤로 물러서며 도를 좌우로 베어가듯 막아갔다.

따당!

두 번의 금속음이 울려 나오는 순간 노호관의 발이 더욱 빠르게 앞으로 나아가며 도를 찔러갔다. 순간 수십 개의 도 그림자가 고명기의 안면으로 뿌려졌다.

"허……!"

고명기의 표정이 굳어지며 매우 놀란 표정으로 변하였다.

'과연……'

고명기는 굉장히 빠른 초식에 고개를 끄덕이며 도를 마주 들어 찔러갔다. 순간 수십 개의 도날과 도날이 엉키기 시작했다.

따다다당!

팍!

검집으로 도날을 막으며 도날을 미끄러지듯 내려 상대의 가슴을 찌른 철시린은 재빠르게 신형을 돌리며 등을 찔러오는 상대의 안면으로 검날을 베어갔다.

짝!

검집으로 싸대기를 맞은 상대가 신음성을 토하며 뒤로 튕겨 나갔다. 가슴을 찔린 무사도 숨이 막힌지 그 자리에 무릎을 꿇고 앉았다. 순간 철시린의 시선 속으로 하체를 노리는 도날이 흔들리며 날아들었다. 장국전이었다.

철시린은 가볍게 하체로 날아드는 도날을 향해 검집을 내렸다. 순간 기다렸다는 듯이 도날이 사라지며 목을 향해 장국전의 도가 날아들었다. 급작스럽게 바꾼 것이다.

"……!"

철시린도 놀란 듯 표정이 굳어졌다. 하지만 손은 표정과는 달리 빠르게 움직였다. 위로 회전하듯 검집을 올린 것이다.

팍!

검집에 도날이 튕겨 나갔다. 그 순간 철시린의 옆구리로 도날이 박혀들었다. 철시린은 가볍게 한 발 앞으로 나서며 몸을 회전시켰다. 그리고 회전과 동시에 자신을 지나치는 상대의 뒤통수를 검집으로 가격했다.

퍽!

"큭!"

고통이 커서일까? 뒷머리를 잡으며 상대가 앞으로 밀려 나갔다. 철시린은 눈을 돌리며 장국전을 바라보았다. 그 순간 철시린의 귓가에 비명성이 들렸다.

"아악!"

철시린의 눈동자가 굳어졌다. 그것은 남자의 비명이 아닌 여자의 목소리였기 때문이다.

"……!"

놀라 고개를 돌린 철시린의 눈동자가 흔들리기 시작했다.

이화와 이련은 서로 등을 마주하며 정주문의 무사들을 상대로 싸워 나가고 있었다. 둘의 무공이 떨어진다고 하지만 철우경의 밑에서 무공을 익혔다. 물론 정식으로 익힌 것은 아니나 기본기는 충분했기에 정주문의 무사들보다 높으면 높았지 부족하지 않았다.

"익!"

날아드는 도날을 발견해 이화가 검날로 쳐냈다. 순간 강력한 경기와 함께 조금은 커 보이는 도가 옆구리로 날아들었다. 왕기였다. 왕기는 처음부터 철시린이나 노호관을 상대하는 것보다 이 둘을 상대하는 것이 좋다는 것을 알고 있었다. 그리고 이들을 상대하여 그녀들이 몰린다면 충분히 철시린과 노호관의 신경을 분산시킬 수 있다고 여겼다.

'약한 곳을 먼저 친다. 그것이 기본이 아니었던가.'

왕기는 중얼거리며 이화를 향해 강하게 도를 내려쳐 갔다.

슈아악!

도를 들고 달려들던 무사를 뒤로 밀어낸 이화는 허공에서 내려쳐 오는 왕기의 도날을 바라보곤 입술을 깨물었다. 풍압만으로도 강한 일격이란 것을 알고 있었기 때문이다. 하지만 뒤로 물러설 수는 없었다. 뒤에는 이련이 있기 때문이다.

이화는 인상을 찌푸리며 검을 위로 치켜 올렸다.

깡!

"윽!"

강한 금속음이 울리며 이화의 입술에서 신음성이 튀어나왔고, 절로 몸이 뒤로 밀렸다. 그러자 이련의 등에 이화의 몸이 기대게 되었다. 그 느낌에 놀란 이련이 시선을 뒤로 돌리려 하였다. 그 순간이었다, 한 명의 무사가 이련의 눈에 들어온 것은.

뒤통수를 잡고 앞으로 엎어질 듯 달려들던 무사의 앞으로 이화의 모습이 잡혔다.

왕기는 갑작스럽게 자신의 등 뒤로 느껴지는 발자국에 놀란 눈을 돌리려 하였다. 하지만 이화의 검이 그것을 막고 있었다. 뒤로 물러선다면 이화의 검이 날아들 것이다.

"아앗! 당주님!"

뒤에서 들리는 외침에 왕기의 표정이 굳어졌다. 순간 왕기의 겨드랑이를 베어가며 도날이 튀어나왔다.

"이화!"

순간 이련의 외침이 터졌으며, 이화의 눈에 왕기의 살이 베이며 핏방울이 튀는 모습이 들어왔다. 그리고 그 사이로 날아드는 도날의 모습도.

픽!

도를 앞으로 내민 채 철시린에게 힘차게 달려들던 왕수(王水)는 순간적으로 철시린이 사라지며 뒤통수에 눈이 튀어나올 정도의 강렬한 통증이 느껴지자 중심을 잃었다.

"큭!"

신음성을 토하며 앞으로 엎어질 듯 날려 나간 왕수의 눈에 자신의 당주인 왕기의 등이 들어왔다. 이대로 멈추지 못한다면 찌를 것이 분명했다. 그런 일이 생긴다면 자신은 죽은 목숨이나 마찬가지였다. 어떻게 해서든 그러한 사태는 막아야 했다.

"아앗! 당주님! 어어어어!"

놀라 소리치며 도날을 옆으로 비틀었다. 왕기의 겨드랑이로 파고드는 도날을 보며 왕수는 안심했다. 하지만 도날을 타고 전해지는 무거운 느낌이 왕수의 안색을 굳어버리게 만들었다.

"아악!"

여자의 비명성. 왕수는 분명히 여자의 가슴에 박힌 자신의 도를 볼 수 있었다. 그리고 그 순간 뒷목으로 무언가 따끔거린다는 느낌이 들었다.

"……?"

순간 하나의 그림자가 왕수의 등을 넘어섰다.

핏!

뒷목에서 핏물이 뿜어져 나온 것도 동시였다. 그것이 왕수가 마지막으로 본 세상이었다.

쿵!

"이화!"

놀란 이런이 이화의 어깨를 잡으며 소리쳤다. 이화의 눈동자는 허공을 향하고 있었으며, 눈의 초점이 흐려지고 있었다.

쉬아악!

순간 이런의 등으로 두 명의 무사가 날아들었다. 이 기회에 죽이려는 것이다.

"앗!"

뒤에서 느껴지는 기운에 놀란 이런이 고개를 돌리며 일어서려 했지만 이화를 놓고 그럴 수는 없었다. 이런은 이화의 얼굴을 잡고 눈을 감왔다.

'같이…….'

퍼펙!

파육음이 들렸으나 이련은 자신의 육체에 고통이 없자 이상한 기분이 들었다.

"이화."

이련은 들려오는 목소리에 놀라 눈을 떴다. 순간 어깨 너머로 피가 뿌려지며 두 명의 무사가 바닥으로 쓰러졌다.

"아가씨."

철시린의 손에는 어느새 검이 뽑혀 있었다. 가늘게 떨리는 어깨와는 달리 눈동자는 투명했다. 그런 철시린의 시선이 이련에게 기대 있는 이화에게로 향하고 있었다. 이화의 왼 가슴에 박힌 도가 섬뜩한 핏방울을 흘러내리게 하고 있었다.

"아가씨……."

이화의 흐릿한 시선이 철시린에게 향했다. 철시린은 가만히 고개를 끄덕였다.

"살 수 있어. 조금만 참아."

철시린은 다급하게 중얼거리며 소매에서 백색의 옥병을 꺼내 들었다. 철우경에게 받은 것으로 자신이 과거에 먹었던 공청석유가 미량이지만 들어 있었다.

"이걸 먹어. 그럼 살 수 있을 거야."

"아가씨……."

입을 벌리자 이화의 입에서 핏물이 흘러나왔다. 붉은 핏물이 이화의 옷을 적시고 있었다.

"죄송해요……."

이화의 마지막 목소리였을까? 무엇이 죄송한 것일까? 이화의 희미한 목소리가 조용히 울렸다.

"……."

철시린은 멍하니 이화를 바라보았다. 이화의 고개가 옆으로 숙여 있었기 때문이다. 그것은 충격이었다. 이런 충격은 처음이라고 여겼다. 말도 안 되는 일이었고 어이없는 일이었다. 머리 속에서 무언가 폭발할 듯 머리카락이 서서히 흔들리기 시작했다.

무엇보다 참을 수 없는 것은 자기 자신의 나약함이었다.

"적을 만나면 죽여야 한다."

철우경의 목소리를 늘 거부했던 자신이다. 적도 사람이기 때문이다. 하지만 이화는 자신이 검집으로 친 상대의 도날에 찔린 것이다. 그것이 철시린의 머리에 충격처럼 각인되었다. 검을 잡은 손이 미미하게 흔들리기 시작했다.

"이화! 이화!"

이련이 소리치며 이화의 머리를 부여잡았다. 이련의 울먹이는 목소리가 울리자 철시린의 시선이 멍하니 서 있는 왕기에게로 향하였다.

왕기는 철시린의 시선이 닿자 놀라 눈을 부릅떴다. 그것은 투명했으며 그 속에 담긴 것은 무(無) 그 자체였다. 아무것도 없는 것 같은 동공은 무엇이라도 빨아들일 듯 투명했다. 혼을 빨아버릴 듯한 눈동자.

팟!

순간 철시린의 눈동자가 왕기의 바로 코앞에 거대하게 나타났다.

"흡!"

놀란 왕기가 몸을 빼려 했다. 하지만 이미 몸은 말을 듣지 않고 있었다.

"크으윽!"

입술을 뚫고 나오는 핏물을 감출 수가 없었다. 철시린의 검이 어느새 심장을 뚫고 등 뒤로 삐져 나와 있었다.

"당주님!"

무사들의 외침성이 울렸다. 하지만 왕기는 입을 열 수가 없었다. 철시린의 공허한 눈이 자신을 바라보고 있었기 때문이다. 그 순간 왕기의 가슴에 박힌 철시린의 검이 천천히 옆으로 틀어지고 있었다.

"으… 으으윽!"

저절로 신음성이 흘러나왔으며 왕기의 신형이 미미하게 떨리기 시작했다. 검을 박아 넣고 비틀고 있는 것이다. 그 고통이 온몸을 마비시키고 있었다.

"크윽! 크으으으윽!"

고통스러운 신음성이 울리며 왕기의 양 발이 저절로 위로 들어 올려졌다. 고통을 막아보기 위해서이다. 하지만 철시린의 검은 여전히 돌고 있었으며, 왕기의 눈동자가 천천히 위로 올라가기 시작했다.

쿵!

검이 빠져나오자 왕기의 신형이 바닥으로 쓰러졌다. 철시린은 멍하니 자신을 바라보고 있는 무사들을 바라보았다. 이십여 명의 무사들이 철시린을 바라보고 있었다. 그들의 얼굴에는 고통스러운 왕기의 죽음이 선명하게 자리했다.

"이, 이런 빌어먹을 요녀 같으니라고!"

장국전이 소리치며 철시린을 향해 달려들었다. 순간 그 뒤로 무사들이 도를 치켜들며 달려들었다.

"육시를 내버려라!"

장국전의 외침에 뒤에 남은 십여 명의 무사가 나무를 타고 올라 허공으로 날아들었다.

초점이 없는 철시린의 동공 속으로 장국전과 십여 명의 무사가 들어왔다. 도를 옆으로 세운 채 달려드는 그들의 모습에 철시린은 멍하니 검을 들었다. 검을 든 손이 미미하게 떨리고 있었다.

"모든 것을 멸하는 것이 멸절검법(滅絶劍法)이다. 검법을 펼친 후 살아 있는 사람은 없다."

순간 철시린의 그림자가 십여 명으로 늘어나며 달려들던 무사들의 앞에 모습을 나타냈다.

"헉!"

장국전은 순간적으로 자신의 눈앞에 나타난 철시린의 모습에 놀라 눈을 부릅떴다. 그것은 다른 무사들도 마찬가지였다. 그리고 그것을 느낀 순간 철시린의 그림자가 사라지며 십여 명으로 늘어난 그림자가 순식간에 하나로 합쳐졌다.

퍼퍼퍼퍽!

강한 타육음이 울린 것은 철시린의 그림자가 하나로 합쳐지는 순간이었다.

"······."

장국전은 멍하니 눈을 부릅뜨며 자신의 왼 가슴을 손을 들어 만져 보았다. 뜨거운 물기가 손을 타고 전해져 왔다.

주륵!

장국전은 멍하니 철시린을 바라보았다.

팟!

순간 등을 뚫고 핏물이 분수처럼 쏟아져 나갔다. 부릅뜬 두 눈은 거짓말이라는 말을 계속해서 반복하고 있었다. 믿을 수가 없었다. 어떻게 인간이 이렇게 빠르게 움직일 수 있다는 말인가? 장국전은 자신이 아는 고수들 중에 철시린만큼 빠르게 움직이는 사람을 본 적이 없었다. 문득 두렵다는 생각이 들었다.

'애초에… 잘못된 결정인가······.'

입술을 타고 흘러내리는 핏방울이 바닥으로 떨어져 내렸다. 그리고 떨어지는 핏방울과 함께 장국전의 신형도 바닥을 향해 쓰러지고 있었다.

쉬아아악!

철시린은 타육음을 들으며 고개를 들었다. 하늘을 가리고 내려오는 십여 명의 무사가 동공 속으로 잡혀갔다. 어떤 생각을 했을까? 철시린의 검이 허공을 겨누었다. 그런 철시린의 머리카락과 옷자락이 불어오는 바람에 휘날리며 길게 옆으로 그림을 그리고 있었다.

순간 허공을 향한 철시린의 검날에서 아지랑이 같은 기운이 피어나더니 회오리치듯 검날을 감싸고 일 장 가까이 늘어났다.

"······!"

"헛!"

허공으로 날아들던 무사들의 표정이 굳어졌으며, 고명기를 밀쳐 내고 이화와 이련의 옆으로 날아온 노호관의 표정 역시 굳어졌다. 뒤로 물러서 있던 고명기 역시 믿을 수 없다는 표정으로 철시린의 늘어난 유형의 검기를 응시했다.

'모두… 사라져 버려……'

슈아아악!

순간 철시린의 검이 허공을 향하자 하늘 위의 모든 것을 삼켜 버릴 것 같은 수백의 검기 다발이 허공을 가득 메우며 쏟아져 나갔다.

퍼퍼퍼퍽!

뚜두두둑!

조각나듯 잘리며 떨어져 내리는 시신들의 모습에 노호관은 입을 다물지 못하고 있었다. 순간 허공을 메운 붉은 기운이 잠시 멈춘 듯하더니 곧 쏟아져 내렸다.

쏴아아아!

혈우(血雨).

그것은 비였다. 철시린을 사이에 두고 붉은 비는 그렇게 짧은 시간 떨어져 내렸다. 우연이었을까? 철시린의 면사가 피비와 함께 바람에 날려 벗겨졌다. 순간 노호관의 두 눈이 부릅떠졌다.

툭!

철시린의 얼굴에 핏방울이 한 방울 떨어져 내렸다. 멍한 동공이 허공에 머물다 천천히 숙여지며 노호관과 이화, 이련 쪽으로 향하였다. 순간 노호관의 전신이 미미하게 떨리기 시작했다.

쏟아지는 붉은 비, 그리고 그 속에 서 있는 철시린의 모습과 텅 빈 눈동자.

'아… 아름… 답다…….'

분명히 잔인해야 했다. 그게 옳은 생각이다. 철시린의 주변으로 쌓인 시신들과 짙은 혈향과 피로 물든 수풀의 모습은 잔인한 풍경이었으며 역겨워야 했다. 하지만 노호관은 그런 생각을 하지 못하고 있었다.

피비가 떨어지며 철시린의 모습을 가렸을 때 면사가 벗겨지며 나타난 얼굴과 모든 것을 빨아들일 듯한 그 눈동자를 본 순간 모든 생각이 멈추었다. 그리고 주변의 잔인함은 눈에 들어오지 않았다.

사박!

철시린의 발이 피로 물든 수풀을 밟으며 이화에게 다가갔다. 사라졌던 초점도 천천히 돌아오고 있었다.

"더… 할… 생각인가요?"

철시린의 상체가 이화의 앞에 숙여지며 조용한 목소리가 흘러나왔다. 그것은 한쪽에 서 있는 고명기에게 한 말이었다. 고명기는 멍하니 철시린을 바라보고 있었다. 하지만 이내 수풀 속으로 몸을 숨기며 사라져 갔다. 더 이상 의미가 없었기 때문이다.

고명기가 사라지자 이화를 바라보던 철시린의 손이 떨리며 이화의 볼을 만지기 시작했다. 차갑게 식어버린 느낌이 철시린의 손을 타고 느껴졌다.

"미안……."

철시린의 눈동자에 맺힌 물기가 볼을 타고 흘러내렸다.

■제5장■

돌아가다, 처음으로…

화려한 내실이었다. 또한 넓었다. 누가 보더라도 여자들이 기거하는 곳 같은 그런 객청이었다.

객청의 중앙에 차가 놓여 있는 작은 원형의 탁자가 있었다. 그리고 그 앞에 백색의 수염과 머리를 한 노인이 앉아 있었다. 노인 앞에는 백발의 여인이 앉아 있었는데, 얼굴은 서른 정도로 보였으며 아름다웠다. 백발과 어울리게 신비스러운 분위기를 만드는 여인이었다.

"오늘 가신다고 들었어요?"

"물론이오."

담오는 수염을 쓰다듬으며 고개를 끄덕였다. 표정은 그리 밝지 않았다. 좀 전에 서신으로 소식을 들었기 때문이다.

"후세가 없기에… 그 아이를 좋아했건만… 나는 왜 이런지 모르겠소."

"……."

여인은 입을 닫고 있었다. 가만히 노인을 바라보는 여인의 눈에는 세월이 보였다. 잠시의 시간이 지나자 여인의 입이 열렸다.

"술을… 준비할까요?"

여인의 말에 담오는 고개를 저었다.

"아니오, 조 문주."

담오는 고개를 저으며 말했다. 그 말에 천상음문(天上音門)의 문주이자 살아 있는 현 여중제일고수인 조민은 씁쓸히 미소 지었다.

"많이 좋아했군요."

"물론이오. 당신만큼……."

어렵게 입을 연 담오였다. 그 마음을 알기에 조민은 희미하게 미소 지었다. 그것은 포근한 미소였다. 얼마나 슬펐을까? 조민은 백여 년 만에 처음으로 눈물까지 보인 담오를 보았다.

"죽음은 언제나 사람을 슬프게 하지요."

"나는 죽음보다 내가 못난 것이 더욱 슬프오."

담오의 담담한 목소리에 조민은 시선을 돌렸다.

"마음에 담은 사람을 이렇게 마주하면서도 다가가지 못하니 내가 얼마나 못난 사람이겠소."

"당신은 못난 사람이 아니에요."

조민이 고개를 돌리며 말하자 담오는 짧게 숨을 내쉬었다. 알고 있었다. 젊은 날 이미 조민에게 사랑하는 사람이 있었다는 것도, 그리고 그 사람만 생각하는 그 마음도. 하지만 포기하지 못했다. 그렇게 포기하지 못하고 조민만 바라보며 보낸 세월이 벌써 백여 년이 되어가고 있었다.

그리고 조민의 얼굴에도 주름이 몇 개 보였다. 세월이 흐른 것이다.

"송영이란 아이… 한번 보고 싶었어요."

조민의 말에 담오의 표정이 굳어졌다. 아픔이 전해져 왔기 때문이다.

"당신에게는 늘 미안해요."

조민의 목소리에 담오는 고개를 저었다.

"아니오. 그래도 유일하게 남성으로서 이곳 천상음문에 들어오지 않았소? 다 조 문주의 배려 때문에 그런 것이 아니오."

담오의 말에 조민은 입을 닫았다. 백여 년 전 자신을 보기 위해 난동을 부리던 담오의 모습이 떠올랐기 때문이다. 그리고 시간이 흘러 담오와 함께 절대음(絶對音)이라 불리는 천상음(天上音)을 완성할 수 있었다. 하지만 그것은 단 한 번만 연주해 봤을 뿐이었다.

잠시의 침묵이 이어지자 문밖에서 고운 목소리가 흘러 들어왔다.

"난영입니다."

"들어오너라."

조민은 고개를 돌리며 말했다. 그러자 문이 열리며 십대 후반으로 보이는 소녀가 들어왔다. 머리카락을 위로 살짝 말아 올려 그 중앙을 묶어 나머지 머리카락을 어깨 밑으로 흘러내렸다. 그렇게 올린 머리를 핀으로 곱게 장식한 소녀였다.

"이 아이는……?"

담오는 젊은 날의 조민과도 닮은 것 같은 소녀의 모습에 놀라 물었다. 그러자 조민이 미소를 지으며 들어온 소녀에게 옆으로 오라고 손짓했다. 그러자 소녀가 조민의 옆으로 다가갔다.

"인사드리거라. 담 장로님이다."

"아!"

소녀는 놀라 눈을 크게 뜨며 재빠르게 허리를 조아렸다. 본 적은 없지만 소문으로 알고 있었다, 천상음문의 유일한 남성이며 장로로 있는 담오의 이야기를. 그 비사에 대해서는 잘 모르지만 남성이라는 이유만으로도 천상음문 내에서 가장 유명한 인물이었다.

"허난영이라 합니다."

빼어난 미모의 소녀였다. 예쁘다는 말이 절로 나올 소녀의 미소에 담오는 저도 모르게 미소 지었다.

"무림관에 함께 가주었으면 해서요."

"무림관?"

조민은 고개를 끄덕이며 다시 말했다.

"내년 무림대회에 이 아이를 보낼 생각이에요."

조민의 말이 끝나자 허난영은 살짝 얼굴을 붉혔다.

탁!

자신의 방으로 들어온 허난영은 잠시 동안 멍하니 서 있었다. 그렇게 잠시 천장을 응시하던 허난영은 갑작스럽게 주먹을 가슴 앞으로 쥐며 무릎을 굽혔다. 그리고 흘러나온 미약한 음성.

"예에!"

소리 죽여 중얼거린 허난영은 침상으로 다가가며 계속해서 주먹을 쥐곤 같은 말을 연발했다. 곧 침상 앞으로 다가오자 급작스럽게 몸을 날렸다.

"다 죽었어, 다 죽었어."

이불을 감싸 안으며 뒹군 허난영은 연신 웃었고, 이불을 더욱 강하게 끌어안았다. 그렇게 몇 번 뒹굴더니 곧 천장을 바라보며 대 자로 누왔다. 순간 천장 속에 허난영이 앉아 있었고, 그 주변으로 수많은 남자들이 둘러싸고 있었다.

몇 명은 허난영의 어깨를 주물렀으며, 몇 명은 음악을 연주했으며, 몇 명은 과일이 든 쟁반을 허난영의 손 앞에 올려놓고 있었다. 그리고 그 옆으로 부채질하는 남자들이 보였다.

"아……."

달콤한 미소. 그것은 환상이었다. 그리고 꿈이었다.

"잘생기면 일단 첩이다."

*   *   *

하남의 개봉에 배가 닿고 있는 선착장에 한 명의 청년이 서 있었다. 평범한 옷을 입고 있는 평범한 청년이었다. 단지 특이한 게 있다면 대나무로 만든 섭선을 손에 쥐고 있다는 정도.

배에서 사람들이 내리자 청년의 시선이 사람들 속으로 향했다. 누군가를 기다리는 것 같았다. 그리고 기다리던 사람들이 눈에 들어오자 청년은 미소 지었다.

"송형, 어서 오시오."

송백은 자신을 향해 다가오는 청년을 발견하곤 눈을 빛냈다.

탁!

섭선을 손에 쥔 염동서는 송백을 바라보며 말했다.

"개봉까지 오는데 불편한 점은 없었소?"

"별로. 그것보다 일찍 나왔군."

송백의 물음에 염동서는 미소 지었다.

"지금쯤이면 올 것 같아 나와 있었던 것이오."

송백은 그것이 거짓이라는 것을 알고 있었다. 이미 이 배에 자신이 타고 있다는 것을 알고 있었을 것이다.

"더욱이 저렇게 눈에 띄는 일행이 있는데 몰라보겠소?"

염동서의 시선이 뒤로 향하자 안희명을 업은 능조운이 눈을 크게 떴다.

'저건 또 뭐야?'

염동서와 마주 보며 생각하는 능조운이었다.

"어서 갑시다. 쉴 곳을 준비했으니."

염동서가 몸을 돌리며 말하자 송백이 그 뒤를 따랐다. 그러자 능조운이 다가와 물었다.

"누구?"

"이득이 되는 사람."

송백은 가볍게 대답했다. 그러자 능조운은 고개를 저으며 도대체 어떤 사람이란 것인지 생각했다. 송백은 그저 이렇게 쉴 곳도 마련해 주는 염동서를 편한 사람이라고만 말한 것이다. 여행할 때 이렇게 편의를 봐주니 좋은 사람이 아니겠는가?

조용한 후원에 들어온 송백과 능조운은 앞서 가는 염동서를 따라 안으로 들어갔다. 고급스러운 분위기의 별채였다. 안으로 들어서자 고풍스러운 분위기가 물씬 풍겼다.

"좋은 곳이지 않소? 고관대작들이 기거하는 곳으로, 그래도 이곳에서는 유명한 곳이오."

염동서가 말을 하며 의자에 앉았다. 능조운은 창밖으로 정원을 바라보며 즐거워하고 있었다. 안희명은 이미 안에 눕히고 온 후였다.

"애썼군."

송백의 말에 염동서는 인상을 찌푸렸다. 이 정도의 별채에서 하룻밤을 보내려면 얼마나 돈이 드는지 말해 주고 싶었다. 하지만 말해도 소용없을 것이 뻔했다. 상대는 송백이기 때문이다. 돈이 어떤 것인지 묻고 싶을 정도로 돈에 대해 무관심한 사람이다.

"꽤 좋은 곳이네요."

능조운의 목소리에 염동서는 다시 인상을 찌푸렸다.

'똑같은 놈이군.'

고작 좋은 곳이란 말로 끝내는 능조운의 말에 염동서는 그렇게 생각했다.

"그건 그렇게 화려하게 했다고 들었소. 마정회주를 죽이다니 설마 그렇게 할 줄이야……. 정말 송형은 언제 봐도 신기하오."

염동서의 말에 놀란 것은 능조운이었다.

"헉! 정말이오?"

능조운은 놀란 표정으로 송백에게 다가갔다. 그 모습에 염동서는 의문스런 표정으로 송백을 바라보았다. 그러다 무엇이 생각난 것인지 능조운을 향해 가볍게 인사했다..

"염동서라 하오."

"아, 능조운이라 합니다."

능조운이 말하자 염동서는 잠시 능조운의 얼굴을 바라보더니 곧 미미하게 고개를 끄덕였다. 누군지 알았던 것이다.

"그것보다 일행이 모르다니 참… 송형의 입이 무겁다지만 일행 분도 여간 신경이 둔한 게 아닌가 봅니다."

"······."

송백은 염동서의 말을 들으며 그때의 일을 상기했다. 그러다 노호관의 얼굴을 떠올리곤 쓰게 웃었다.

"별일 아니니까."

"뭐! 별일이 아니라고? 마정회주를 죽인 게 별일 아니면 도대체 뭐가 별일인데? 난 또 거기 누워 있기에 된통 당했나 했는데······."

능조운은 어쩐지 이상하다는 생각을 했다. 아무도 없는 연무장에 혼자 누워 있던 것을 의심했어야 했다. 마정회 정도 되는 곳에 아무도 없다는 것도 이상했다. 하지만 별로 신경 쓰고 싶지 않아 생각을 접었던 것이다.

"그건 그렇고 조용한 장소를 원한다고 들었는데······? 왜 그런 것이오?"

염동서의 질문에 송백은 짧게 숨을 내쉬며 말했다.

"무공이나 수련할까 하고."

송백의 대답에 염동서는 가만히 고개를 끄덕였다.

"무림대회?"

"물론."

염동서는 자신의 예상이 맞자 미소 지었다. 남자라면, 아니, 젊은 무인이라면 누구나 출전하고 싶어할 것이다. 자신도 출전하고픈 마음이 있는데 무림인이라면 더할 것이 분명했다.

"송형 정도면, 아니, 마정회주를 죽인 송형에게 군이 무림대회가 필요하겠소? 이미 강호에 송형의 이름이 울리고 있건만."

"소문?"

"하하하! 몰랐단 말이오? 마정회가 어느 날 돌연 사라졌소. 그리고 마정회주의 시신도 불탄 시체들 속에서 발견되었소. 당연히 소문날 것이 아니오? 누가? 왜? 무엇 때문에 마정회주를 죽였을까? 도대체 어떤 인물이 그런 것일까? 무림인들은, 아니, 강호인들은 호기심이 많아 궁금증을 참으려 하지 않소. 물론 우리가 약간 뿌린 것도 있지만."

염동서는 섭선으로 부채질을 하며 말했다.

"쓸데없는……."

송백의 중얼거림에 섭섭한 듯 염동서가 섭선을 접으며 말했다.

"우리도 나름대로 배려한 일인데 쓸데없다니 섭섭하오. 그건 그렇고, 이곳은 무공을 수련하기에 좋은 장소가 없으니 포양호로 가는 것이 좋겠소. 물론 내가 힘을 좀 써서 장원을 하나 마련했지만, 마정회도 해결해 주었으니 이 정도의 배려는 수고비라 생각하고 사양하지 마시오."

"내가 원했던 것이 아니던가?"

"물론이오. 하지만 우리에게 받는다고 생각한다면 빚이라는 생각이 들 것 아니겠소? 이건 빚이 아니라 그냥 그에 합당한 대가라 여겨달라는 말이오."

"그러지."

송백이 대답하자 곧 문이 열리며 시비 두 명이 다과와 차를 들고 들어왔다. 가볍게 무릎을 굽히며 인사한 시비들이 다과와 차를 내려놓고 나가는데, 염동서의 시선이 시비들에게 향해 있었다. 무엇을 보는지 염동서의 얼굴이 약간은 상기되어 있었다. 곧 고개를 돌린 염동서가 송백의 옆으로 다가왔다.

"오늘 밤에 시간 되면 우리 홍루에나 한번 가지 않겠소? 이거 팔팔하게 젊은데 아직 아내가 없으니 정말 심심해서 그러오. 하하."

염동서의 말에 반응한 것은 송백이 아니라 능조운이었다.

"헛! 그것이 정말이오? 이야, 이거 홍루도 가보고 역시 강호에 나오기를 잘한 것 같군요."

"하하! 이거 동지가 생겼구려."

염동서는 능조운의 말에 고개를 끄덕이며 동조했다. 하지만 송백은 차를 따라 마시며 고개를 저었다.

"미안하군."

"허……."

능조운이 입을 벌리며 크게 숨을 내쉬었다. 그러자 송백은 차를 내려놓으며 중얼거렸다.

"갈 생각이면 가게. 나는 이곳에 있을 테니."

"이야, 둘이 가도 되겠지만 역시 송형이 없다면 조금 심심하지 않겠소?"

능조운이 아쉬운 얼굴로 염동서에게 말하자 염동서도 미소 지으며 고개를 끄덕이고는 말했다.

"가기 싫다는데 군이 함께 갈 이유가 있겠소? 우리끼리 갑시다."

"이야, 이거 정말 미안한데……. 험. 뭐, 그렇다면야 함께 가지요. 하하."

능조운이 뒷머리를 긁으며 어색한 듯 미소 지었다. 염동서와 능조운의 주변으로 뜨거운 남자의 기운이 은은하게 뿌려지고 있었다. 그러자 차를 마시던 송백이 다시 말했다.

"안 소저에게는 홍루에 갔다고 전해주지."

"……."

능조운의 주변으로 찬 기운이 맴돌았다.

"흐응. 그러니까 무림대회에 출전하기 위해서 무공을 수련한다는 말이야?"

안희명이 의자에 앉아 탁자 위에 놓인 찻잔에 차를 따랐다. 이미 해는 지고 있었으며 안희명은 깨어 있었다.

"응. 너도 출전할 생각이 있는가 해서?"

"물론 출전해야지."

안희명이 고개를 끄덕이자 능조운의 눈이 부릅떠졌다.

"대회장에서 자려고?"

"뭐!"

안희명이 손을 들자 능조운이 웃으며 손을 저었다.

"농담이야, 농담. 하하."

"그런데… 송 소협은?"

"옆방에 혼자 있는데, 왜?"

"난 또 떠난 줄 알았지."

안희명이 차를 마시며 중얼거리자 능조운은 가만히 미소 지으며 안희명을 바라보았다.

"너… 예쁘다."

"풋!"

순간 안희명의 입에서 찻물이 앞으로 튀어나갔다.

"……."

능조운은 인상을 찌푸려야 했다. 튀어나온 찻물이 자신의 안면에 튀었기 때문이다.

"으… 드러."

안희명은 자신이 뱉었으면서도 능조운의 얼굴에서 흘러내리는 찻물을 바라보며 인상을 찌푸렸다. 그러자 능조운의 안면이 붉게 달아올랐다. 화를 억누르는 것이었다. 한마디로 열불나 못살 것 같은 표정이었다.

"그러게 왜 갑자기 헛소리를 해가지고."

안희명이 미안한지 차를 마시며 다시 말했다. 그것을 아는지 모르는지 능조운은 인상을 쓰며 자리에서 일어섰다.

"어디 가?"

"세수하러."

능조운이 그렇게 나가자 안희명은 한숨을 내쉬었다.

얼마 지나지 않아 다시 들어온 능조운은 자리에 앉으며 미소 지었다. 그래도 웃어야 한다고 생각했기 때문이다.

"그러고 보니 오늘은 좀 일찍 일어난 것 같은데? 아니, 조금씩 잠이 줄어드는 것 같아."

능조운의 말에 안희명의 표정에 놀람이 어렸다.

"정말?"

능조운이 고개를 끄덕이자 안희명은 무언가 생각하는 표정이 되었다. 그럴 수밖에 없는 것이 잠이 줄었다는 것은 그만큼 무공이 늘었다는 반증이기 때문이다.

안희명은 모르고 있었지만 송백과 비무하면서 무공이 점차적으로 나아지고 있었다. 그것이 잠으로 나타난 것이다. 그러고 보면 요즘 들어 잠에서 깨어나도 몸이 뻐근거리지 않았다. 전에는 너무 잠만 자서 몸이 나른했었다.

"살도 좀 빠진 것 같고……."

능조운은 매일같이 업고 다니기에 그 말을 무의식 중에 한 것이다.

그러자 안희명의 얼굴이 빨개졌다. 사실 말이 그렇지, 대낮에 자신을 업고 다니는 능조운을 생각하면 얼굴이 붉어질 수밖에 없었다. 그렇다고 말리지도 못했다. 그렇게라도 하지 않으면 송백은 자신을 놓고 갈 것이다.

"좀 빠졌나?"

안희명은 허리를 양손으로 잡고는 이리저리 돌려보았다. 하지만 변화를 느끼지는 못했다.

"무림대회라… 자신은 없지만 나도 해볼까나……."

능조운이 중얼거리자 안희명이 미소 지었다.

"자신없다면 참가할 이유가 없지 않아?"

"흥! 설마 내가 자신이 없을까?"

"호오. 천하대회에 나갈 자신이 있는 거야?"

"그건……."

안희명의 물음에 능조운은 잠시 입을 닫았다. 그것까지는 확신할 수 없었기 때문이다. 그러자 안희명이 말했다.

"남자는 말이야. 그럴 때 자신있다고 말하는 거야. 그게 설령 지키지 못할 말이라도 자신은 가질 수가 있잖아?"

"그건… 그렇지만… 어디 그게 말처럼 쉽나? 십파와 일방, 그리고 육대세가의 사람들만 해도 장난이 아니지. 거기다 알려지지 않은 숨은 고수들도 무지하게 많다고. 송형만 봐도 그렇잖아? 그런데 그중에서 불과 다섯 명만 뽑히는 거야. 다섯 명. 쉬운 일이 아니겠지……."

능조운이 고개를 저으며 말하자 안희명이 다시 말했다.

"그러니까 도전할 만하지 않겠어? 남자라면 그런 의기는 있어야지. 나라면 천하대회에 나가겠다고 말하겠다."

안희명은 가볍게 말하며 차를 마셨다. 하지만 안희명을 바라보고 있는 능조운의 심장은 크게 요동치기 시작했다. 얼굴 또한 매우 상기되었다. 지금이 기회라고 머리 속에서 수없이 말하고 있었기 때문이다.

"그럼 한 가지만 약속해 줘."

"응?"

안희명이 시선을 돌리자 능조운의 경직된 얼굴에 붉은 기운이 맴돌았다.

"처, 천하대회에 나간다면… 나와… 저기… 만나주겠다고."

"……!"

말까지 더듬었으며 갑작스러운 말이었다. 안희명의 표정 또한 크게 놀란 듯 굳어졌다. 만나자는 의미가 무엇인지 알기 때문이다. 순간 안희명은 자리에서 일어나며 몸을 돌렸다.

"무, 무슨 말을 하는 거야."

빠르게 말하는 안희명의 목소리가 미약하게 떨렸다. 얼굴 또한 붉게 상기되었다. 이런 경험은 처음이기 때문이다. 하지만 능조운에게는 뒷모습만 보이고 있었다. 능조운은 터질 것 같은 심장을 부여잡으며 다시 말했다.

"자신은 없지만… 그렇지만 네가 옆에서 지켜봐 준다면……."

능조운은 말을 하다 탁자를 바라보았다. 그 다음 말을 해야 했지만 왠지 모르게 자신감을 잃어가는 것 같았다.

그 목소리를 들은 안희명이 살짝 고개를 돌려 능조운을 바라보았다. 고개 숙인 모습을 확인한 안희명은 숨을 짧게 내쉬며 말했다.

"아까도 말했지? 남자는 그럴 때 자신있다고 해야 한다고."

"어?"

능조운은 그 목소리에 놀라 고개를 들었다. 그러자 안희명이 재빠르게 고개를 돌렸다. 여전히 능조운에게는 뒷모습만이 눈에 들어왔다. 가만히 그 모습을 보던 능조운이 입술을 깨물었다.

쿵!

"자신있어!"

능조운이 탁자를 내려쳤다. 그러자 안희명의 붉어진 얼굴에 약간의 미소가 어렸다. 그리곤 몸을 돌리며 말했다.

"약속은 할게. 하지만 천하대회에 나갔을 경우야? 물론 가능성은 없다고 보지만."

안희명의 말에 능조운은 주먹을 움켜쥐었다.

"물론! 힘들겠지만 최선을 다할 생각이야. 그래서 천하대회에 나가겠어. 지켜보라고."

능조운의 다짐을 들은 안희명은 고개를 끄덕이며 말했다.

"응원해 줄게. 최선을 다해야 해."

"물론!"

안희명의 말에 능조운은 두 주먹을 불끈 쥐곤 대답했다. 그 말을 들은 안희명이 미소 지으며 문을 나섰다.

"내일 보자."

"어? 응."

탁!

문을 닫은 안희명은 잠시 문에 기대어 숨을 크게 내쉬었다. 이런 경우는 처음이기에 긴장했던 것이다. 그래도 자신이 한 말에 후회는 하지 않았다.

'천하대회에 나가는 게 말처럼 쉬운지 아나? 그래도 약속은 해줘야

힘을 낼 테니……'

그렇게 생각하던 안희명의 표정이 갑자기 굳어졌다.

"설마… 정말 나가는 건 아니겠지?"

안희명이 나가자 능조운은 재빠르게 일어서며 소리 죽여 만세를 외쳤다. 그리곤 두 주먹을 불끈 쥐었다. 지금까지 하지 못한 말을 한 후련함과 약속을 얻어 생긴 자신감 때문이다.

"기대하라고, 반드시 천하대회에 나갈 테니."

능조운은 재빠르게 가부좌를 틀고 앉았다. 하루라도 빨리 뇌정신공을 완성해야 했다. 적어도 구성 정도까지 올려야 한다. 그래야 가능성이 커지기 때문이다.

송백은 아침이 밝아오자 새벽 공기를 마시며 정원으로 나왔다. 손에는 백옥도를 쥐고 있었다. 무엇 때문에 새벽부터 나온 것일까? 송백은 정원을 둘러보다 소나무가 주변에 깔려 있는 곳으로 갔다.

"휴우……."

숨을 크게 내쉰 송백은 잠시 그렇게 공기를 마시다 도를 뽑아 들었다. 송가도법을 펼치기 위함이다. 도를 손에 쥔 송백은 가볍게 늘어뜨렸다. 순간 앞발이 빠르게 앞으로 나가며 도가 허공을 가르며 베어갔다. 순간 송백의 그림자가 십여 개로 늘어나며 도법을 펼치기 시작했다.

허공을 가르는 그림자와 전후좌우(前後左右)를 점하며 도를 찔러 넣는 그림자와 앞을 향해 찔러가는 그림자까지 모습이 수십 번 바뀌며 그림자가 소나무 숲을 가로질렀다.

그리고 짧은 순간이 지나가자 도를 늘어뜨린 송백의 모습 속으로 늘어난 십여 개의 그림자가 하나로 합쳐져 갔다.

극히 짧은 시간 동안 송가도법을 모두 펼친 것이다. 단 다섯 개의 초식으로 구성된 송가도법은 송백에게 그리 어렵지 않았다. 단지 실전에서 쓸 만한 초식으로 만들기가 어렵다는 것이 문제였다.

송백은 처음 초식인 춘풍화(春風和)부터 마지막 초식인 일세공(一洗空)까지 다시 펼치기 시작했다. 아까와는 다르게 천천히 펼치고 있었다. 느릿하게 도를 베어갔으며 하체를 베며 허공을 베었다. 그리곤 좌우부터 전후까지 십여 번 도를 찔러 넣곤 앞을 향해 도를 베어갔다. 그렇게 몇 번 하고 신형을 멈춘 송백은 고개를 저으며 도를 도집에 넣었다.

"무슨 도법이에요?"

송백은 뒤에서 들리는 말에 신형을 돌렸다. 이미 누가 와 있다는 것을 알았기에 그리 놀라지 않았다. 누군가 무공을 수련할 때 그것을 훔쳐보는 것은 큰 죄가 될 수도 있지만 송백에게는 그리 큰 문제가 아니었다. 어차피 봐도 각 초식에서 파생되는 변초는 모르기 때문이다.

"안 잤나?"

송백은 안희명을 바라보며 입을 열었다.

"예."

안희명이 대답하자 송백은 안희명에게 다가갔다. 안희명의 표정이 경직되었다. 하지만 송백의 신형은 안희명을 스치고 지나쳤다.

"아직 안 잤어요. 곧 자려고… 잠시 산책하러 나온 건데 보게 된 거예요. 화났어요?"

"화날 이유가 있나?"

송백은 걸음을 멈추고 대답했다. 그러자 안희명이 옆으로 쪼르르 다가갔다.

"다행이네요. 그런데 무슨 도법이에요?"

안희명은 같은 물음을 다시 했다. 송백은 인공으로 만든 큰 호수를 바라보며 걸음을 멈추었다.

"송가도법(松家刀法)."

"아아……."

안희명은 송백의 성이 송씨라는 것을 알곤 고개를 끄덕였다. 하지만 해야 할 말이 있는 듯 입을 열었다.

"그런데 도법이 좀 조잡하네요."

"그래?"

송백이 반응을 보이자 안희명은 미소 지었다. 다른 사람이 들었다면 화를 낼 일이다. 자신의 가문에서 내려오는 도법이 조잡하다는데, 화를 안 낼 사람이 어디 있겠는가? 하지만 송백은 그저 궁금한 표정이었다. 다른 이유는 없었다. 안희명의 도법이 대단하기 때문이다.

"도는 베는 것에 그 목적이 있어요. 그런데 송 소협의 그 도법은 찌르는 기술이 많네요. 그리고 동작도 크고."

안희명은 말을 하며 송백의 안색을 살폈다. 하지만 별 변화가 없자 다시 말했다.

"그렇게 동작이 크고 허점이 많으면 쉽게 상대방에게 당할 거예요."

"그런가?"

안희명이 고개를 끄덕이자 송백의 시선이 안희명의 허리에 걸친 도로 향했다.

"한번 해보는 것은 어떨까?"

안희명은 무엇을 말하는지 알기에 굳은 표정으로 한 걸음 물러섰다.

"비무라면 사양이에요. 송 소협이 상대라면 이야기가 달라지니까. 제가 말한 것은 단지 그 도법에 대한 것이지 송 소협에 대한 것이 아니에요."

"훗."

송백은 미소 지으며 고개를 돌렸다. 그러자 안희명이 옆으로 다가와 풀밭에 앉았다.

"능가 녀석에게 이야기를 들었어요. 제가 자는 동안 저와 비무했다는 거. 그것 때문에 그런지 잠이 좀 줄어든 것 같아요."

"다행이군."

"칫."

송백의 대답에 안희명은 인상을 찌푸렸다. 송백은 그저 미소만 그렸다.

"제가 듣고 싶은 대답은 그게 아니라고요."

"……?"

송백이 시선을 돌려 바라보자 안희명이 빠르게 말했다.

"당신에게 저는 어떤 사람일까……? 그저 비무만 하는 여자일까……? 그게 궁금해요……. 당신에게… 저는 어떤 사람인가요?"

"……."

송백은 대답하지 않았다. 그저 침묵했다. 이런 말을 들었을 때 어떻게 대답해야 할지 몰랐기 때문이다. 그렇게 잠시의 침묵이 이어졌다.

"졸리네요……."

잠겨드는 안희명의 목소리가 흘러나왔다. 호수의 수면으로 아침 햇살이 황금빛으로 반짝였다. 그것을 바라보는 안희명의 눈이 점점 감겨

갔다.

"제가 여기서 잠들면… 저를 방에까지 데리고 가주실 건가요?"

송백은 대답하지 않았다. 그저 호수만을 바라보고 있을 뿐이다.

벌써 몇 년이나 지난 것일까? 꽤 오랜 시간이 흘러갔다고 여겼다. 자신도 이제는 혼자라는 생각을 버릴 때가 된 것이 아닌가 하는 의문도 들었다. 혼자라는 것은 어쩌면 정말 괴롭고 힘든 것일지도 모른다고 여겼다. 요즘 들어 쓸쓸하다는 생각이 문득문득 들었다. 그 쓸쓸함을 달래고 싶었지만 아직까지는 어려웠다.

"드르렁. 푸우……."

익숙한 소리가 들려왔다. 송백은 송충이가 몸을 굽히고 있듯 잠든 안희명을 바라보았다.

"잘도 자는군."

송백은 안희명의 무신경함에 고개를 저으며 안아 들었다. 그래도 방에서 재워야 했다. 이상한 일행이지만 그래도 일행이다. 말을 안 한다고 해서 송백에게 아무런 감정이 없는 것도 아니었다.

방 안으로 들어와 안희명을 눕히곤 자신의 방으로 향했다. 그러자 눈을 비비고 나오는 능조운이 보였다.

"어? 벌써 일어났어?"

송백은 가볍게 고개를 끄덕였다. 능조운은 가볍게 운동이라도 할 겸 나온 것이다. 송백은 잠시 걸음을 멈추곤 생각난 듯 말했다.

"안 소저와 무슨 일이라도 있었나?"

순간 능조운의 표정이 눈에 띄게 경직되었다.

"아니… 뭐… 아무 일도 없었는데."

능조운이 약간 당황했으나 곧 표정을 바꾸며 송백을 바라보았다.

"그런데 왜? 안 소저하고 무슨 일이 있었어?"

능조운이 오히려 질문해 오자 송백은 고개를 저으며 자신의 방으로 향했다. 능조운은 그 모습에 인상을 찌푸리며 가볍게 몸을 풀기 시작했다. 오늘 저녁에는 이곳을 떠날 것이다. 그때까지는 푹 쉬고 싶다는 생각이 들었다.

*　　　*　　　*

작은 봉분이었다. 눈에 띄는 것을 의식해 크게 만들지도 못했다. 그저 작은 봉분을 만들면서 이련은 계속해서 울었고, 철시린은 침묵했다. 노호관 역시 입을 닫고 있었다. 어떤 말도 할 수가 없었던 것이다.

"왜……."

봉분을 바라보는 철시린의 입에서 미세한 음성이 흘러나왔다.

"이화가 죽어야 했나요?"

누구에게 하는 질문인 것일까? 철시린은 그렇게 혼잣말처럼 중얼거렸다. 대답 또한 어디에도 없었다. 단지 중원에 나왔을 뿐이었다. 그저 자신의 기억을 찾고 싶어서 나왔고, 이화와 이련도 중원을 구경하고 싶어 나왔을 뿐이다. 그런데 이화는 땅속에서 눈을 감고 있었다.

철시린은 슬펐다. 너무 슬퍼서 눈물조차 흘러나오지 않았다. 정을 주면 안 되는 관계였지만 정을 안 줄 수가 없었다. 외로웠기 때문이다.

"중원은 원래 이런 곳인가요?"

철시린의 목소리에 노호관은 굳은 안색을 풀며 대답했다.

"중원이 이런 곳이 아니라 원한이 이렇게 만들었을 뿐입니다."

노호관은 자신이 할 수 있는 최대한의 말을 했다고 생각했다. 어떤 말로 달래줄 수 있을까? 가까운 사이였다면 안아라도 주고 술이라도 사주었을 것이다. 하지만 철시린과는 그런 사이가 아니다. 무엇보다 이화의 죽음에 노호관도 슬퍼해야 했다. 짧은 시간이지만 정이 들었던 것이다. 허울없이 다가오는 그 모습과 순수한 웃음에 노호관도 동생을 생각하며 즐거워했었다. 하지만 자신이 좋아하는 사람들은 모두 이렇게 땅속으로 들어갔다. 그것이 화가 났다.

"제 아버지와 어머니, 동생도 모두 중원에서 살았습니다. 그런데 모두 죽었더군요. 관리가 여동생을 범하다 저항하자 실수로 죽였는데… 그것이 새어 나가는 것을 막기 위해 가족을 모두 죽였습니다."

노호관은 씁쓸히 고개를 저으며 말했다. 작은 봉분을 바라보는 그의 시선에 아련함이 담겼다.

"꼭… 동생을 보는 것 같았는데……."

"……."

철시린은 묵묵히 듣기만 했다. 무슨 생각을 하는지 알 수 없었지만 주변으로 은근하게 퍼져 나가는 기도에 살기가 담겨 있었다. 아무리 원한이 있다지만 그것은 과거의 일이다. 그것을 청산하기 위해 살인은 하지 말라고 한 것이다. 하지만 그 말이 이렇게 돌아왔다.

결국 살인을 하지 않고 해결할 수 있는 방법은 없었다. 그리고 처음으로 살인을 했다.

"이화……."

문득 이화의 웃음과 가끔 담소를 나누며 이야기를 나누던 때가 떠올랐다. 이련보다 활달하고 밝아 말도 잘하는 아이였다.

"복수를 하실 겁니까?"

철시린의 주변으로 퍼져 나가는 살기를 느낀 노호관이 물었다. 철시린은 잠시 대답을 하지 않았다. 그냥 흘려들었다. 복수를 생각 안 한 것도 아니었다. 하지만 그렇게 복수를 하고 싶지는 않았다.

"돌아가요."

"예?"

철시린의 대답에 노호관이 놀란 표정을 지었다. 설마 돌아가자는 말을 할 줄은 몰랐던 것이다. 이런도 고개를 들어 철시린을 바라보았다. 빨개진 눈동자와 퉁퉁 부은 눈이었다. 철시린은 한참 동안 봉분을 바라보다 신형을 돌리며 떨어지지 않는 발을 옮겼다.

"이화의 복수는 천하대회 때 하겠어요."

*   *   *

정주문의 안쪽에 자리한 문주의 거처에 손님이 찾아왔다. 또한 내실에 앉은 사람들은 모두 젊었다. 정주문주인 정문도 젊었으며 함께 앉은 이남이녀들 또한 젊었다. 얼마간의 담소가 오고 갔는지 찻잔의 찻물이 식어 있었다.

"서안이 꽤나 시끄럽던데, 오늘 만난 마교도들 때문인가요? 정주문의 무사들도 많이 안 보이는군요."

팽소련이 약간 굳은 목소리로 말했다. 팽소련의 표정은 그리 밝지 않았다. 처음 보았을 때부터 그것을 느끼고 있던 정문이기에 그리 신경 쓰지 않았다.

"마교의 본단에 소속된 사람들이 몇 명 나타났다는 소식에 움직인 것뿐이지요. 그 소식도 확실치 않아 그냥 혹시나 하는 마음에 이리저리 조사한 것입니다. 그런데 정말 왔을 줄이야…… 사실 저도 놀랐답니다."

정문이 미소와 함께 한 말에 모두 고개를 끄덕였다. 하지만 팽소련의 표정은 전혀 변하지 않았다.

'확실하지 않았는데 그렇게 강도 높게 무림인들을 조사했나? 재미있는 농담이군.'

팽소련은 그렇게 생각하며 다음 말을 하려 했다. 하지만 입을 연 것은 지금까지 별말이 없던 모용혁이었다.

"총단에서 나온 인물들이라면 만만한 상대가 아닐 것인데, 무림맹에는 알렸습니까? 정주문 정도면 그리 걱정할 일이 아니겠지만, 혹여 이 일이 무림맹에 알려지지 않은 상태에서 행한 일이라면 차후에 문제가 있을지도 모릅니다."

모용혁의 말에 정문은 살짝 아미를 찌푸렸다. 다른 이유가 있어서가 아니라 무림맹에 대한 것 때문이다.

"알리지는 않았지요. 어차피 확실한 정보도 아니니 말이오."

정문이 사실대로 말하자 팽소련이 끼어들었다.

"아무리 그렇다곤 하지만 무림맹에 먼저 알리는 것이 순서가 아닐까요?"

팽소련의 말에 정문은 고개를 끄덕이며 미소 지었다. 정문은 그리 어리석은 사람이 아니었다. 그는 어린 나이에 정주문의 문주라는 자리에 앉아 많은 경험을 쌓았다. 아무리 팽소련과 모용혁이 뛰어나다 하지만 경험이라는 것은 큰 차이를 나타낸다.

"어떻게 생각할지 모르겠지만 마교도에 대한 일은 큰일이오. 그런데 사실도 확인하지 않고 이 일을 맹에 알렸다간 어떤 일이 일어나겠소? 맹의 무사들이 움직일 것이고, 맹은 회의를 열어야 할 것이오. 그뿐이오, 사실 확인을 위해 무사들을 파견할 것이며 십파와 일방, 그리고 육대세가의 사람들에게도 이 소식을 전해야 할 것이오. 그럼 어떻게 되겠소? 시간은? 그 시간에 마교도들이 사라진다면? 그리고 이 보고 하나 때문에 일어날 수많은 금전적인 문제와 움직이게 될 수많은 무사들은 거짓이라는 것이 밝혀졌을 때 어떻게 할 것 같소?"

정문의 긴 말에 모두 침묵했다. 팽소련과 모용혁도 수긍해야 하는 말이었던 것이다. 정문은 미소 지으며 다시 말했다.

"거짓을 말한다면 그 수많은 피해에 대한 보상을 우리 정주문이 내야 하오. 그 책임을 사전에 조사도 없이 어깨에 메고 있으란 말이오?"

정문의 말이 끝나자 팽소련은 반박할 말이 없어 얼굴이 달아올랐다. 마교도들을 눈앞에서 놓친 것이 자꾸 신경을 거슬리게 만든 것이다.

"문주님, 유한수입니다."

유한수의 음성이 들리며 곧 문이 열리고 유한수가 모습을 나타냈다. 그를 발견한 정문은 급작스런 그의 방문에 약간 놀란 표정을 지었다. 그럴 수밖에 없는 것이 자신의 거처에 손님이 와 있는데 찾아온 것은 그만큼 급한 일이란 뜻이었다.

유한수가 정문에게 다가와 귓가에 무언가를 속삭였다. 곧 정문의 표정이 굳어졌으며, 유한수가 물러서자 정문은 백리 남매와 팽소련, 모용혁을 바라보며 미소 지었다.

"지금이야 마교도들이 발견되었으니 바로 보고를 올렸소. 그러니 너무 그렇게 걱정하지 마시고 맹의 사람들이 올 때까지 이곳에서 쉬시기 바라오. 저는 볼일이 있어서 이만."

정문은 그렇게 말하며 자리에서 일어섰다. 문을 열자 대기하고 있던 시비들에게 말했다.

"저분들에게 쉴 곳을 안내해 주거라."

정문의 말에 시비들이 대답하며 안으로 들어갔다.

"아무래도 이상해."

"뭐가 이상한가요, 언니?"

팽소련의 말에 백리정이 궁금한 표정으로 말했다. 단아한 방 안에 백리정과 팽소련만 있는 것이다. 여자와 남자의 숙소를 따로 정했기에 둘만이 함께 있었다.

"뭔가 숨기고 있다고 생각하지 않니?"

"저는 잘 모르겠는데요."

백리정의 대답에 팽소련은 고개를 갸웃거리며 말했다.

"너도 봤잖아? 서안의 성내에서 무림인들을 조사하던 정주문의 무사들을 말이야. 그것뿐만이 아니라 성내의 관군들도 검문을 강화했어. 일반 시민들까지도 조사를 하고 있다는 말이지. 과연 거짓 정보일 것 같은데 그렇게 조사할까? 그것도 관(官)과 손을 잡고 말이야."

팽소련의 말에 백리정은 웃음을 보였다.

"호기심이 생겼나 봐요?"

"그렇다고 볼 수 있지. 더욱이… 상대는 오행장을 쓰던 놈이야. 내 숙부가 오행장에 맞아 돌아가신 것은 알고 있겠지?"

"아……."

백리정은 왜 팽소련이 평소보다 더 흥분했는지 이제야 이해했다. 그것을 기억하지 못한 자신을 탓하며 백리정은 입을 열었다.

"그렇지만… 이미 멀리 달아났을 거예요. 거기다 제가 볼 때는 정주문에서 다른 사람들에게 숨기고 싶은 일이 있는 것 같아요. 그 문주라는 사람도 소문과는 다르게 깊은 사람 같고. 이런 일은 그냥 조용히 구경하는 게 좋을 것 같은데요?"

"그래?"

팽소련은 의자에 앉으며 인상을 찌푸렸다. 자신보다 백리정이 더 침착하고 냉정하다는 것을 알기 때문이다.

"맹의 사람들이 올 때까지 기다려 봐요. 어차피 언니도 따로 연락했잖아요?"

"훗. 언제 그것까지 알았니?"

팽소련은 몰래 연락했다. 아무도 모르게 말이다. 하지만 백리정은 알고 있었다.

"언니 말하는 것만 들어봐도 다 알겠던데요? 모용 소협도 연락했으니 생각보다 많은 사람들이 맹에서 나올 것 같네요."

"너는 연락 안 했어?"

"굳이 제가 할 필요가 있나요? 다들 알아서 하는데… 거기다 오라버니는 지금 제정신이 아니잖아요."

"아… 그렇지……."

팽소련은 우울한 얼굴의 백리정을 바라보며 고개를 끄덕였다. 너무 자신만 생각한 기분이 들었다. 백리정의 마음이 어떤지 자신도 약간이나마 알기 때문이다. 팽소련은 미소 지으며 백리정의 어깨를 잡았다.

"언니가 미처 생각도 못해주었네. 미안해."

애써 백리정을 위로하는 팽소련이었다.

정문은 놀란 눈으로 유한수를 바라보았다. 그 옆으로 장호가 굳은 안색을 한 채 앉아 있었다.

"삼당이 전멸? 그게 사실이란 말입니까?"

"그렇습니다. 고 장로님만이 홀로 돌아오신다고 합니다."

"그럴 수가……."

정문은 멍하니 유한수를 바라보다 주먹을 움켜쥐었다.

쿵!

탁자를 내려치는 주먹에 힘이 들어갔다.

"엽산으로 파견된 무사들은 몇 명입니까?"

유한수는 침착하게 입을 열었다.

"오당과 육당이 나갔으니 총 육십사 명입니다."

"육십사 명……."

정문은 중얼거리며 눈을 빛냈다. 그 정도로는 부족하기 때문이다. 유한수가 다시 말했다.

"엽산에서 고 장로님과 오당, 육당이 마주쳤을 때는 이미 하루 정도 지난 후였습니다. 저희가 좀 늦게 대응한 듯합니다. 하루라면 내일이나 모레쯤 천수까지 갈지도 모릅니다."

"배를 탈 때의 일이지 않습니까? 올라가는 배들의 검문을 철저히 하고, 칠당과 팔당도 배를 타고 올라가기로 합시다. 육로는 오당과 육당이 따라갈 터이니 뱃길만 차단하면 될 듯합니다."

"그렇게 하겠습니다."

"그리고 유가족들에게는 휴우……."

말을 하던 정문은 고개를 숙이며 한숨을 내쉬었다. 무엇을 가지고 위로해도 보상받지 못하기 때문이다. 그것을 아는지 유한수가 먼저 말했다.

"유가족들에게는 땅과 위로금을 전하겠습니다."

"그렇게 하십시오."

유한수가 읍을 하며 나가자 정문은 엄지손톱을 깨물기 시작했다. 긴장했을 때나 무언가 고민이 있을 때 하는 버릇이었다.

"어떻게 생각하십니까?"

무엇을 묻는 것인지 장호는 몰랐지만 이해할 수는 있었다.

"달리 방법이 있나, 추적해야지. 감숙으로 넘어가기 전에."

"하지만… 피해가 컸습니다. 설마 당 하나를 모두 죽일 줄이야. 그런……."

"어차피 마교의 여자가 아니냐? 더욱이 철우경의 손녀다. 그 정도는 생각했어야 했다."

장호가 고개를 저으며 말하자 정문이 굳은 표정으로 중얼거렸다.

"철우경의 손녀라 해도 불과 이십대일 겁니다. 그런데도 우리 정주문의 삼당을 전멸시켰다는 것은 무공이 어느 정도 되는지 추측하기 힘듭니다. 저라고 해도 서른 명을 그렇게 다 죽이지는 못할 것입니다. 죽이기 전에 제가 먼저 죽겠지요."

"그게 정도와 사도의 차이가 아닌가?"

장호는 씁쓸히 고개를 저으며 속으로 침음을 삼키고 있었다.

*　　　　*　　　　*

뱃전에 서 있는 그녀의 머리카락이 바람을 타고 길게 휘날렸다. 휘날리는 머리카락만큼 옷자락도 그림처럼 머리카락과 조화를 이루며 바람에 기대고 있었다.

노호관은 그런 철시린의 뒷모습을 바라보다 주변을 둘러보았다. 많지 않은 사람들이 뱃전에 나와 바람을 맞으며 주변을 둘러보고 있었다.

'무림(武林)······.'

노호관은 문득 그런 생각이 들었다. 저들도 사람인데… 이렇게 같은 배에 타고 있는데 왜 사는 세계가 다른 것인지 그것이 궁금했다. 어차피 같은 땅을 밟고 있는데 자신은 무림이란 세계에 살고 있고, 저들은 인간 세상에 살고 있다고 느껴졌다.

"오빠."

노호관은 머리를 울리는 목소리에 어린 동생의 얼굴을 떠올렸다. 이화가 죽어서 그런 것일까? 문득 그립다는 생각이 들었다. 자신이 그때 그곳에 있었다면 그런 일은 막을 수 있었을 거라 여겼다. 하지만 그때 전쟁을 위해 나가야 했고 그래야만 했다. 자신은 나라를 위해 싸웠다. 하지만 정작 나라는 자신을 위해 해준 것이 아무것도 없었다. 오히려 나라가 자신의 가장 소중한 것을 빼앗아 버렸다.

그때 결심했다. 나라의 힘에 눌려 살아야 하는 세상을 버리기로. 그리고 무림에 들어왔다. 그전까지의 고민들을 모두 떨군 채 들어온 것이다.

'복수라… 나는 아직까지 복수를 떠올리지 못했구나. 잘살고 있겠지… 그놈은······.'

노호관은 그 관원을 생각하며 씁쓸하게 미소 지었다. 아직은 할 만한 때가 아니었기에 참고 있을 뿐이었다. 하지만 늘 주시하고 있었다.

"바람이 차가워집니다."

노호관은 생각을 접으며 철시린의 옆으로 다가갔다. 철시린은 대답없이 흘러가는 강물을 바라보고 있었다. 그녀에게서 반응이 없자 노호관은 그 뒤에 가만히 서 있었다. 그녀의 뒷모습을 바라보는 노호관의 눈은 뜨거웠다.

이번 중원행에서 개인적인 복수도 할 생각이었다. 하지만 철시린의 그 모습을 본 이후 생각을 달리 했다. 그에게 더 중요한 일이 생긴 것이다. 복수보다 더 중요한 일이.

'철 소저… 당신을 차지하겠소.'

■ 제6장 ■

강바람은 차갑다

　　감숙성 천수(天水)에 들어선 오조천은 먼지 쌓인 옷깃을 털어내었다.
뒤따라온 막소희와 장추문도 먼지가 많은 자신들의 옷을 보곤 인상을
찌푸렸다.

　　"일단 그곳으로 가자."

　　오조천이 미소 지으며 말했다. 천수에 들어온 이상 분란이 일어날
일은 없었다. 이곳까지 오는 중원의 무인들은 드물었기 때문이다.

　　천수의 가장 큰 주루인 감숙제일루는 거대한 규모만큼 음식 맛이 좋
기로 유명했다. 전국 각지의 요리들을 다 맛볼 수 있다는 것이 이곳의
자랑이라고 한다. 하지만 그것은 미식가들에게나 통하는 이야기고, 보
통 사람들은 그저 배를 채우기 위해 이곳에 들른다.

　　별채는 깨끗했다. 그곳을 사용하는 사람은 현재 오조천이었다. 그는

좀 전에 들어와 식사도 하고 대충 목욕도 했다.

오조천은 자신의 앞에 앉아 있는 중년여인을 바라보았다.

"마정회에 대해선 자세히 알아봤나?"

순찰당의 오당주인 조한선은 십오 년 동안 이곳에 있었다. 감숙제일루의 루주이기도 했다. 감숙제일루는 청루도 겸하고 있어 밤이 되어야 더욱 활기가 있는 주루였다.

"마정회는 철수했는데 그 이외에는 저도 잘 모르겠군요. 듣기로는 마정회를 대신할 다른 조직이 결성된다고 한 것 같은데… 그것 역시 저에게 내려오지 않은 사항이라 자세히는 모르겠군요."

조한선이 조심스럽게 입을 열었다. 눈앞에 앉은 오조천이 두려운 게 아니라 그 뒤에 있는 배경이 두려웠기에 조심할 수밖에 없었다. 거기다 조한선은 일제자를 지지하는 쪽이었다.

"흐음, 그렇군. 역시 삼사제의 짓인가……."

오조천은 중얼거리며 인상을 찌푸렸다. 곧 문이 열리고 막소희와 장추문이 들어왔다. 그들이 들어오자 조한선은 일어나 가볍게 인사했다. 막소희와 장추문이 앉자 조한선도 다시 앉았다.

"옷은 맘에 들어요. 역시 조 당주는 보는 눈이 있는 것 같아요."

막소희가 비취색의 옷을 이리저리 살펴보며 중얼거렸다. 그러자 조한선이 웃음을 보였다.

"마음에 드신다니 다행이에요. 제가 직접 고른 것이라 마음에 안 들면 어쩌나 했거든요."

서먹한 분위기가 막소희의 말에 의해 사라졌다. 오조천도 더 이상 그 일에 대해서는 말하지 않았다.

"참, 철 언니의 소식은 어떻게 되었어요?"

"아직까지 행방이 묘연해서 저도 잘 모르겠네요. 하지만 금방 소식이 올 것입니다. 어제 들어온 소식으로는 정주문과 한 번 조우한 것 같은데, 그 다음에 어디로 가셨는지… 사실 걱정은 되지만 이곳으로 오시겠지요."

조한선이 예상한 듯 그렇게 말하자 오조천은 걱정스러운 듯 말했다.

"철 소저의 무공이 그리 높지 않으니… 걱정스럽군. 무엇보다 걱정되는 건 그녀에게 무슨 일이라도 생겨 부교주님이 직접 움직이는 일이야."

오조천의 말에 조한선의 안색이 급격하게 변하였다. 철우경이란 말이 주는 의미 때문이다. 만약 철시린에게 일이 생기면 자신의 목숨 또한 무사하지 못할 것이다.

"아직까지 소식이 없는 것으로 보아 무사한 것 같기는 한데……."

오조천이 다시 중얼거렸다. 그러자 막소희가 입술을 내밀며 말했다.

"철 언니의 소식도 궁금하지만 중원에 나와 강남도 못 가보고……. 아, 슬프다. 아아… 처음으로 나온 중원행인데……."

"하하. 그리 걱정하지 말아라. 내년에 신교대전이 끝난 후에 다시 나오면 되지 않니?"

오조천이 달래듯이 말했으나 탁자에 턱을 기댄 막소희는 푸념 어린 한숨만 내쉬었다.

"그래도 정말 너무해요. 얼마나 중원에 가는 것을 기다렸는데… 정주문 놈들… 저주할 거예요."

막소희의 말에 장추문도 미소 지었다.

조한선은 칠대제자에 대해 이야기는 들어봤어도 직접 보는 것은 처음이었다. 하지만 소문과는 달리 아직 젊고 순수하다는 생각이 들었다. 특히 막소희의 모습은 조한선의 모성을 자극하기에 충분했다. 그녀는 자식이 없었던 것이다. 물론 없었던 것은 아니었다. 단지 죽었을 뿐.

"괜찮으시다면 천수를 둘러보는 것은 어떤가요? 이곳도 중원 못지않게 좋은 곳이 많답니다."

"아!"

막소희가 그 말에 얼굴을 붉히며 일어섰다.

"정말! 그리고 보면 감숙까지 나온 것도 두 번째인데, 정말 아무것도 못 봤네요."

막소희의 말에 장추문이 일어섰다.

"여긴 내가 자주 왔으니 나와 함께 나가겠니?"

장추문도 생각할 것이 있기에 일어선 것이다. 오조천은 별 생각이 없는지 의자에 앉아서 미동도 안 했다.

"나는 여기에 있지. 철 소저의 소식이 올지도 모르니 말이야. 저녁 시간에 맞추어서 들어와야 한다."

"예, 사형."

막소희가 대답하자 오조천은 미소 지었다.

"사람을 붙여 드릴게요."

조한선도 일어서며 말했다. 오조천이 가볍게 고개를 끄덕이자 조한선이 그녀들과 함께 방을 나섰다. 오조천은 홀로 방 안에 앉아 인상을 찌푸렸다.

"병신 같은 놈, 그것 하나 참지 못해 살인을 하다니……."

오조천은 자신을 욕하고 있었던 것이다. 서안에서 조금만 더 참았더라면 좋았을 텐데, 결국 참지 못했다. 분명히 문책이 있을 것이다. 문

책이 두려운 것보다 참을성없는 자신이 싫었다.

"입만 산 정파 놈들……."

오조천은 누구보다 정파라 자처하는 사람들을 싫어했다. 그런 놈들의 입에서 마교라는 말을 들으니 더욱 기분이 나쁠 수밖에 없었다. 마음속에 남은 울분과 복수심이 그것을 맹렬하게 불태웠고, 결국 참지 못했다.

"오늘 밤은 좀 놀아야겠어……."

오조천은 여자의 나체를 생각했다.

*　　　*　　　*

위수를 따라 올라가는 배는 그리 크지 않았다. 그래도 천수에서 서안까지 왕복하는 객선이기에 시설은 좋은 편이었다.

뱃전에 서 있는 사람들 중에는 이련과 철시린도 있었고, 노호관도 있었다. 앞으로 반나절 후인 저녁때가 되면 천수에 도착하기 때문이다.

"이렇게 그냥 돌아가도 되는 건가요?"

이련의 목소리는 굳어 있었다. 며칠째 울었는지 여전히 눈이 부어 있었다. 누구보다 슬픈 사람은 이련일 것이다. 소꿉친구였으며 함께 생활해 왔기 때문이다.

"복수를 생각하는 것이라면 일단은 담아두거라."

철시린의 목소리에 이련은 고개를 숙였다. 그러다 뒤에 서 있는 노호관이 눈에 들어왔다. 그 뒷모습을 보던 이련은 철시린을 향해 말했다.

"돌아가면 저도 무사(武士)가 되고 싶어요."

철시린의 눈동자가 약간 흔들렸다. 예상치 못한 말이었기 때문이다. 하지만 이련의 눈동자는 이미 확고했다. 그것을 읽은 철시린이었지만 대답하지 않았다.

"복수하고 말겠어요. 정주문을 중원에서 없애고 말겠어요."

이련의 목소리에 철시린은 눈을 감았다. 자신의 뜻과는 다른 말이기 때문이다. 하지만 말릴 수 없었다.

"정 그러길 원한다면 어쩔 수 없겠지……."

철시린의 목소리에 이련은 고개를 숙였다.

"죄송해요……."

이련의 목소리는 잠겨들었다. 침묵이 이어졌다. 이화가 없기에 모두의 말수도 줄어든 것이다. 그 허전함이 마음을 아프게 만들었다.

"어?"

노호관은 무언가 이상한 느낌에 철시린의 옆으로 다가왔다.

"배가 멈추고 있는 것 같습니다."

노호관의 말에 철시린은 좀 전부터 바라보던 작은 배를 시선에 담았다. 열 명 정도가 타고 있는 쾌속정으로, 그 배가 다가오는 순간부터 배가 멈추기 시작한 것이다.

"정주문이군……."

철시린의 시선을 따라 바라보던 노호관의 얼굴이 싸늘하게 굳어졌다. 이련의 눈동자에서 살기가 피어났다.

배가 완전히 멈추자 사람들이 호기심으로 뱃전으로 몰려들었다. 곧 쾌속정에서 십여 명의 무사가 올라타기 시작했다. 그들이 정주문의 무사들이란 사실을 아는지 사람들은 크게 반감을 가지지 않았다. 적어도 수적 떼는 아니기 때문이다.

정주문의 칠당(七堂) 이조(二組) 조장인 마강부는 뱃전에 올라서며 미소 지었다.

'당주로 올라갈 수 있는 기회다. 그것을 놓친다면 말이 안 되겠지.'

마강부의 조는 감숙과 섬서의 경계인 청수(淸水)에서 정찰의 임무를 맡고 있는 조였다. 한가한 조였다. 정찰이라고 해도 할 게 없었으며, 큰일이 아닌 이상 매달 나오는 봉록(俸祿)은 적금되었고, 가족이 있는 사람은 가족에게 돌아갔다. 한가한 임무였다.

그런 그들에게 큰일이 떨어졌다. 마교도들의 조사와 그들을 사로잡는 것, 산 채로 잡을 경우 승급이 포상으로 있었다. 그렇기 때문에 그들은 청수에서 들어오는 배들을 조사하고 있었다. 오가는 배들이 그리 많지 않기에 하나하나 신경 쓰면서 조사했다.

마강부는 아직 삼당의 전멸 소식을 듣지 못했기에 자신감에 차 있었다. 그것을 알았다면 피했을 것이다. 군이 목숨을 버릴 이유는 없었기에. 하지만 불행하게도 마강부는 그 소식을 접하지 못했다.

"정주문의 사람들이니 안심하시오. 우리는 단지 누군가를 찾기 위해 올라왔을 뿐이오."

마강부는 주변에 모여 있는 사람들을 바라보며 가볍게 말했다. 그리곤 사람들을 둘러보았다. 이곳을 지나면 더 이상 추적할 수도 없고, 조사할 수도 없었다. 이 위는 신교의 영향력이 절대적으로 존재하는 곳이었다. 아무리 마강부가 담력이 좋다 해도 신교의 영역에서 배를 조사할 수는 없는 것이다.

"무림인들을 찾아보거라."

수하들에게 명령한 마강부는 시선을 뱃머리로 돌렸다. 그곳에 누가 보더라도 무사 같은 한 청년이 서 있었다.

얼마 지나지 않아 수하들이 돌아왔고, 무림인으로 보이는 사람들은 뱃머리에 서 있는 사람들뿐이란 것을 알았다. 일단 그들을 먼저 조사하고 배를 살핀 후 내릴 생각이었다.

마강부와 수하들이 노호관에게 다가가기 시작했다.

"다가옵니다. 어떻게 하시겠습니까?"

노호관이 굳은 얼굴로 말하였고, 이련은 언제라도 검을 뽑을 수 있게 검의 손잡이를 잡고 있었다. 이련의 표정은 보기만 해도 알 수 있을 만큼 굳어 있었다.

철시린은 여전히 뱃머리에 기대 강바람을 맞으며 서 있었다. 여전히 경물을 바라보고 있었고, 흘러가는 강물을 바라보고 있었다.

노호관은 도를 잡아갔다. 마강부가 더욱 가까이 다가왔기 때문이다.

"어떻게 하시겠습니까?"

노호관은 다시 물었다. 자신의 의지보다 철시린의 의지가 먼저이기 때문이다.

철시린이 불어오는 바람에 차가움을 느낀 듯 눈을 감았다. 철시린의 속눈썹이 미미하게 떨렸다. 그리고 잔잔한 음성이 흘러나왔다.

"죽여요… 모두……."

순간 노호관의 입가에 살기 어린 미소가 짙게 걸렸다.

"예."

대답과 동시에 신형을 튼 노호관의 그림자가 삽시간에 마강부의 눈앞에 나타났다.

"어?"

픽!

놀랄 틈도 없었다. 피가 튀었으며, 마강부의 이마에 박힌 직도를 뽑은 노호관의 신형이 미처 정신을 차리지 못한 옆의 두 무사 사이로 스쳐 지나쳤다. 스치며 보인 것은 머리를 향해 원을 그리는 도광뿐.

퍼퍽!

두 번의 타육음과 두 개의 머리가 허공으로 올랐다. 그리고 터져 나오는 피분수.

쿵! 쿵!

"……!"

"까아악!"

"헉!"

주변에 서 있던 사람들이 비명을 질렀다. 그것과는 상관없이 노호관은 그저 차갑게 미소 지으며 정주문의 무사들을 바라보았다. 급작스러운 일이었기에 그들의 표정이 한없이 굳어 있었다.

"으… 으……."

무사들 중 한 명이 몸을 미미하게 떨었다. 직도를 늘어뜨린 노호관의 모습이 두려웠기 때문이다.

뚜벅!

노호관의 발이 한 발 앞으로 나오는 순간이었다. 정주문의 무사들이 뒤로 물러섰다.

뚜벅!

노호관은 또 한 걸음 정주문의 무사들에게 다가갔다. 노호관은 차가운 미소를 머금으며 도를 들었다. 그 순간이었다.

"으아아앗!"

풍덩!

몸을 떨던 무사들이 강물에 몸을 던졌다. 그것이 시작이었을까? 순식간에 무사들이 강물로 몸을 던졌다.

풍덩! 풍덩!

도를 들던 노호관의 표정이 어이없게 바뀌었다.

"허……."

노호관은 한순간 힘이 풀린 듯 도를 내렸다. 그리곤 모여 있는 사람들을 바라보다 쓰러져 있는 시신의 옷깃으로 도에 묻은 선혈을 닦아내었다.

노호관은 도에 묻은 피를 다 닦아내고는 도집에 도를 넣으며 인부로 보이는 사람들에게 말했다.

"출발 안 하나?"

"예? 아… 추… 출발!"

인부들이 그 소리에 빠르게 움직였다. 배가 또다시 강물을 헤치며 앞으로 나가기 시작했다. 곧 몇 명의 인부들이 시신을 치우기 시작했다. 그것을 바라본 노호관은 신형을 돌렸다.

철시린은 강물에서 수영하며 쾌속선을 타는 정주문의 무사들을 바라보고 있었다.

"겁쟁이들."

옆에 서 있던 이련이 혀를 내밀었다. 노호관이 그 뒤로 다가왔다.

"의외입니다. 설마 물에 뛰어들 줄은……."

자신의 상관이 죽었는데 도망을 친다는 것 자체가 노호관에게 있어서는 있을 수 없는 일이다. 노호관은 어이가 없었으며, 그들의 모습에 화가 났다. 노호관이 중얼거리자 철시린이 고개를 저었다.

"잘되었어요. 살 수 있다면 사는 게 옳다고 생각해요."

노호관은 그 말을 듣곤 인상을 찌푸렸다. 하지만 곧 풀어야 했다. 철시린이 왜 그런 말을 했는지 알 것 같았기 때문이다.

"물론입니다."

노호관은 대답하며 멀어지는 쾌속선을 바라보았다. 그들은 가족과 만날 수 있을 것이며, 지금은 살았다는 기쁨을 느낄 수 있을 것이다. 하지만 언젠가는 그들도 죽을 것이다. 단지 조금 그 시기가 늦추어졌을 뿐이다. 무림에 산다는 것은 그런 것이다. 노호관은 그렇게 생각했다.

감숙제일루에 들어선 철시린은 마련된 별실로 걸음을 옮겼다. 그 옆으로 조한선이 따라 걷고 있었다. 철시린의 옷에 흙이 좀 묻어 있자 조한선은 안쓰러운 표정을 지었다.

"고생하셨습니다. 며칠 쉬신 후에 출발할 수 있도록 준비하겠습니다."

조한선은 처음 보는 철시린에게서 접근하기 힘든 알 수 없는 기운을 느껴야 했다. 그렇기에 말도 조심스러웠다. 기분도 좋아 보이지는 않았다.

"내일 출발할게요."

"예? 그럼… 그렇게 하겠습니다."

철시린의 말에 조한선은 고개를 조아렸다. 철시린은 칠대제자와는 다른 존재였다. 부교주의 손녀. 앞으로 몇 년을 살지 모르지만 철우경의 무공을 볼 때 족히 오십 년은 더 살 것이다. 그런 철우경의 손녀인 것이다. 또 하나 알 수 없는 그의 무공을 익힌 존재가 철시린이다.

앞으로 신교의 어떤 존재가 될지 아무도 장담할 수 없었다. 조한선은 최고의 별원으로 이들을 안내했다. 철시린을 위해서 준비한 것이다.

"마음에 드셨으면 합니다."

멋들어진 정원에 그림처럼 서 있는 한 채의 작은 집은 마음을 포근하게 해주는 듯했다. 집을 중심으로 작은 호수가 있었으며, 호수의 중앙에 구름다리와 정자가 서 있었다. 그리고 길게 뻗은 냇물도 시원함을 전해주었다.

"좋군요."

철시린은 고개를 끄덕이며 안으로 들어갔다. 평소라면 몇 마디 덕담이라도 했을 것이다. 하지만 지금은 그 어떤 말도 하기 싫었다.

"옷은 어떻게 하시겠습니까?"

"아무거나 준비해 주세요."

철시린의 발이 집 앞까지 당도하자 멈춰 섰다.

"노 위사."

"예."

노호관은 걸음을 멈추며 자신을 부른 목소리에 응했다. 언제 들어도 좋은 말 같았다.

"오늘은 혼자 있고 싶어요. 아무도 들이지 마세요."

"알겠습니다."

노호관은 대답하며 문 쪽으로 걸음을 옮겼다. 자신의 사명은 철시린을 지키는 일이었다. 하지만 지금은 그녀의 말을 수행하는 것이 목적으로 변하였다.

　방 안으로 들어가자 조한선과 이련이 따라 들어왔다. 이련은 시비였기에 당연했다. 조한선이 따라 들어온 이유는 지금까지의 상황을 보고하기 위함이다.

　"이 공자와 다른 분들이 와 계시는데 만나보실 생각이신지요?"

　철시린은 피풍의를 벗으며 고개를 저었다.

　"아니에요."

　"그럼 다른 건… 더 시키실 일은 없는지……?"

　철시린은 그제야 어색하게 면사 너머로 미소 지었다.

　"고마워요."

　보이는 것은 면사 너머의 눈뿐이었지만 그것만으로도 충분히 그 마음이 전해진 듯 조한선은 자신도 모르게 미소 지었다. 고운 목소리와 조화를 이루는 부드러운 눈동자.

　조한선은 왜 오조천이 철시린에게 빠졌는지 알 것 같았다.

　"그럼 내일 아침에 뵙겠습니다."

　조한선은 허리를 숙이며 문을 나섰다. 그녀가 사라지자 철시린은 숨을 크게 내쉬며 검을 탁자 위에 올려놓았다. 곧 이련이 피풍의를 정리하곤 다가왔다.

　"목욕물을 준비할까요?"

　철시린은 옅은 미소를 그렸다.

　"오랜만에 함께할까?"

　"예."

　이련은 수수한 미소를 입에 걸었다. 이화가 죽고 나서 처음으로 그려본 미소였다.

문 앞에 서 있던 노호관은 조한선이 나가자 문밖에 서서 움직이지 않았다. 그리고 얼마의 시간이 지나지 않아 눈에 익은 그림자를 발견했다. 누구인지 한눈에 알 수 있는 청년이었다. 노호관은 물론 그 청년을 알고 있었다. 몇 번 멀리서 본 기억이 있었기 때문이다.

'오조천……'

자신과는 다른 칠대제자의 한 사람인 것이다. 그러하기에 어느 정도는 알고 있었다. 하지만 오조천이 노호관을 알 리는 없었다.

"위사인가?"

오조천은 다가오다 문 앞에 서 있는 노호관을 발견하곤 말했다.

"그렇습니다."

노호관의 대답에 오조천은 미소 지었다.

"철 소저를 만나고 싶은데 들어가도 되겠나? 나는 오조천이라 하네."

"죄송합니다."

이름을 밝혔으니 오조천은 당연히 허락할 것이라고 여겼다. 하지만 들려온 대답은 거절이었다. 오조천의 표정이 약간 굳어졌다. 그러자 노호관이 빠르게 말했다.

"오늘은 아무도 들이지 말라는 분부였습니다."

"그런가… 나의 말도 무시할 만큼 중요한 것인가?"

"제가 받은 명령은 아가씨의 말에 절대 복종입니다."

"알았네……"

오조천은 굳은 표정으로 고개를 끄덕였다. 그러다 무엇이 생각난 것인지 노호관을 바라보며 말했다.

"자네는 누군가?"

"호법원의 일급 위사 노호관입니다."

"오호, 일급 위사라… 일급 위사 중에 자네처럼 젊은 사람이 있다니 놀랍군."

오조천의 말에 노호관은 무표정한 얼굴로 가만히 서 있었다. 호법원의 일급 위사라면 원주의 직속이다. 그들은 고위 관계자들만 호위한다. 그것을 잘 알기에 오조천은 약간 놀란 것이다. 위사 중에 젊은 사람을 본 것은 처음이었다. 무사들 중 고르고 골라 뽑은 고수들만 들어갔기 때문이다.

다른 사람을 호위하는 일이 주된 일이기에 무공은 다른 소속의 무사들보다 월등히 뛰어났다.

"과찬이십니다."

노호관의 말에 오조천은 고개를 저으며 다시 말했다.

"일급 위사라면 우리 칠대제자와 상대해도 부족함이 없을 터, 자네도 신교대전에 나오겠군."

"그건……."

노호관은 말끝을 흐렸다. 그러자 오조천이 허공을 바라보며 숨을 크게 내쉬었다.

"역시 신교는 넓어. 예상은 했지만 자네 같은 젊은 무인들이 얼마나 더 있을까? 신교에 소속된 청해와 신강, 서장과 감숙… 저 멀리 운남도 포함되겠군. 그곳의 젊은이들이 모두 신교대전을 위해 신교로 속속 들어오고 있네. 모두 명예와 부, 그리고 직위를 노리는 자들이겠지. 역시… 세상은 넓어."

오조천이 한탄하며 고개를 저었다. 한눈에 오조천은 노호관이 어느 정도의 인물인지 꿰뚫은 것이다. 노호관은 오조천에 대해 경각심이 들었다.

"호법원에 오기 전에는 어디 있었나?"

"여몽봉(旅夢峯)에 있었습니다."

"여몽봉이면 운남 쪽인데……. 꽤나 고생했겠군."

오조천은 말을 하며 고개를 끄덕였다. 노호관의 눈동자에 놀람이 스쳐 지나쳤다. 여몽봉에 대해 아는 사람은 신교의 본단 사람 중 극히 드물었기 때문이다. 그만큼 오지였고, 그곳까지 신경 쓸 사람은 없었다.

"뭐, 그건 그렇다 치고. 무슨 일이라도 있었나?"

오조천의 진짜 목적은 이것에 있었다. 지금까지의 말은 노호관의 굳은 의지를 약간 누그러뜨리는 말들이었다.

노호관의 표정이 살짝 변하자 오조천은 그것을 놓치지 않고 다시 말했다.

"일이 있었군. 정주문인가?"

"그렇습니다."

"역시… 그놈들이었군. 어떤 일이 있었는지 말해 줄 수 있겠나?"

오조천은 관심있는 표정으로 노호관의 옆에 붙었다. 노호관은 마음속으로 어떻게 해야 할지 고민하였다. 말을 하고 싶지 않았던 것이다. 그런 일을 다른 사람에게 말하면 왠지 자신만 알고 있는 철시린에 대한 것을 나눠 갖는 듯한 기분이 들었기 때문이다.

"좀 말해 주게. 내가 이렇게 부탁하지 않나? 나중에 내가 크게 한턱 쏘지. 어때? 그러지 말고 좀 말해 주게나. 들어가지 않을 테니."

"사실……."

오조천이 사정조로 나오자 노호관은 거절을 못하였다. 결국 정주문과의 일을 말하기 시작했다.

*   *   *

"바람이 차군."

송백은 운하를 타고 내려가는 뱃전에 서서 중얼거렸다. 날씨가 따뜻했지만 바람은 차갑게 느껴졌다. 그 옆으로 염동서가 서 있었다. 능조운과 안희명은 잠을 자고 있었다.

"차갑소? 나는 뜨끈뜨근한 것 같은데. 하하."

염동서는 섭선을 펴서 부채질을 시작했다. 그 모습을 보던 송백이 입을 열었다.

"자네는 한가한 것 같군."

"한가하다니? 그런 소리를 하다니… 내가 이렇게 보여도 정말 바쁜 사람이오. 얼마나 바쁜가 하면 한 달에 일주일은 잠을 못 잘 정도요. 그런데 한가하다니."

사실은 그랬다. 염동서는 정말 바쁜 사람이다. 하오문의 문자라는 자리가 그렇게 한가한 자리가 아닌 것이다. 하지만 송백이 볼 때는 한가한 사람이었다.

"그렇게 바쁜데 왜 나를 따라오는 건가? 사람을 붙이면 되지 않나?"

"그건……."

송백의 말에 염동서는 부채질을 더욱 빠르게 했다. 그러다 미소 지으며 말했다.

"사실 바쁘지만 나도 좀 쉴 때가 있어야 하는 법이오. 일 년 내내 바쁘게 살면 어디 그게 사람이 할 짓이오? 가끔 이렇게 주변을 둘러보며 풍광을 즐기는 것도 필요한 것이오. 하긴 이 일도 나에게는 일이지만……."

염동서는 말을 하며 선체에 몸을 기대었다.

"듣자 하니 하오문은 무림맹의 소속이 아니라던데… 그런가?"

송백은 전에 묻고 싶었던 말을 했다. 능조운의 말을 들었기 때문이다. 염동서의 안색이 약간 어둡게 변하였다.

"그건… 후우……."

염동서는 크게 한숨을 내쉬며 흘러가는 강물을 바라보다 고개를 숙이고 배가 나아가며 생기는 물보라를 응시했다.

"말을 하면 긴데… 사실 하오문은 그리 큰 조직이 아니었소. 어렵게 살던 사람들이 약간이라도 서로 도움이 되고자 만든 것이 하오문이오. 뭐, 이 사회에서 무시당하고 배척당한 사람들이 모였다고 해야 하나? 뭐, 그런 것이었소."

"그런데?"

송백의 말에 염동서는 씁쓸히 미소 지었다.

"지금도 크게 달라진 것은 없지만 과거보다는 거대한 조직이 되었소. 힘이 커지다 보면 부딪칠 곳이 생기기 마련이오. 남의 밥그릇을 뺏어가려는데 참을 자가 있겠소?"

"그렇겠지."

송백은 당연하다는 듯 대답했다. 염동서는 난간에 몸을 깊숙이 기대었다.

"결국 부딪치게 되었는데, 그곳이 어디인 줄 아시오?"

송백의 시선이 닿자 염동서는 다시 말했다.

"녹림(綠林)이오."

송백은 예상한 대답이기에 고개를 끄덕였다. 그러자 염동서가 다시 말했다.

"과거에 하오문은 어둠에 속한 세력이었소. 처음과는 다르게 보이지 않는 어둠 속에서 활동하는 질 나쁜 무리로 변해갔지요. 그것을 바꿔 간 것이 벌써 이백 년이 되어가지만 아직도 무림은 우리를 나쁜 놈으로 보고 있소. 하오문에 소속된 조직들은 대다수가 정당한 방법으로 돈을 벌거나 생계를 유지하지만, 다른 조직들은 그렇지가 못하오. 하오문이 어둠 속에서 사라지자 그 어둠을 차지한 것이 바로 녹림이오."

"그렇군."

"인신매매부터 매춘과 사기 도박, 그리고 노예 시장까지 그들이 차지한 방대한 조직과 규모는 수를 헤아릴 수 없을 만큼 거대하오. 하지만 무림맹은 그것을 모르고 있소. 단지 드러나지 않고 언제든지 뿌리째 뽑을 수 있다고 생각해서 그런지… 하긴 관아가 아닌 이상 그들과 대치할 이유가 없겠지요."

염동서는 말을 하며 고개를 끄덕이다 스스로 답을 구하곤 다시 말했다.

"상계를 장악해 가고, 그 영역을 넓혀가자 가장 먼저 부딪친 녹림과 우리는 전쟁을 해야 했소. 그게 오십 년 전이오. 오십 년 전, 우리는 녹림도들에게 많은 피를 흘려야 했소. 녹림도들에게 나라의 법은 그저 쓰레기와 같은 것이었고, 이미 돈으로 관아를 매수했기에 우리는 속절없이 당하고 말았소."

염동서는 인상을 찌푸리며 다시 말했다.

"그때 우리는 알게 된 것이오. 법보다 주먹이 가깝다는 것을……."

"……."

"그리고 생각했소. 우리도 무공을 익혀야 한다고. 고수를 키워야 한다고. 우리의 식구들은 우리가 지켜야 한다고. 우리는 무공 서적을 구하고 여러 고수들을 초빙했소. 하지만 하오문에 들어올 고수는 이 세상 어디에도 존재하지 않았소. 있어도 몇몇 이름없는 낭인들뿐. 그런 우리에게 생존이 달린 것은 무공서들뿐이었소. 하오문의 남은 재력을 동원해 무공 서적을 사들였고, 그중에 쓸 만한 것으로 인재를 키워놓았소."

"그랬군."

송백은 염옥지의 옆에 서 있던 꼬마 여자 아이를 상기하며 고개를 끄덕였다. 그 여자 아이도 그러한 하오문의 정책으로 들어온 아이일 것이다. 그러자 염동서가 섭선을 펴며 부채질을 시작했다.

"세상에 버림받은 아이들을 키우고 그들을 가르쳐 하오문의 중심으로 만들기까지 삼십 년이 넘는 시간이 걸렸고, 무공을 익히게 하여 고수로 키우기까지 다시 십 년이 흘렀소. 그리고 십 년 전 우리는 녹림과 다시 싸웠소."

"호오……."

송백의 얼굴에서 흥미가 일어났다. 염동서는 송백의 반응에 미소 지었다.

"결과는 어떻게 되었을 것 같소?"

"글쎄, 자네가 이곳에 있는 것으로 보아 어느 정도 성과는 있었겠지."

송백의 말에 염동서는 고개를 끄덕였다.

"그렇소. 크게 이기지도 않았지만 패하지도 않았소. 서로 적당한 선에서 타협했기 때문이오. 하지만 정작 무서운 적은 녹림이 아니었소."

"······?"

송백은 궁금한 표정으로 염동서를 바라보았다. 녹림보다 더 무서운 적이 있다는 말에 흥미가 일었던 것이다. 송백의 얼굴을 본 염동서는 다시 강물로 시선을 던지며 입을 열었다.

"마교요."

"흠."

무림맹의 사람들이 들었다면 꽤나 놀랄 만한 말이었을 것이다. 하오 문이 마교를 거론했기 때문이다.

"녹림도들과의 전쟁이 끝난 후 우리는 무서운 사실을 알게 되었소. 녹림도들 뒤에 마교가 존재한다는 것을······."

"의외군."

"그렇지 않소? 나도 그렇게 생각하오. 하지만 분명히 마교가 존재하오. 녹림의 고수들이 보여준 그 무공들은 체계를 갖춘 무공이었소. 절대 녹림도들이 익힐 만한 무공이 아니었소. 물론 나야 책으로 본 내용이지만, 확실히 지금 내가 느끼기에도 녹림들 중에 높은 녀석들은 분명히 마교와 연관이 있소. 뭐, 자세한 것은 말할 수 없지만."

염동서는 싱긋 웃으며 말을 끝냈다. 그러자 송백이 말했다.

"그래서 내게 무엇을 원하는가?"

송백의 급작스러운 질문에 염동서는 굳은 표정을 지었다. 송백은 염동서의 말을 들으면서 이미 그가 원하는 것이 무엇인지 알 것도 같았다. 염동서는 결심이 섰는지 신중한 표정으로 입을 열었다.

"힘이오. 송형 같은 무인을 우리는 원하고 있소. 우리의 손이 되어준다면 우리는 송형을 위해 아낌없이 줄 것이오."

"미안하군."

송백은 미련없이 바로 대답했다. 염동서는 놀란 듯이 말했다.

"아니, 그렇게 빨리 대답하면 나는 어쩌라는 것이오? 그래도 좀 생각해 보지. 아니, 시간을 좀 주게. 이렇게 말하면 어디가 덧난단 말이오?"

염동서는 이미 예상한 말이었기에 그리 놀라지 않았다. 사실 실망감을 감추기 위해 이렇게 말을 늘어놓았을 뿐이었다. 송백은 그런 염동서의 모습에 미소 지었다.

"역시 무림은 복잡하군."

송백의 말에 염동서는 지금까지와는 달리 경직된 표정으로 입을 열었다.

"송형은 모르겠지만, 아니, 무림맹이나 중원은 모를 것이오. 내 예상이 분명하다면 얼마 지나지 않아 마교는 분명히 중원을 불태우기 시작할 것이오."

염동서의 굳은 목소리에 담긴 무게는 지금까지와는 전혀 다른 것이었다. 염동서는 이미 몇 년 전부터 마교와 보이지 않는 싸움을 하고 있었던 것이다. 그것이 어떤 것인지 송백은 알 수 없었으나 결코 무시할수 없는 것이란 건 알았다. 그것을 분명하게 느낀 송백이었다.

"그때는 송형도 나의 부탁을 거절하지 못할 것이오."

"……."

송백은 대답하지 않았다. 아직은 대답할 이유가 없었기 때문이다. 그리고 염동서가 어떤 사람인지도 알 것 같았다. 그리고 염동서가 바라보는 마교와 중원이 바라보는 마교가 다르다는 것도 알았다.

며칠이 지나서야 송백은 포양호에 도착할 수 있었다. 포양호에서 다시 배를 타자 능조운의 표정이 어둡게 변하였다.

"아니 또 배를 타야 하는 거야? 이제는 속이 다 울렁거려."

능조운은 인상을 찌푸렸다. 보름 동안 배를 탔기 때문이다. 이제 좀 땅을 밟을 수 있을 거라 여겼는데 다시 배를 타야 했다. 힘들 수밖에 없었다.

"하하. 두 시진만 가면 더 이상 배를 탈 일은 없을 터이니 조금만 참으시오."

염동서가 웃으며 말하자 능조운은 고개를 끄덕이며 손을 들어 보였다. 하지만 이미 심신이 지친 상태였다. 안희명은 깨어 있었기에 난간에 기대 주변을 둘러보고 있었다. 그녀는 배를 타는 동안 깨어 있는 시간이 별로 없었기에 늘 눈을 뜨면 뱃전에 나와 주변의 풍광을 바라보았다. 모든 것이 신기했던 것이다.

"으윽!"

안희명의 다리 옆으로 능조운이 사색이 되어 쓰러졌다. 그 모습을 안희명이 바라보자 능조운이 그녀의 다리를 잡으며 힘겹게 입을 열었다.

"죽을… 것 같아."

"시끄러."

퍽!

"쿠엑!"

가볍게 채인 능조운의 신형이 옆으로 쓰러졌다. 그 모습을 보자 안희명은 고개를 돌려 주변을 둘러보았다. 능조운은 쓰러진 채 일어날 줄을 몰랐다. 정신을 잃은 것이다.

포양호의 남부에 위치한 이수장(理秀莊)은 과거에는 관부의 요직에 있는 사람이 별장으로 쓰던 곳이었으나, 이십 여 년 전에 이 지방 부호가 사들인 장원이다. 사람들이 사는 것 같았지만 몇 명만이 주변 사람들의 눈에 보였을 뿐 사시사철 빈 것 같은 곳이었다. 어차피 별장으로 쓰는 곳이기 때문에 마을 사람들도 크게 의식하지 않았다.

단지 이 지대의 꽤 많은 땅을 소유한 사람이 이수장의 장주라는 것 정도만 알고 있었다. 그런 이수장의 정문으로 한 대의 마차가 들어가고 있었다.

"이곳이오. 포양호가 저 멀리 보이는 꽤 좋은 장원이오."

염동서가 마부석에서 내려 마차에서 내리는 일행을 상대로 말했다. 염동서의 옆에는 어느새 다가왔는지 십대 후반으로 보이는 소녀가 서 있었다. 어떻게 보면 예쁘다는 느낌이 들지만 어떻게 보면 평범해 보이는 소녀였다. 하지만 송백은 그녀의 기운이 보통 사람들보다 아주 미약하다는 것을 알았다. 단지 알았을 뿐이다. 송백은 더 이상 깊게 생각하지는 않았다.

"아! 이 아이는 앞으로 함께 지낼 아이니 잘해주길 바라오."

그렇게 말한 염동서가 소녀에게 시선을 돌리며 말했다.

"방을 안내해 주거라."

"예."

소녀가 대답하며 일행을 안내하기 시작했다. 염동서는 몇 명의 하인들이 다가와 마차를 끌고 가자 곧 내실로 향하였다. 자신도 가끔 이곳에서 보내기 때문에 늘 이곳에는 일을 하는 사람이 몇 명 있었다. 하지만 안내를 부탁한 소녀는 특별히 이곳으로 오게 한 아이였다.

내실로 들어서자 기다리고 있었는지 한 여자가 일어섰다. 이십대 초반으로 보이는 그녀는 갸름한 얼굴을 하고 서정적인 눈매를 지닌 여자였다. 그리 큰 눈은 아니었으나 보기에는 좋았다.

"문주님을 뵙습니다."

"왔군."

염동서는 의자에 앉으며 고개를 끄덕였다. 그러자 그녀가 자리에 앉았다.

"오라고 해서 와보니 방지호(方智虎)가 와 있네요. 문주 직속의 밀찰단(密察團)에서 사람을 빼와 시킨 것이 겨우 시비인가요? 그렇게 밀찰단은 할 일이 없나 보군요?"

그녀가 미소를 머금으며 말하자 염동서의 표정이 굳어졌다.

"험. 뭐, 밀찰단원은 나의 직속이니까……."

"그렇지요."

그녀가 고개를 끄덕이자 염동서는 어색하게 미소 지었다. 그러자 그녀가 인상을 찌푸렸다.

"저를 오라 한 이유가 무엇인가요?"

"사실은… 부탁할 게 있어서… 그런데… 들어줄 거지?"

"저 역시 문주 직속의 십무성(十武星) 중 한 명이니 문주님의 부탁이라면 들어줘야겠지요."

부드러운 목소리였으나 쓸데없는 부탁이면 가만있지 않겠다는 살기가 그 속에 들어 있었다. 그것을 알고 있었지만 염동서는 어색한 미소를 거두지 못하고 말해야 했다.

"사매가 그렇게 생각한다면 정말 다행이군. 사실은 말이야. 오늘 온 손님들 있잖아. 내게는, 아니, 우리 문에는 아주 중요한 사람들이

거든."

"그래서요?"

그녀의 눈매가 날카롭게 빛났다. 뭔가 이상했기 때문이다.

"여기서 밥 좀 해."

쿵!

"억!"

염동서는 입을 벌리며 갑작스럽게 생긴 지진에 놀라 일어섰다. 그리고 그것이 지진이 아니라 그녀의 발이 바닥을 뚫고 들어간 것임을 알 수 있었다. 그리고 그녀의 손이 위로 올라가는 것이 보였고, 일그러진 그녀의 얼굴도 보였다.

쾅!

탁자를 내려친 그녀가 사나운 표정으로 염동서를 바라보았다.

"이게 지금 장난해! 내가 문주님, 문주님 이러니까 좋아! 그런 거야! 아무리 내가 할 일 없이 무공만 수련한다고 하지만 뭐? 밥? 내가 밥할라고 무공을 익힌 줄 알아!"

하오문이 온 힘을 다해 키운 고수들이 있는데, 그중 가장 강한 열 명을 십무성(十武星)이라 부른다. 그들은 문주 직속이었으나 그들 중 한 명이라도 움직이려면 장로원의 승인이 있어야 했다. 그리고 그녀는 십무성 중 서열 칠위의 차화서(車華曙)였다.

"거기다 장로원의 허락은 받은 거야? 설마 밥이나 하라고 장로원에서 허락하지는 않았겠지?"

차화서의 싸늘한 말에 염동서는 참으라는 듯 두 손을 들어 올리며 어색하게 미소 지었다.

"허락했는데."

"썅!"

쾅!

손이 움직인 듯 탁자가 순식간에 조각나며 사방으로 비상했다.

'거, 진짜 성격 한번 드럽네. 저게 여자야? 생긴 건 좀 그래도 조용하고 차분한 여자처럼 생겨 가지고 하는 짓은 망나니도 아니고. 장로원에서 허락한 이유가 뭔지나 아냐? 네 성격 좀 고치라고 허락한 거다, 이놈아.'

염동서는 어색하게 미소 지으며 이마에 맺힌 식은땀을 소매로 닦아내었다.

"젠장. 도대체 그 할배들은 머리에 뭐가 들은 거야? 똥만 찼나?"

의자에 앉아 싸늘하게 중얼거리는 차서희였다.

"하하……."

염동서는 어색하게 웃으며 의자에 앉았다.

'그 말을 한번 장로원에서 해봐라. 이그… 내 사매만 아니었어도 넌 내 손에 몰매를 맞았어.'

염동서는 고개를 돌린 채 싸늘하게 굳어 있는 차서희의 표정을 살피며 조심스럽게 말했다.

"그래도 다 이유가 있으니까 그런 것이 아니겠니? 한 반년 정도만 참아라."

"누군지도 모르는 놈들을 위해서 반년 동안 밥하라고? 너라면 하고 싶냐?"

차서희가 굳은 목소리로 대답하곤 일어섰다.

"어디 가?"

염동서가 그 모습에 놀라 말했다. 그러자 차서희가 살기를 피웠다.

"어떤 놈들인지 보려고 간다."

"뭐? 너 또 사고 치려고 그러지?"

염동서가 놀라 일어섰다. 그 순간 염동서의 표정이 뭔가를 발견한 듯 굳어졌다.

"허걱!"

바로 옆에 한 명의 소녀가 서 있었기 때문이다. 어디서 나타난 것일까? 소리없이 나타나 서 있었다. 차서희는 이미 알고 있었다는 듯 별 반응이 없었다.

"간 떨어지는 줄 알았다. 기척이라도 좀 내라. 누가 일급 밀찰원 아니랄까 봐 귀신처럼 나타나기는."

염동서는 옆에 서 있는 방지호를 향해 놀란 눈으로 말했다. 그러자 방지호가 무심한 얼굴로 말했다.

"탁자가 부숴졌네요."

방지호는 무심히 중얼거리며 조각난 탁자를 손에 모으기 시작했다.

"땔감으로 쓰도록 할게요. 다행히 싸구려 탁자를 들여놓길 잘했네요. 곧 점심이에요. 차 무성님은 밥을 하셔야지요?"

방지호가 중얼거리며 탁자 조각을 어느 정도 안고는 밖으로 나갔다. 주변의 공기가 한순간 가라앉았다. 하지만 얼마 지나지 않아 뜨겁게 변해갔다. 차지호의 전신이 미미하게 떨리고 있었기 때문이다.

■제7장■

아버지의 그림자

으슥한 수풀 속에 한 명의 노인과 한 명의 청년이 바위에 걸터앉아
있었다.

"그런데 자네 말 정말 믿을 수 있는 것인가?"

"다 미래를 위한 투자입니다."

염동서의 말에 염소수염의 노인은 그 짧은 수염을 매만지며 고개를
갸웃거렸다.

"일단 마정회주를 죽여주었으니 우리야 좋기는 하지만, 너무 과한
대우가 아닌가 해서 하는 말이네."

"너무 걱정하지 마십시오. 설마 제가 미래도 안 보고 그에게 투자한
다고 여기십니까? 그는 충분한 능력이 있습니다. 그리고 분명 천하대
회에 나갈 것입니다."

"허허… 자네의 그 말을 믿고 장로들을 설득하긴 했지만 나도 미심

쩍어서 하는 말이야. 천하대회가 어디 보통 자리인가? 그곳에 나간다는 것 자체만으로도 그 소속 문파는 이십 년 동안 최고의 대우를 받게 될 것이야. 그런데 정말 하오문의 이름으로 나가는 것인가?"

"아닙니다. 하오문의 이름으로 나갈 계획이었으나, 그것은 아직 시기상조입니다. 하오문이라는 이름은 훗날 터뜨려야 합니다. 그것을 위해 그가 필요한 것입니다. 아까도 말했지만 미래를 위한 투자입니다. 투자는 돈으로 하는 것이긴 하지만 인간의 정으로 하는 것이 최고의 투자입니다."

"그래. 뭐, 자네가 그렇게 말한다면야 반대하는 녀석들도 내가 알아서 설득하지. 그런데 차아는 잘 있느냐?"

"별일없이 잘 지내고 있습니다. 하하하하!"

염동서는 차서희를 생각하며 웃음을 보였다.

"다행이군."

노인이 고개를 끄덕였다. 그때 노인의 귓가에 괴이한 목소리가 울렸다.

"식사 시간입니다, 문주님."

"컥!"

순간 노인의 손이 심장을 잡으며 몸을 떨었고, 염동서 역시 놀라 자리에서 일어섰다.

"기척 좀 내거라. 심장 떨어지는 줄 알았다."

노인은 방지호의 모습을 확인하곤 인상을 찌푸렸다. 하지만 방지호는 둘을 이리저리 살피더니 곧 환영처럼 사라졌다.

"늦으면 식은 밥입니다, 문주님."

흐릿한 목소리가 바람에 날렸다.

심장을 추스린 노인이 허리를 펴며 기지개를 켰다.

"나는 이만 가볼 테니 잘 있거라. 참, 저 아이가 이곳에서 네 밑에 있는 것이냐?"

"그렇습니다. 제가 이곳에서 업무를 봐야 하니 뛰어난 아이가 필요해서요."

"뛰어나긴 하지만… 수명이 줄 것 같아. 저렇게 갑자기 나타나니……."

"다 능력입니다."

염동서는 웃음을 보였다. 그러자 노인이 허리를 두드리며 수풀 속으로 들어가기 시작했다.

"다음에 다시 찾아오지."

"예."

"참, 개방을 조심해야 할 거야. 그 녀석들 이 근처에서 좀 얼쩡거리더라."

염동서는 개방이란 말에 인상을 찌푸렸다.

"알겠습니다."

*　　　　　*　　　　　*

일주일 동안 이곳에서 지내며 차서희는 많이 참아야 했다. 하지만 능조운이라는 미남자가 잘해주기에 잘 참아왔다. 안희명은 하루의 절반 이상을 누워서 지내니 마주칠 일도 드물었고, 마주해도 서로에게 크게 그릇된 행동은 하지 않았다. 하지만 남은 한 명은 정말 차서희에게 재수없는 놈이었다.

그것은 첫 만남 때부터였다. 저녁 시간, 과거 몇 번 한 적은 있지만 잘하지 못하는 음식과 밥을 해서 식탁에 올려놓았다. 그리고 다들 둘러앉아 밥을 먹었다. 이상하게 음식을 먹기 전에는 웃고 떠들던 사람들이 밥을 먹는 순간 침묵했다. 그것이 이상했지만 차서희는 신경 쓰지 않았다. 그래도 다들 잘 먹었기 때문이다.

하지만 그놈은 몇 숟갈 먹더니 일어섰다. 모두 쳐다보자 그놈은 고개를 저으며 밖으로 나갔다.

"도저히 못 먹겠군."

충격이었다. 저절로 불타오르는 울화를 참기 위해 인내해야 했다.

차서희는 오늘도 저녁을 준비하며 부엌칼로 파와 양파 등을 썰기 위해 다듬었다.

"망할 새끼, 맛이 없으면 먹지를 말던가."

그때를 생각하면 아직도 구겨진 자존심의 상처가 욱신거렸다. 송백은 단지 솔직했을 뿐이었고, 그 솔직함이 차서희에게 원한을 사게 된 것이다.

"망할 새끼, 망할 새끼."

차서희는 그 원한을 양파에 풀듯 부엌칼을 들곤 요란하게 움직이기 시작했다.

타타타탁!

수십 번의 칼이 도마를 치며 요란한 소리를 울렸다. 그렇게 양파를 다 자를 때 한 명의 그림자가 안으로 들어왔다.

"아… 함… 뭐 도와줄……!"

안희명이었다. 차서희는 신경이 날카로운 상태였기에 무의식 중에 부엌칼을 든 채 몸을 돌렸다.

"뭐야!"

휙!거리는 바람 소리와 함께 차서희의 손에 들린 부엌칼이 안희명의 안면으로 향했다. 그것이 발단이었다. 이미 살기 어린 부엌칼이었으며, 안희명은 두 눈을 부릅뜨고 쌍도를 재빠르게 뽑았다.

깡!

"……!"

무의식 중에 행한 행동이었지만 안희명을 눈으로 확인하곤 부엌칼을 멈추었다. 하지만 그것보다 먼저 타의에 의한 힘으로 멈춰지게 되었다. 차서희는 열십 자로 교차된 쌍도 사이에 낀 자신의 부엌칼을 바라보았다.

안희명은 도울 게 없을까 하고 들어왔다가 날벼락을 맞은 셈이다. 하지만 갑작스러운 일격과 차서희의 싸늘한 표정에 자신이 뭔가 잘못한 일이 있는지 생각했다. 당연히 있을 리가 없었다. 차서희가 혼자 북을 친 것이다. 그러니 안희명의 표정 역시 고울 리가 없었다.

"호호. 쌍도가 참 멋지네요. 잠은 다 잔 건가요?"

차서희가 먼저 입을 열었다. 억지로 웃는 웃음이란 것은 삼척동자도 다 알 것이다.

"다 잤는데……? 왜 그러지요? 불만이 있나요?"

오는 말이 안 고운데 안희명의 표정이 고울 리 없었다.

"아니, 난 또 오늘은 개구리가 겨울잠을 자듯 동면을 취하나 하고."

여자들은 개구리를 싫어한다. 물론 안희명도 싫어했다. 저절로 인상이 찌푸려졌다.

"허… 동면… 개구리……? 당신은 식모나 하고 있는 주제에."

"허… 식모오… 오……."

쌍도와 부엌칼이 서로 마주하며 미미하게 떨리기 시작했다. 차서희는 분을 참기 위해 노력했지만 더 이상 참을 수가 없었다. 식모라는 말은 그만큼 충격이었다. 그녀의 왼손에 과도가 들렸다.

"잠탱이 주제에 말은 잘하는구나!"

휘익!

과도가 앞으로 움직이며 부엌칼이 뒤로 빠졌다.

땅!

그것이 시작이었다. 차서희의 양손이 맹렬하게 움직였다. 안희명의 양손도 보이지 않을 만큼 빠르게 움직였다.

따다다다당!

앞으로 밀며 들어오는 차서희의 행동에 저절로 안희명의 발이 뒤로 물러섰으며, 곧 둘의 신형이 마당으로 나왔다.

"식모는 식모니까 식모라 부르지!"

안희명도 뒤로 밀리는 자신을 안 듯 상체를 앞으로 숙이며 양손을 빠르게 움직였다. 그것에 지지 않겠다는 듯 차서희도 양손을 빠르게 움직였다.

따다다다당!

요란한 금속음이 계속해서 울려 나왔다.

"뭐야?"

방 안에 있던 능조운이 그 소리에 놀라 밖으로 나왔다. 그러자 두 소저가 서로 어깨 넓이만큼 서서 무식하게 칼을 난사하고 있지 않은가? 능조운은 놀란 표정으로 급하게 다가갔다.

"아니, 왜 싸우는 것이오! 손을 멈추시오!"

능조운은 달려가며 소리쳤다. 하지만 그 소리가 들리지 않는 듯 두 여자의 양손은 그림자를 찾기 힘들 만큼 거세게 움직였다.

까가가가가강!

따다다다당!

요란한 왜도와 부엌칼, 그리고 짧은 과도의 금속음이 더욱 거세게 울렸다. 능조운은 말리지 않으면 정말 사고라도 터질 것 같았다. 위험을 무릅쓰고 더욱 가까이 다가갔다.

"무슨 일인지 모르지만 제발 그만 싸우시오! 대낮에 아름다운 두 분께서 이렇게 싸우다니 정말 하늘이 놀랄 일이오!"

아름답다는 말 때문일까? 안희명과 차서희가 반응을 보였다.

능조운의 외침이 끝나는 순간 두 여자가 '휙!' 하고 바람 소리가 울릴 만큼 빠르게 능조운을 노려보았다. 노려봄과 동시에 손까지 움직였다.

"컥!"

능조운은 고개를 위로 올리며 이마에서 흘러내리는 식은땀을 느꼈다.

"저기……."

능조운은 시선을 밑으로 내리며 자신의 목을 향한 두 개의 칼을 바라보았다. 하나는 부엌칼이었고, 하나는 왜도였다. 그렇게 둘이 자신을 노려보고 있었다. 능조운은 무의식 중에 어느새 양손을 들고 있었다.

"저… 나 아직… 죽고 싶지 않은데……. 하… 하……."

능조운의 어색한 웃음 소리에 안희명과 차서희는 능조운을 향한 살기를 거두며 서로를 노려보았다.

"흥!"

"쳇!"

어느새 칼을 거두고 서로 등을 돌렸다.

"저기… 왜……??"

"알 것 없어."

"능 소협은 상관없는 일이에요."

안희명과 차서희가 빠르게 말했다. 능조운은 어떻게 해야 할지 몰라 당황하고 있었다. 그때 차서희가 먼저 입을 열었다.

"잠탱이치고는 좀 하는구나."

"너도 식모치고는 잘하더군."

둘은 그렇게 말하더니 어색한 듯 서로 눈동자를 이리저리 굴렸다.

"저기… 뭔가 오해가 있다면 풀어야……."

능조운은 조심스럽게 입을 열었다. 그러자 차서희가 어색하게 부엌칼과 과도를 서로 비비며 말했다.

"이제 밥해야 하거든. 쌀이라도 씻어줄래?"

차서희의 말에 안희명은 쌍도를 도집에 넣으며 팔짱을 끼었다. 그녀도 앞으로 함께 지내야 하는 차서희와 얼굴을 붉히고 싶지 않았기 때문이다.

"뭐, 부탁이라니 들어줘야지."

안희명이 고개를 끄덕이며 말하자 능조운이 말했다.

"나는… 뭐라도 도울 일이 없을까?"

능조운의 말에 안희명이 빠르게 말했다.

"장작 패."

"어? 어. 그러지 뭐."

"이왕이면 산에서 나무도 좀 패오세요, 능 소협."

"예? 아… 뭐……."

그녀들의 말에 고개를 끄덕인 능조운은 어느새 차서희와 함께 부엌으로 향하는 안희명을 보곤 고개를 저었다.

"정말 싸운 거야? 무섭군."

능조운은 빠르게 서로 얼굴을 마주하는 그녀들을 바라보며 중얼거렸다.

퍽!

통나무가 도끼에 잘려 반 조각이 났다. 곧 능조운의 손이 능숙하게 조각난 통나무를 다시 새우곤 도끼로 내려쳤다.

퍽!

'내가 지금 뭐 하는 거지?'

퍽!

통나무를 사등분하며 능조운은 인상을 찌푸렸다.

'나는 분명히 이곳에 무공을 수련하려고 온 것인데 장작이나 패고 있으니…….'

퍽!

'머슴도 아니고…….'

도끼로 내려치고 능조운은 허리를 구부리며 통나무를 다시 세웠다. 문득 예전에 읽은 금단의 책이 떠올랐다.

'마님만 있으면 딱이군.'

송백은 식사 시간을 제외하고는 홀로 뒷산에 올랐다. 산봉우리에 올라 하는 일은 가만히 서서 먼 산을 바라보는 일이었다. 어떻게 보면 한가한 사람 같았지만 송백에게는 중요한 일이었다.

이렇게 서서 멀리 바라보면 무언가 해답이 나올 것 같았기 때문이다. 더 이상 안희명과의 비무도 의미가 없었기에 다른 해답을 구하려 하였다.

"살아야 한다는 것이 목적이라면 강해져야 한다. 그 누구의 손에도 죽지 않을 만큼의 강인함. 그것을 얻기 위해서는 끊임없는 노력과 갈망이 있어야 한다. 강해지겠다는 집념이 그것이다."

송백은 스승이 했던 말을 상기하며 눈을 감았다. 무(武)에는 끝이 없다는 것을 이미 알고 있었다. 더욱이 마정회주와 겨룬 뒤 노호관에게 맞은 일격으로 한 단계 더 진보한 것을 알 수 있었다.

능조운의 도움도 컸다는 사실을 알기에 그에게 잘해주는 것이다. 그렇게 한참 동안 가만히 서서 수많은 생각들을 정리하기 시작했다. 머리 위로 비추던 해가 서서히 기울기 시작했으며, 송백의 그림자도 점점 길어지기 시작했다.

시간이 얼마나 흘렀을까? 송백은 마치 바위라도 된 것처럼 미동도 하지 않았다. 그리고는 해가 서산에 걸릴 때, 하늘이 붉게 물들어갈 때 눈을 떴다.

"힘들지 않나?"

송백은 고개를 우측으로 돌리며 말했다. 그러자 나무들 사이로 방지호의 모습이 나타났다.

"아니… 에요."

방지호는 약간 놀란 듯 송백을 바라보았다. 지금까지 자신을 이렇게 쉽게 간파한 사람은 없었기 때문이다.

"두 시진 가까이 나만 바라봤을 텐데, 누가 시키던가?"

방지호는 놀란 눈으로 고개를 저었다.

"아니요……. 그냥… 산책도 하고 싶고… 그래서 올라왔다가……."

방지호는 얼굴을 붉히며 고개를 숙였다. 사실 염동서가 관심을 보이기에 어떤 사람인지 알고 싶어 짬이 날 때 살핀 것이다. 하지만 하는 일이라곤 이렇게 산에 올라 바위처럼 서 있는 것이 전부였다. 어떠한 특색을 찾을 수가 없었다.

그렇지만 지금 이 순간은 왠지 모르게 위축되었고, 심장이 떨리고 있었다. 왜 그런지 방지호는 확신할 수 없었다. 단지 무섭다는 생각이 문득 들었다.

"하오문에서는 은신술도 가르치는가 보군."

송백의 목소리에는 별 감정이 없었다. 그저 생각한 것을 말한 것뿐이데, 방지호는 한 걸음 물러섰다.

"물론이에요. 무엇을 알아보기 위해서는 은신술이나 추종술은 기본적으로 익혀야 하는 것이에요."

방지호는 평소처럼 냉철하게 상대를 바라보지 못하고 있었다. 그것은 은연중 풍기는 송백의 위압감 때문이다. 방지호에게 있어 송백은 처음으로 접하는 고수였기 때문이다.

"이름이 방지호였던가?"

방지호는 무의식 중에 고개를 끄덕였다. 송백이 볼 때 방지호는 그냥 어린 소녀였다. 십대 후반이라지만 그래도 송백에게는 애였다. 그렇기 때문에 별 거리낌 없이 말했다.

"염형은 하오문주겠지?"

"엇!"

송백은 그냥 물은 것이다. 방지호가 아직 경험이 부족하다는 것을 알았기 때문이다. 순간적으로 방지호의 표정이 굳어졌다. 곧 방지호는 자신의 실책을 깨닫곤 재빠르게 표정을 바꾸었다. 하지만 이미 늦은 일이다.

송백은 예상한 일이었기 때문에 그리 놀라지 않았다. 염옥지와 염동서는 아마도 남매일지도 모른다고 생각했다. 둘의 생김새가 어딘지 모르게 닮았기 때문이다.

곧 송백은 방지호의 옆으로 다가갔다.

"부탁할 것이 있는데, 들어줄 수 있나?"

"예?"

방지호는 다가오는 송백을 보곤 저도 모르게 뒤로 물러서다 곧 고개를 돌리며 말했다.

"저 바빠요. 할 일이 얼마나 많은데요."

방지호가 어색하게 말하자 송백은 미소를 보였다. 고개를 돌리고 말하는 방지호의 모습이 귀엽게 느껴졌기 때문이다. 송백은 방지호의 말과는 상관없이 하고 싶은 말을 했다.

"세상에서 가장 죽어야 할 사람이면서 무공도 고강한 사람이 있나?"

송백의 말에 방지호가 고개를 돌리며 그를 바라보았다. 방지호의 얼굴에는 도대체 어떤 말을 하려는 것인지, 그 의도를 파악하려는 모습이 보였다.

"그런데 왜요?"

"만나고 싶어서."

송백은 미소 지었다. 방지호의 얼굴이 굳어졌다.

방지호는 늘 수심에 찬 눈동자를 하고 있었다. 그리고 어딘지 모르게 음침했으며, 목소리 또한 낮았다. 여자라 할 정도의 매력은 없었다. 그래서 그럴까? 방지호의 부모는 방지호를 어릴 때 팔아버렸다.

흔한 일이었다. 가난이 죄일 뿐 부모에게는 죄가 없다 생각했다. 그리고 들어간 곳이 하오문이었으며, 그곳에서 무공을 익히게 되었다. 오직 하오문을 위해.

무공을 익히기 위해 들어간 곳에서 방지호는 또래의 아이들에게 버림받았다고 해야 하나? 원래 말이 별로 없었으며, 왠지 모르게 다가가기 힘든 눈을 하고 있었다. 방지호는 항상 혼자 있어야 했다. 혼자 따로 떨어져 있어야 했으며 늘 구석에 있어야 했다. 그런 그녀에게 가장 따뜻하게 대해준 사람이 차서희였다.

그래서 차서희와 방지호가 함께 있는 것이다. 말은 괴팍하게 해도 성격은 자신이 아는 사람 중 가장 순수했으며 솔직했다.

"그래서? 알려주면 되잖아. 뭐가 걱정이야? 가서 죽는 게 걱정이야?"

차서희의 말에 방지호는 고개를 끄덕였다. 그러자 차서희가 서늘한 미소를 보이며 부엌칼을 들어 보였다. 왠지 모르게 차서희의 미소가 굉장히 사악하다는 느낌이 들었다.

"죽어주면 나야 좋지. 흐흐."

방지호는 내심 고개를 저으며 차서희의 뒷모습을 바라보았다. 어느새 신형을 돌리며 칼질을 하고 있었다. 오늘 저녁은 닭인 듯 닭을 이리저리 난도질하고 있었다. 무어라 중얼거리고 있었는데, 듣고 싶지 않았는지 방지호는 부엌에서 벗어났다. 예상이 맞다면 장로들과 문주를 욕하고 있는 것일 거다.

방지호는 송백을 생각하며 눈을 빛냈다.

'팔자겠지.'

순간적으로 방지호의 그림자가 땅속으로 녹아들었다. 지금부터 어딜 좀 다녀와야 했다.

집에 오자 뒤뜰에서 능조운이 도를 들고 앉아 있었다. 그도 송백을 발견한 듯 굳은 표정으로 자리에서 일어섰다.

"기다리고 있었어."

윙!

능조운의 도가 바람을 가르며 앞으로 뻗었다. 송백을 향한 것이다.

"비무하자."

능조운은 늘 생각하고 있었다, 송백과의 비무를. 이곳에 와서 가장 먼저 하고 싶었던 일도 송백과의 비무였다. 자신을 위해서.

송백은 말없이 능조운을 바라보며 도를 꺼내 들었다.

"자신있나?"

"그런 게 뭐가 중요하지? 그냥 하고 싶을 뿐이야."

송백은 고개를 끄덕였다. 능조운의 강인한 기도 때문이다. 뇌정신공이 그런지, 평소와는 달리 능조운의 기도가 강하게 느껴졌다.

"시작하자."

능조운은 말을 하며 앞발을 넓게 뻗었다. 도를 양손으로 잡곤 앞을 향해 들었다. 원래라면 굉장히 긴 도신이 뻗어나가 상대에게 위압감을 주어야 했다. 하지만 반으로 부러진 도는 보통의 도 정도밖에 안 되는 길이였다. 단지 도면이 일반도에 비해 세 배는 넓을 뿐이었다.

송백을 가만히 노려보던 능조운은 그의 도가 어깨 위로 올라가자 그 순간 발을 움직였다.

"하압!"

기합성이 터지며 능조운의 도가 앞으로 찔러 들어갔다. 넓은 도가 찔러 들어오자 막기 힘들 것처럼 보였다. 하지만 송백은 오히려 그게 더 막기 쉽다고 여겼다. 뇌정도의 도끝으로 백옥도를 들었다. 그 순간 능조운의 발이 땅을 박차 허공으로 올랐다.

허초였던 것이다.

"차앗!"

뒤로 도를 들어 올린 능조운의 허리가 활처럼 꺾였다. 그리고 그 탄력의 정점에 선 순간 '휘잉!' 거리는 강렬한 바람 소리와 함께 송백의 머리 위로 내려쳐 왔다.

순간이었다. 송백의 신형이 가볍게 반원을 그리며 능조운의 옆면으로 다가온 것이다.

"……!"

능조운의 표정에 놀람이 깃들었다. 이렇게 쉽게 옆을 준 것이다. 순간 눈앞에 백옥도의 도신이 번뜩이며 나타났다.

빡!

쿵!

"……."

송백은 바닥에 쓰러진 채 정신을 잃은 능조운을 바라보며 고개를 저었다. 그 옆으로 하나의 그림자가 다가왔다.

"저럴 줄 알았다니까. 비무한다고 하기에 구경왔더니……. 일초를
못 버티네."

안희명은 작게 중얼거리며 다가왔다. 쓰러진 자세도 웃기다고 생
각했다. 마치 개구리가 배를 내밀고 죽은 것처럼 그렇게 쓰러져 있었
다.

송백은 도를 도집에 넣으며 능조운의 앞에 앉아 이마를 바라보았다.
혹이 크게 튀어나와 있었다. 미안한 생각이 들었다. 곧 능조운을 안아
들었다.

"옆에 있어주겠나?"

송백이 신형을 돌리며 안희명에게 말하자 안희명이 크게 놀란 듯 능
조운을 바라보았다.

"저런 바보 옆에 왜 있어야 해요?"

안희명이 고개를 돌리며 말하자 송백은 말없이 그녀의 옆을 지나쳐
갔다. 그 뒤로 안희명이 땅을 발로 몇 번 차며 몸을 몇 번 흔들더니 입
술을 내밀었다.

"치! 치! 칫!"

안희명이 어느새 송백을 따라붙었다. 말과 행동이 다른 것이다.

소년은 큰 손을 잡고 있었다. 큰 손이 주는 느낌은 따뜻함이었다. 햇
살에 가린 얼굴이 소년을 내려다보았다.

"오늘은 잠시 같이 갈 데가 있는데 따라올 거니?"

"응."

소년은 고개를 끄덕였다.

"좋아! 그럼 우리 아들이 보는 앞에서 멋진 모습을 보여야겠군."

그렇게 말한 아버지. 소년은 아버지의 손을 잡고 있었다. 그리고 길을 걸었다. 느릿한 걸음이었지만 소년의 발은 빠르게 움직였다. 아버지와 보폭을 맞추기 위함이다.

한참을 걸었다. 그리 먼 곳 같지는 않았지만 소년은 꽤 오랜 시간 걸은 듯 다리에서 점점 힘이 빠져나가고 있었다. 하지만 참았다. 아버지의 뒤를 걷고 싶지는 않았기 때문이다.

그렇게 다리의 힘이 다 빠져나가 쓰러질 것 같을 때 아버지의 걸음이 멈췄다. 소년은 다행이라는 듯 한숨을 내쉬었다. 그리고 소년이 바라본 곳은 어느 강변이었다. 모래가 넓게 펴진 강변.

소년의 손을 잡고 있는 아버지가 강변으로 다가갔다. 소년도 모래를 밟으며 함께 앞으로 나아갔다. 소년은 강변의 한쪽에 앉아 있는 중년인을 발견했다. 중년인의 시선이 소년에게 향했을 때 소년은 자신도 모르게 걸음을 멈춰야 했다. 날카로운 안광 때문이다. 하지만 소년에게 향하던 시선은 곧 그 옆에 서 있는 아버지에게로 향하였다.

"이곳에 있겠니?"

소년은 고개를 끄덕였다. 아버지의 뒷모습이 눈에 들어왔다. 그리고 등에 걸린 거대한 뇌정도도.

"조금 늦었군. 난 천하제일이라 불리는 도객이 도망이라도 친 줄 알았소."

"그럴 리가 있겠소? 아들과 함께 오느라 늦었을 뿐이오."

중년인은 고개를 끄덕이며 도를 손에 들었다. 꽤 큰 대감도였다.

"오늘 천하제일이란 명칭은 내가 갖겠소."

"이기면 당연한 것이오."

아버지의 양손에 도가 들렸다. 그리고 중년인도 대감도를 들었다. 소년은 처음 보는, 아버지와 다른 사람의 비무였다. 양손을 꼭 잡았다.

"합!"

높은 기합성이 울렸다. 소년은 두 눈을 부릅떴다. 아버지와 중년인이 눈에 보이지도 않았는데, 서로를 향해 도를 휘두르고 있었다. 그리고 대감도와 뇌정도가 부딪쳤다.

쾅!

"크악!"

단 한 번의 부딪침, 한 번의 고통스런 외침성, 그리고 쓰러진 사람.

휘리리릭!

허공에 떠 있던 부러진 대감도가 쓰러진 중년인의 옆으로 떨어져 내렸다.

푹!

모래에 깊숙이 박힌 대감도의 모습이 소년의 눈을 어지럽혔다. 단 일 초였다. 단 한 번을 받지 못한 것이다.

소년의 앞으로 아버지가 다가왔다. 그 얼굴에는 가벼운 미소가 걸려 있었다. 소년의 앞으로 다가온 아버지가 뇌정도를 바닥에 세웠다.

푹!

소년은 자신의 얼굴이 뇌정도에 비치는 것을 보았다.

"조운아."

소년은 들려오는 소리에 고개를 들었다. 그러자 아버지의 커다란 손이 머리를 쓰다듬었다. 그 느낌이 좋았다. 아버지의 그림자 뒤로 햇살이 비추고 있었다. 바라보기 어려울 만큼 강한 햇살이.

"남자가 되거라."

소년은 입술을 꽉 물었다.

벌떡!

능조운은 상체를 일으키며 눈을 부릅떴다. 꿈속에서 아버지의 모습을 본 것 같았기 때문이다.

"깜짝이야."

능조운은 목소리에 놀라 고개를 돌렸다. 그러자 바로 옆에 안희명이 앉아 있었다. 안희명은 다행이라는 듯 미소 지었다.

"얼마나 누워 있었어?"

능조운이 묻자 안희명은 인상을 찌푸렸다.

"딱 하루야. 어제 누웠으니까. 상대가 될 거라 생각한 거야? 나도 상대하기 힘들면서."

안희명은 투덜거리며 다시 입을 열었다.

"바……."

안희명은 막 '바보'라는 말을 입에 담으려 했다. 하지만 고개를 숙인 능조운의 전신이 미미하게 떨리자 입을 닫아야 했다. 억울했던 것이다. 그것을 느꼈을까? 안희명은 입을 닫곤 가만히 앉아 있었다.

"적어도 백초 정도는……."

안희명은 굳은 얼굴로 고개를 돌렸다.

'억울했으면 억울하다고 말을 하던가……. 자존심이 상했으면 화를 내던가…….'

안희명은 고개 숙인 능조운의 모습을 다시 바라보았다. 무슨 말이라도 해야 할 것 같았다.

"걱정 마. 송 소협이 강한 건 사실이지만 노력하면 따라갈 수 있어."

"정말?"

안희명의 말에 능조운은 고개를 들었다. 능조운의 표정에는 어떤 기대감이 있었다.

"정말 그럴까? 어떻게 하면 되지?"

능조운의 말에 안희명은 잠시 말을 잃었다. 딱히 어떻게 해야 할지 그녀도 몰랐기 때문이다.

"흠……."

안희명이 입을 닫자 능조운은 그럴 줄 알았다는 듯 한숨을 길게 내쉬었다. 그 실망감이 큰 것일까? 능조운은 양손으로 머리를 잡았다. 스스로를 책망하는 것이다.

"일어났나?"

능조운은 문에서 난 소리에 고개를 돌렸다. 안희명도 송백이 서 있자 약간 놀란 표정을 지었다. 지금 같은 분위기에 나타난 것은 어색함만 더욱 키우기 때문이다.

"내일 잠시 나갈 거야. 어디 좀 갈 데가 있어서."

송백은 말을 하며 능조운의 곁으로 다가왔다. 하지만 능조운은 고개를 숙이고 있었다. 별로 말을 하고 싶지 않기 때문이다. 그것을 아는지 송백은 능조운의 곁에 다가와 섰다.

"뇌정도법은 큰 도를 이용해 상대를 격살시키는 강의 무공이라 들었다. 그런데 지금은 반이 부러졌지."

"……."

"그런데 너는 부러진 도로 기존의 뇌정도법을 펼치려 하고 있어. 도가 크면 당연히 상대가 들어오기 힘들겠지만, 반이나 부러진 도는 일반 도와 같아. 짧다는 뜻이다."

"......!"

능조운은 놀라 고개를 들었다. 무언가 해답을 줄 것 같았기 때문이다. 그 기대감을 송백은 알고 있었다. 그리고 할 말도 있었다.

"기존의 뇌정도로는 뇌정도법이 어울리겠지만, 지금의 부러진 도로는 그게 불가능해. 오히려 동작만 크고 허점만 노출되지. 모든 걸 짧게 해. 짧게. 짧게. 끊어 치듯. 탁! 탁! 거리면서 짧고 강렬하게. 뇌정도법은 지금의 뇌정도에 어울리게 그렇게 바뀌어야 한다."

"짧게······."

"도를 휘두를 때 몸을 회전하는 방법도 바꿔야 해. 온몸으로 회전하는 것은 큰 뇌정도를 들었을 때의 이야기다. 반으로 부러진 뇌정도는 그렇게까지 할 필요가 없어. 짧게 회전하고 강렬하게 끊어서 상대를 쳐야 한다. 그리고 마지막에 모든 힘을 집중해야지."

그렇게 말한 송백은 준비한 듯 손에 붕대 같은 것을 들어 보였다. 설명을 듣던 능조운은 연신 고개를 끄덕이다 붕대를 발견한 듯 의문스러운 얼굴로 송백을 바라보았다. 송백은 자신도 모르게 미소를 그렸다.

"뇌정도는?"

"저기."

능조운이 손으로 벽을 가리키자 송백은 안희명을 바라보았다. 그러자 안희명은 인상을 찌푸리며 일어섰다. 뇌정도를 가지고 오기 위해서다.

뇌정도의 손잡이를 잡은 안희명은 생각보다 무거운 도에 잠시 놀랐다.

'이런 것을 들고 다니다니… 머리 나쁘면 무식하다더니… 설마……'

안희명은 중얼거리며 뇌정도를 가지고 왔다. 그러자 송백은 뇌정도를 들고 능조운을 바라보았다.

"오른손."

능조운은 오른손을 앞으로 내밀었다. 그러자 송백은 뇌정도를 올려 주었다.

"힘껏 잡아."

"응?"

능조운은 무의식 중에 손에 힘을 주어 잡았다. 그러자 송백의 손이 빠르게 움직이며 붕대를 능조운의 손에 감았다. 뇌정도와 손이 하나로 합쳐진 것이다.

"뭐야?"

송백은 다 감자 무심히 말했다.

"앞으로는 도와 하나처럼 행동해. 도가 팔이고 팔이 도야. 짧고 단순하게 끊어 치기 위해서는 손목만으로도 모든 것을 소화해야 한다. 팔꿈치와 어깨는 다음의 일이다. 양손일 때 왼손은 가볍게 오른손의 뒤에 붙이는 거야. 한 손과 양손을 적절하게 운용해서 수련한다면 더 좋겠지. 손목으로 모든 초식을 소화하면 그때 다시 비무하도록 하자."

송백의 긴 설명에 능조운의 표정이 굳어졌다. 송백은 다 알아들은 것 같아 다행이라 여겼다. 능조운의 뇌정도법을 볼 때면 늘 하고 싶었던 말이었다. 그리고 자신이 능조운에게 받은 것을 돌려줘야 했다.

능조운은 굳은 얼굴로 한참 동안 오른손을 이리저리 움직이더니 송백을 향해 고개를 들었다. 그의 표정에 강렬한 신광이 어렸다. 무언가 결점이라도 있는 듯 보인 것이다. 송백은 혹시 자신이 한 말 중에 뭐가 잘못되었는지 생각했다.

"밥은 어떻게 먹으라고!"

순간 송백의 얼굴에 살기가 맴돌았다.

"마서."

*　　　*　　　*

정문에 나와 있던 철우경은 다가오는 마차를 발견하곤 굳어 있던 인상을 폈다. 정주문의 소식을 듣고 걱정스러워서 먼저 나와 있던 것이다. 아무리 신교의 부교주라고 하지만, 이럴 때는 그저 손녀를 걱정하는 할아버지일 뿐이었다. 곧 마차가 멈추자 문이 열리며 철시린이 나타났다.

"할아버지."

철시린은 놀란 표정으로 철우경에게 다가갔다. 곧 이런이 내렸으며, 마부석에 앉은 노호관은 허리를 숙인 후 마차를 돌렸다. 이제 자신이 할 일은 없었다.

"노 위사님."

마차를 돌려 내려가려던 노호관은 이런의 부름에 마차를 멈추었다. 그러자 옆으로 다가온 이런이 애써 미소를 보였다.

"그동안 고마웠어요."

"아닙니다. 오히려 아가씨가 고생하셨지요."

노호관의 말에 이련은 약간 붉어진 얼굴로 말했다.

"그래서 그런데 내일 점심을 함께하자고 전하랬어요."

"아……!"

노호관은 놀라 이련을 바라보곤 고개를 돌려 이미 사라진 철시린을 찾아보려 했다. 식사 초대였다.

"고맙다고 그런 것이니 부담 갖지 마시고 오세요."

"당연히 그래야지요. 하하하하!"

노호관은 소리 내어 웃어 보였다. 자신도 모르게 심장이 크게 울리고 있음을 알았다.

"그럼, 내일 뵈요."

이련이 가볍게 손을 흔들며 안으로 들어가자 노호관은 한참 동안 정문을 바라보다 곧 마차를 움직이기 시작했다.

'소문으로는 아직 그 누구도 아가씨와 식사를 함께하지 못했다. 내가 처음이구나…….'

노호관은 처음으로 느껴보는 설레임을 오랫동안 간직하고 싶었다.

나갈 때는 셋이었으나 돌아올 때는 두 명이었다. 한동안 우울할 것 같았다.

"정주문이 그렇게 나오다니… 과거의 원한? 정주문이 그런 말을 할 자격이 있던가……."

철우경은 인상을 찌푸리며 말했다.

"어떤 일이 있었나요?"

철시린은 철우경의 빈 찻잔에 차를 따르며 말했다. 면사는 이미 벗은 상태였다. 철우경은 기억을 떠올리며 입을 열었다.

"오래전 일이라… 잘 모르겠구나… 내가 교를 나가 천하를 돌아다닐 때였다. 오랜만에 고향이라도 갈까 하고 섬서 지방을 돈 적이 있었지. 그때 만난 것이 정주문주였던 것 같구나."

철시린은 고개를 끄덕이며 의자에 앉았다.

"말을 들어보니 정주문은 할아버지에게 원한이 깊다고 하던데요. 초대 문주와 전대 문주를 모두 죽였다고, 원한은 꼭 갚아야 한다고 말이에요."

"흥! 그 망할 놈들이 그런 말을 했느냐? 감히 원한을 입에 담다니, 그러고도 정파라 자처한단 말인가…… 허허."

철우경은 웃음을 보이며 고개를 저었다. 그러곤 차를 마셨다. 잠시 시간이 흐르자 철우경은 입을 열었다.

"초대 문주인지는 나도 잘 모른다. 단지 정주문주라고 밝힌 녀석이 비무를 하자고 하더구나. 하지만 거절했다. 나의 검은 한 번 뽑게 되면 피를 보기 때문이다. 그때는 더 이상 의미없는 살생은 피하려 하였다. 더욱이 나의 검을 받을 만한 녀석도 아니었어."

철우경은 말을 하며 잠시 짧게 숨을 내쉬었다. 그 당시의 자신은 천하에 오직 자신 혼자만이 산에 서 있다는 생각을 가졌기 때문이다. 광오했지만 고독했다. 그때의 기억이 떠오른 것이다.

"몇 번이고 거절했다. 하지만 이백의 무사와 함께 나타나 다시 청하였다. 거절하려 하자 욕을 하더군. 그래도 내가 거절하자 무사들이 공격해 왔다. 하지만 그저 나는 웃었지."

"왜요?"

철시린은 무사들이 공격했는데 웃었다는 말을 이해하지 못한 것이다. 그러자 철우경은 미소 지으며 말했다.

"내가 볼 때 그들의 무공은 그저 우스웠으니 웃을 수밖에. 하지만 싸울 수는 없었다. 그래서 도망쳤지. 하하하!"

말을 하는 철우경은 자신이 도망치자 멍하니 자신을 보던 사람들을 생각하곤 웃음을 흘렸다.

"그래서요? 그들은 포기했나요?"

철우경은 고개를 저었다.

"아니지. 포기했다면 원한이 생기지도 않았겠지. 내가 도망치자 따라오더구나. 나는 한적한 길을 골라 달렸지. 그런데 내 앞으로 모녀가 걷고 있었다. 아마 산에서 사는 작은 마을의 사람이었겠지. 나는 별 생각 없이 그들을 지나쳐 갔다. 하지만 그게 문제였다. 그 모녀를 그들이 잡은 것이다."

"예?"

철우경은 인상을 찌푸렸다.

"비무를 하지 않을 경우 모녀를 죽이겠다고 하더구나. 단순한 협박이지. 나와 비무해서 정말 자신있었던 것인지, 아니면 명성이라도 얻으려는 것인지 모르겠지만 나는 그들이 정파라고 자처하기에 그저 협박이라고 여겼다."

"그런데 협박이 아니었군요."

철시린은 설마 하는 생각으로 말했다. 하지만 철시린의 고개가 끄덕여지자 안색이 굳어졌다.

"나는 무시했다. 그들의 협박은 말뿐이라고 여겼지. 하지만 정말 죽이더구나."

“…….”

철시린의 안색이 차갑게 가라앉자 철우경은 목이 타는지 차를 다 마셨다. 철시린은 일어나 다시 잔에 차를 따랐다.

“무공도 모르는, 무림이라는 곳이 있는지 없는지도 모르는 모녀를, 그들은 내가 비무를 거절했다는 이유로 죽인 것이다. 죽여놓고 뭐라고 한 줄 아느냐? 내가 비무에 응했다면 이 모녀도 죽지 않았을 것이고, 결국 내가 그 모녀를 죽였다고 하더구나. 말이 된다고 생각하느냐?”

철시린은 고개를 저었다.

“그게 중원에 사는 정파 놈들의 짓이다. 이해하겠느냐?”

철시린은 가만히 고개를 끄덕였다.

“그 모녀에게 무슨 죄가 있겠느냐? 나는 결국 검을 들었다. 그리고 죽였다.”

“…….”

철우경은 씁쓸히 미소 지었다.

“죽이고 나니 이제는 이백의 무사가 덤비더구나. 그중에 가장 앞에 나서던 녀석이 아마 아들이었을 것이다. 나는 차마 죽은 녀석의 아들까지 죽일 수 없어 내상만 입혔다.”

철우경은 그때를 생각하며 고개를 저었다. 만약 그때 자신이 젊었다면, 아니, 젊은 날의 자신이라면 모두 죽였을 것이다.

“그 아들은 내상 때문에 죽었다고 들었어요.”

철시린의 말에 철우경은 잠시 굳은 표정을 짓더니 곧 고개를 저었다.

“아니다. 내가 입힌 내상은 가벼운 것이었다. 일주일 정도만 요양

하면 충분히 낫는 내상이었다. 그런데 죽었다고? 그것 참 이상하구나."

철우경의 말에 철시린도 고개를 갸웃거렸다. 자신이 듣기로는 분명히 내상 때문에 평생 누워 있었다고 들었기 때문이다. 하지만 철우경의 말은 달랐다.

"아마 홧병으로 앓아 누워서 그랬을지도 모르지."

"그럴까요?"

철시린은 믿을 수 없다는 듯 말했다. 철우경은 대단하게 여기지 않는 듯 말했다.

"죽었다면 녀석도 벌을 받은 것이겠지. 일단 돌아왔으니 오늘은 푹 쉬거라."

"예."

철시린은 대답하며 일어났다. 피곤했던 것이다.

철시린이 나가자 방 안에 홀로 앉아 있던 철우경은 인상을 찌푸렸다.

"흑야(黑夜)."

무심히 중얼거린 말이었다. 하지만 어느새 하나의 검은 그림자가 철우경의 뒤에 서 있었다.

"내 손녀가 교를 나가자 정주문이 대응해 온 것 같은데… 그것에 대해 어떻게 생각하느냐? 맹의 첩자가 있는 것일까?"

"아가씨가 나간 것을 아는 사람은 교의 내부에서도 그리 많지 않습니다."

높낮이가 없는 목소리에 입술조차 움직이지 않는 것 같았다. 온통 검은색으로 둘러싸인 인물이었다. 어둠 속에서는 찾을 수도 없었다.

"그렇지? 그럼 누가 흘렸겠지? 철저히 조사해 보게."

"복명."

철우경의 낮은 목소리에 흑야의 그림자가 사라졌다.

'조용히 넘어갈 거라 여겼나…….'

■제8장■

남는 것은 발자국뿐

비조살야(飛鳥殺夜).

어둠 속에서 하늘을 나는 새였다. 아니, 사람이다. 그리고 그가 날면 사람이 죽었다. 강남십객 중 한 명이자 녹림삼왕(綠林三王) 중 한 명이었다.

일신(一神), 이제(二帝), 삼황(三皇), 사현(四玄)으로 불리는 절대십객(絶代十客)과 그 밑의 구주십오객(九州十五客), 사파적인 성향의 인물들인 강남십객과 강북칠객이 존재한다. 그들은 정파의 구주십오객처럼 자신들에게도 객(客)이라는 말을 뒤에 붙였지만, 사람들은 그들을 강남십왕(江南十王)과 강북칠왕(江北七王)이라 불렀다.

강북칠왕 중 한 사람인 마정회주의 죽음은 그래서 화제가 되었다. 그가 죽고 나자 강북칠왕이 강북육왕이 되었기 때문이다. 사람들은 누가 죽였는지에 관심을 기울였으며, 그 이름만이 중원에 퍼져 나갔다.

—송백.

　비조살야라 불리는 배언신은 사십대 중반이었다. 덩치도 좋고 우람한 체구였으며, 거기다 호색한이었다. 또한 그는 절강성 복우산에 큰 장원을 마련해서 사는 부호이기도 했다. 그런데 그가 녹림삼왕 중 한 명으로 불린 것은 무공뿐만 아니라, 서호 주변의 기루를 그의 비조단(飛鳥團)이 장악하고 있었기 때문이다. 한마디로 폭력 조직이었다.

　항주(杭州)의 밤을 지배하는 자, 그가 배언신이다.

　"마정회가 없어져?"

　배언신은 오랜만에 항주에 나와 자신이 자주 가는 청하원(清夏院)의 특급 별원에 있었다. 비조단의 단주인 그가 특급 별원에 있는 것은 어쩌면 당연했다. 절강 최대의 조직이기 때문이다.

　"몰랐습니까? 마정회가 사라졌다는 소문은 꽤 오래전부터 나왔습니다."

　"그래? 그것참, 안되었군. 마정회도 꽤 큰 곳이라고 들었는데. 쯧쯧."

　배언신은 다른 사람의 일에는 관심없는 듯 혀를 찼다. 그의 앞에 서 있는 약간 작은 키의 마른 체구를 가진 젊은 수하가 다시 말했다.

　"저희야 상관없지만 왠지 불쌍하지 않습니까? 그래도 같은 사파로서 명성이 높았는데."

　"사아파아?"

　배언신의 이마에 힘줄이 튀어나왔다. 순간 수하의 안색이 급격하게 어두워졌다. 그리고 수하의 눈앞으로 거대한 둥근 물체가 잡혀 들어왔다.

와장창!

"아악!"

배언신이 옆에 있는 비싸 보이는 꽃병을 집어 던진 것이다.

"내가 누누이 말하지 않았느냐! 우리는 사파가 아니다! 단지 이 거리의 정의를 지키는 정의 수호단! 알았느냐! 정의 수호단(正義守護團)!"

"정의 수호단!"

깨진 이마를 손으로 잡으며 수하가 외쳤다. 그러자 배언신이 나가라는 듯 손을 흔들었다.

"나가! 나가고 애들 들여보네."

"예!"

수하의 신형이 번개처럼 밖으로 사라졌다. 이럴 때는 재빠르게 사라지는 게 이득이기 때문이다.

항주의 밤은 화려했다. 어떤 도시들보다 휘황찬란한 불빛들이 대낮처럼 거리를 밝히고 있었던 것이다.

"활기찬 도시군."

"밤에만."

송백의 말에 남장을 한 방지호가 짧게 대답했다. 송백이 방지호를 바라보자 방지호는 인상을 쓰며 팔짱을 끼었다.

"이런 곳을 제가 젤 싫어해서 그래요."

남장을 해도 약간 음침한 듯 보이는 방지호였다. 송백은 방지호가 왜 그런지 알 것도 같았다. 여자들이 좌우의 건물 앞에서 손짓하고 있었기 때문이다.

"어머! 공자님들, 어여 들어와요!"

이층에서부터 문 앞까지 모두 여자들이었다. 이 거리가 끝나려면 한참 걸어야 했다. 그리고 그 길의 중앙에는 남자들로 붐볐다.

"비조단이 장악한 거리라고?"

"맞아요. 비조단주인 비조살야 배언신은 여자를 밝히는 놈으로, 이 거리를 가장 먼저 장악하고, 그 다음에 해안을 장악했어요. 이곳에서 반나절만 가면 바다가 있거든요."

"그렇군."

송백은 대답하며 앞으로 계속 걸었다. 방지호도 걸음을 멈추지 않았다. 그렇게 어느 정도 걷자 사람들이 뜸했다. 대신 마차들이 보였다. 고급 기루들이 늘어선 지역인 것이다.

"이런 곳이 성황을 이루고 있는 것을 보면 남자들을 이해할 수가 없어요."

송백은 대답하지 않았다. 자신도 남자라서가 아니라 이해하기 때문이다. 자주는 아니지만 전쟁터에서 자신도 여자의 품에 안겨 잠들고 싶을 때가 있었다. 단지 그것보다 동방리에 대한 그리움이 더 컸을 뿐이다.

"이곳이에요."

몇 대의 마차들이 늘어선 거대한 문 앞에 멈춰 선 방지호가 송백을 바라보며 다시 말했다.

"배언신은 이곳에 자주 와요. 항주제일의 기루이자 천하의 갑부들과 고관들만 들어올 수 있는 곳. 특별한 사람들을 위한 기루이기 때문에 자주 온다고 들었어요. 돈은 많이 들지만 들어오면 극락을 보게 된다나…… 부처가 왜 열반을 했는지 알 수 있다고 전해지는 곳이에요."

"들어가기가 쉽지는 않겠군."

"물론이에요. 적어도 마차는 있어야겠지요?"

방지호가 늘어선 마차들을 바라보며 중얼거렸다. 그렇게 말한 방지호의 걸음이 가장 후미에 있는 마차로 향했다. 송백 역시 그 뒤를 따랐다. 그리고 방지호가 마차의 옆에 서자 마차의 문이 열리며 한 명의 중년인이 모습을 드러냈다. 배가 튀어나오고 전체적으로 통통한 인상의 중년인이었다.

중년인은 방지호를 바라보더니 안면이 있는 듯 미소 지었다.

"타시게."

방지호가 익숙하게 올라타자 송백도 안으로 탔다.

"이분은 호풍상회(好風商會)의 대상주인 여 대인이세요."

"반갑소. 여방(如方)이라 하오."

"송백이오."

송백의 짧은 대답에 여방은 가늘고 길게 자란 턱수염을 쓰다듬으며 고개를 끄덕였다. 소문을 들었기 때문이다.

"오늘 나를 이곳으로 오게 하다니, 방 소협도 참 급한 것 같소이다. 허허."

여방은 기루로 자신을 부른 방지호를 소협이라 부르며 농을 던졌다. 여자가 기루로 불렀기 때문이다. 방지호는 그것을 모르는지 무심한 얼굴로 말했다.

"여 대인이 좋아하기에 부른 것뿐이에요."

"나의 취향을 잘 알고 불렀으니 뭐라 할 말이 없군. 허허."

여유롭게 웃음을 보인 여방은 송백을 살폈다. 자신이 보기에는 평범해 보였다. 하지만 눈을 마주하자 알 수 없는 위압감에 전신이 위축되는 기분이 들었다.

'필시 발 아래 수많은 사람들을 두었을 것이다.'

여방은 무림인들을 마주했을 때 느끼지 못한 다른 종류의 위압감을 느끼곤 생각했다. 무림인들의 기도는 대다수가 살기와 남을 이기겠다는 오만과 자존심이었다. 또한 무공이 고강한 고수는 은연중 남을 압도하는 기개를 느끼게 한다. 하지만 눈앞에 앉은 송백은 그런 것이 아니라 내가 곧 진실이라는 신념의 기도를 보여주었다.

"청하원에 어서 오십시오."

문이 열리자 몇 명의 장정들이 허리를 깊숙이 숙였다. 그 뒤로 중년여인 세 명이 깊게 읍하며 다가왔다. 여방이 미소 지으며 내렸다.

"갑시다."

그 뒤로 송백과 방지호가 따라 내렸다. 곧 세 명의 중년여인 중 왼쪽의 여인이 미소를 머금고 다가왔다.

"어머, 여 대인. 정말 반가워요."

"늘 가던 곳으로."

여방이 말을 하자 안면이 있는 중년여인이 안내하기 시작했다. 중요 손님인 듯 여인은 몇 명의 시비들이 대기했으나 그들을 무시하고 자신이 직접 안내하였다.

"오랜만에 오셨네요. 두 달 만이에요. 혹시라도 우리 청하원을 잊은 것이 아닌가 했어요."

중년여인은 익숙한 듯 여방의 옆구리에 팔을 끼며 붙었다. 그 모습을 보던 방지호가 인상을 찌푸렸다. 송백은 그저 묵묵히 뒤를 따라 걸었다.

'두 달……? 자주 오는군.'

방지호는 나중에 문에 보고해야겠다고 생각했다. 여방은 돈이 남아돈다고 보고서를 작성할 생각이었다.

별실로 안내되는 동안 여방은 중년여인의 엉덩이를 만지며 그동안 있었던 여러 가지 일을 이야기해 주었다. 방지호는 그저 인상을 찌푸리고 있을 뿐이었다.

방에 들어서자 중년여인이 여방의 옆에 앉아 송백과 방지호를 바라보며 말했다.

"어머? 꽤나 어려 보이는데, 벌써부터 이런 곳에 오다니 공자님도 참… 밝히시네요."

중년여인의 말에 방지호의 얼굴이 붉게 달아올랐다. 평소에는 무표정했지만 이런 말을 듣자니 달아오를 수밖에 없었다. 그렇다고 화를 낼 수도 없었다. 그저 여방을 바라볼 뿐이었다. 그러자 여방이 말했다.

"일단 상을 내오고 술도 좋은 것으로 가지고 오게."

"애들은요?"

"애들은 아직… 조금 있다 보내주겠나? 일단 준비시키고."

"그렇게 할게요."

중년여인이 붉은 입술에 미소를 머금으며 밖으로 나가자 방지호가 굳은 표정을 풀지 못하고 말했다.

"여 대인도 참 밝히시네요. 그런데도 첩이 없다니 좀 신기한데요?"

"허허. 첩은 무슨… 그저 이런 곳에서 하룻밤 논다면 첩을 둘 생각도 못하게 되지. 자고로 집 안에 여자가 많으면 망해. 난 그렇게 신조를 세운 사람이야."

여방의 말에 방지호는 인상을 찌푸리며 일어섰다.

"잠시 화장실 좀 다녀올게요."

그렇게 말한 방지호가 밖으로 나가자 송백은 기척이 사라진 것을 알았다.

"그런데 자네를 보니 내 딸년이 생각나는군. 어떤가? 관심있다면 내가 팍! 팍! 밀어주지."

여방이 미소 지으며 은근슬쩍 말했다. 송백이란 이름을 듣는 순간 마음에 들었던 것이다. 무엇보다 고강한 무공이 탐났다. 돈이 많으면 적도 많고, 적이 많으면 위험 부담이 컸다. 그러하기에 여방은 항상 호위 무사를 곁에 두었다. 그러나 오늘은 방지호를 만나기에 곁에 두지 않았다. 방지호가 자신의 호위들보다 더 뛰어나기 때문이다.

그런데 그 옆에 송백이 있었다. 그 든든함을 말로 설명할 필요가 있을까?

"내 자식 자랑 같아서 말을 안 하려고 했지만 내 딸이라고는 믿기지 않을 만큼 예쁘고, 착하고, 바르고, 귀엽고, 깜찍하고, 또 예의도 바르지. 어디에 내놔도 절대 꿀리지 않을 자신이 있네. 어떤가? 생각이 있나?"

여방은 다시 은근한 어조로 말했다. 하지만 송백은 별 변화 없는 얼굴이었다.

"죄송하군요."

"흠……."

여방은 그 말에 실망한 듯 수염을 매만지며 말했다.

"어디 마음에 둔 여식이라도 있는가?"

"있습니다."

확고한 대답이었다. 송백에게는 아직까지 마음에 남은 사람이 있었다. 여방은 매우 실망한 듯 고개를 숙이며 한숨을 크게 내쉬었다.

"그렇다면 어쩔 수 없지… 나도 내 딸년을 첩으로 줄 생각은 없으니 말이야……."

여방의 말에 송백은 슬쩍 웃었다. 결국 포기하지 않는다는 뜻이기 때문이다. 곧 문이 열리고 술과 음식이 들어왔다. 원형의 탁자를 가득 메울 만큼 음식은 쉴 새 없이 들어왔다.

"일단 먹지."

여방이 먼저 젓가락을 들었다. 송백은 그저 변화없는 얼굴로 그런 여방을 바라보고만 있었다.

여방이 거의 모든 음식을 대충 맛볼 때 방지호가 들어왔다. 방지호는 들어오자마자 송백의 귀에 대고 말했다.

"있어요. 이 건물의 후문으로 나가면 작은 정원이 있는데, 그 정원의 뒷문을 지나면 좌우로 별채들이 늘어서 있어요. 그 길을 따라 쭉 가면 끝에 담이 있고, 몇 명의 장정들이 서 있는 문이 나와요. 그곳이에요."

방지호의 말에 송백은 고개를 끄덕였다. 그러자 방지호가 자리에 앉으며 말했다.

"언제 올 건가요?"

"곧."

"한 시진 동안 기다려도 오지 않는다면 가겠어요."

"그렇게 해라."

송백이 밖으로 나가자 여방은 방지호를 바라보며 굳은 어조로 말했다.

"가능성은 있나?"

"본 문은 가능성없는 일에 시간을 투자하지 않아요. 물론 이 말은 문주님이 한 말이지만."

여방은 그 말에 미소 지으며 고개를 끄덕였다.

"그렇군. 좋아, 그럼 이곳도 본 문이 접수할 수 있게 된 건가?"

"그건 아니에요."

방지호는 고개를 저었다. 그러자 여방의 표정에 의문이 들었다. 이곳처럼 돈이 되는 곳을 그냥 놔둔다는 말처럼 들렸기 때문이다.

"비조단은 그저 사파 무리예요, 돈이나 뜯어내는. 이곳 관리는 아마도 태정방이 하게 되지 않을까요? 그놈들이 이곳을 호시탐탐 노리고 있으니…… 우리가 끼어들 틈이 없을 것 같아요."

"그런가… 아쉽군."

여방은 아쉬운 듯 술잔에 술을 따라 마셨다. 그러곤 밖을 향해 말했다.

"아무도 없는가?"

밖을 향해 크게 말하자 문이 열리며 대기해 있던 시비가 들어왔다.

"부르셨습니까?"

"술이 맛있는데 음악이 없다면 말이 되느냐? 어서 준비하거라."

"예, 대인."

시비가 밖으로 나가자 방지호가 호기심 어린 표정으로 말했다.

"공연도 있나요?"

"물론이지. 이런 곳에 여흥이 없다면 어떻게 하겠나? 허허허."

여방은 즐거운 듯 술을 한 잔 더 마셨다.

그리 밝지 않은 길이었다. 담장과 함께 좌우에서 불빛이 흘러나왔지만 완연한 어둠을 다 밝히지는 못했다. 흘러나오는 여자들의 웃음소리와 시끄러운 잡담 소리가 가득 메우고 있었다. 무슨 할 말이 그렇게 많은지 끊이지 않고 흘러나오는 말들이 걸어가는 송백의 귓가에 메아리쳤다.

송백은 그리 길지 않은 시간 동안 이 큰 청하원을 다 돌아다닌 방지호의 능력에 문득 하오문의 실체에 대해 궁금증이 들었다. 방지호와 차서희만 보더라도 강호에 알려진 그런 하오문이 아니었다. 어느 대문파 같은 기분이 든 것이다.

그리고 방지호가 처음으로 지목한 인물이 배언신이라는 것에 주목했다. 이 일은 개인적인 일이기 때문에 방지호 역시 개인적으로 행동하는 것이다. 그런데 처음으로 지목한 인물이 배언신이었다. 송백은 배언신에 대해 아는 것이 없었다. 하지만 이곳으로 오는 동안 방지호의 설명에 어느 정도 알게 되었다.

그리고 배언신을 지목한 이유도 알 수 있었다. 그는 혼자였다. 이유는 그것이다.

"배언신의 수하들은 삼류무사 정도의 수준이에요. 오직 배언신 홀로 고강한 무공을 소지했어요. 그렇다고 녹림과 친분이 많은 것도 아니에요. 녹림삼왕이라 불리는 이유는 배언신의 조직이 잡배들의 모임이었고, 배언신의 무공이 고강했기 때문이에요. 나머지 녹림이왕은 서로 의형제를 맺고 지내지만 배언신은 그렇게 하지 못하고 있어요. 그는 자기가 최고여야 하는 사람이에요. 누구의 명령도 듣고 싶어하지 않고, 그저 자기 뜻대로 행동하고 싶어하는 사람이라 그런 것 같아요. 과거 태정방에서 몇 번이나 들어오라고 제의했지만 그는 거절했다고 해요."

송백은 지금 자신에게 필요한 것이 실전이라는 것을 알고 있었다. 아무리 산에 올라 생각을 해도 머리 속에 맴도는 말은 스승님의 단 한 마디 말이었다.

"싸워라. 싸우면서 익혀라."

그 말이 머리에서 떠나지 않고 있었다. 송백은 그것을 확인하기 위해 실전을 택한 것이다. 어깨에 멘 것은 여전히 검은 상자였고, 오른손에는 백색의 백옥도가 있었다.

"멈추시게."

송백은 길이 끝나며 나타난 거대한 문을 바라보며 걸음을 멈추었다. 아닌 게 아니라 송백의 주변으로 십여 명의 장정이 둘러쌌다.

"어디를 가시나?"

송백의 정면에 보이는 인물은 그리 크지 않은 키에, 무엇 때문에 그런지 이마에 천을 감고 있었다. 피가 묻은 자국도 보였다. 그는 이들 중 가장 작았고, 덩치도 없었다. 나머지는 근육질의 큰 키에 험악한 인상을 가진 장정들이었다.

"제가 배언신을 지목한 가장 큰 이유는 비조단의 주업이 인신매매에 있다는 것이에요. 그들은 잔인하고 인정이라곤 눈곱만큼도 없는 야비한 집단이죠."

송백은 방지호의 말을 생각하며 둘러싼 장정들을 바라본 후 자신에게 말을 한 이마 다친 인물을 바라보았다. 보기에도 조금 치사스럽게 생긴 인물이었다.

송백은 별다른 변화 없는 얼굴로 도의 손잡이를 잡았다. 그 모습에 장정들과 이마 다친 인물이 긴장한 표정을 지었다.

"뭐 하는 놈이기에 감히 우리 앞에서 칼을 잡으려 하느냐? 우리가 누구인 줄 아느냐? 자는 애도 놀라 일어난다는 비조단이다."

이마 다친 인물이 긴장한 어조로 빠르게 말하자 송백은 도를 꺼내 들었다. 백색의 도신이 달빛에 모습을 나타내자 표정 역시 빠르게 굳어가며 장정들은 반 장씩 물러섰다.

"미안하군."

송백은 가만히 중얼거리며 이마 다친 인물의 앞으로 한 걸음 나섰다. 순간 가볍게 날아든 도날이 이마 다친 인물의 목에 닿았다.

픽!

빠르게 벤 것도 아니다. 하지만 이마 다친 인물은 피하지 못했다. 반쯤 박힌 도를 뽑은 송백은 시신을 넘어 앞으로 걸어갔다. 주변에 있던 장정들은 기가 질린 듯 뒤로 물러섰으며, 문은 열려 있었다.

뒤로 물러선 장정들은 감히 송백의 뒤를 따라 들어갈 수 없었다. 은연중에 보이는 위압감 때문이다. 그들은 본능적으로 위험을 감지한 것이다. 그래서 그들은 살 수 있었다.

배언신의 우람한 뒷등이 땀으로 젖었으며, 허리는 계속해서 움직이고 있었다. 그리고 배언신에 밑에 있는 것은 세 명의 여자였다. 양손으로 한 명씩 잡고, 허리로 한 명을 움직이며, 교성과 땀이 난무하고 있었다.

"크아악!"

"아악!"

비명성이 배언신의 귓가에 들려왔으나 이미 시작된 욕망을 접기에는 늦었다. 그리고 멈출 생각도 없었다. 거친 숨소리가 계속해서 울렸으며, 여자들의 교성은 더욱 크게 울려 나왔다.

"크악!"

촤악!

배언신의 허리가 움직이는 곳에서 얼마 떨어지지 않은 곳에서 검은 그림자가 잘리며 핏물이 문을 검게 물들였다.

"우웃!"

배언신은 허리를 길게 피며 인상을 찌푸렸다. 여자들의 비명성도 끝이 났으며, 거친 숨소리만이 땀과 함께 흘러나왔다.

턱!

순간 문이 열리고 검은 인영이 들어왔다. 배언신은 알고 있었지만 몸을 돌리지 않았다. 송백은 배언신의 우람한 뒷모습을 바라보았다.

"아직 한 명 남았으니 기다리게나."

배언신은 지친 듯 쓰러진 두 여자를 밀쳐 내고 다른 여자의 몸 위로 올라갔다. 그 모습에 송백은 인상을 찌푸렸다. 그리고 또다시 거친 음성이 흘러나오기 시작했다.

"휴우……."

얼마나 흘렀을까? 그리 짧지 않은 시간이 지나자 배언신은 숨을 크게 내쉬며 일어나 앉았다. 알몸인 그의 육체는 우람했으며, 사십이라는 나이에 어울리지 않게 젊어 보였다. 배언신의 뒤로 세 명의 여인이 지친 듯 쓰러져 있었다. 그러다 문가에 보이는 핏자국과 쓰러진 시신을 발견한 듯 놀라 구석으로 모여들었다.

송백은 배언신의 성격을 어느 정도 알 것 같았다. 그리고 생각보다 대단한 인물이라 여겼다. 자신을 죽이기 위해 온 인물 앞에서 등을 보였기 때문이다. 그리고 당당했다.

"무림인인가?"

배언신은 땀을 닦아내며 서 있는 송백을 바라보았다. 대답이 없었다. 송백은 그저 무심한 눈으로 배언신을 바라볼 뿐이었다. 백옥도의 도끝만이 핏방울을 떨구며 소리를 내고 있었다.

배언신은 그리 긴장한 표정이 아니었다. 자주는 아니더라도 일 년에 한 번씩은 겪는 일이었기 때문이다.

"나의 목을 원하는 무림인들이 많지."

배언신은 미소 지으며 옷을 입기 시작했다.

"무림인들은 쓸데없는 곳에 목숨을 바치기도 하지. 겨우 나 같은 놈을 잡아다 어디에 쓰겠다고. 하하!"

배언신은 그렇게 웃으며 송백을 바라보았다.

"올해는 찾아오는 사람이 없다 여겼는데… 결국 올해도 찾아왔군."

배언신은 옷을 다 입자 고개를 돌리며 기녀들을 향해 말했다.

"너희는 이제 볼일이 없으니 어서 가보거라. 그리고 관을 하나 준비하거라. 최고급으로."

"알겠습니다."

기녀들이 대충 옷을 여미고 밖으로 빠르게 빠져나갔다. 그제야 배언신은 날카로운 눈으로 송백을 바라보았다.

"젊군."

"……"

송백은 입을 열지 않았다. 배언신은 그저 담담히 미소 지었다.

"젊다는 것은 그만큼 할 일도 많다는 것을 의미하지. 소중한 것들이 많을 텐데, 괜찮겠나?"

배언신은 자신감있는 표정으로 말했다. 송백은 무심히 고개를 끄덕였다.

"그렇다면 장소를 옮겨야겠지? 이곳은 우리가 멋을 부리기엔 너무 좁을 테니."

배언신은 말을 하며 송백의 옆으로 스쳐 지나갔다.

대나무 밭이었다. 하늘로 올라가는 대나무들이 사방으로 빽빽하게 자리한 장소. 어두운 밤이라 주변은 조용했다. 풀벌레 소리조차 어느새 사라진 듯 고요하기만 했다.

쏴아아아!

대나무 사이로 바람이 지나치자 괴이한 소리가 흘러나왔다. 하지만 그것조차 그저 고요하게만 들려왔다.

"늘 비무를 하게 되면 오는 장소일세. 자네가 딱 스무 명째군. 모두 대나무의 거름이 되었지만. 여기서 하나 제의를 하지."

"무엇인가?"

배언신은 옆에 있는 대나무를 손으로 움켜잡으며 말했다.

"내 밑으로 올 생각은 없나? 지금까지 만난 상대 중 자네처럼 강한 기도를 느끼게 해준 상대는 없었네. 밑에 두고 싶군."

"마음에 안 들어."

우직!

배언신이 움켜쥔 대나무가 부러지며 뒤로 넘어갔다. 명백한 거절.

배언신은 더 이상 말할 필요가 없다고 여겼다. 어차피 선택은 자신이 하는 것이다. 아쉽다는 생각도 들었다. 그만큼 자기 자신에게 자신있기 때문이다.

배언신은 상의를 벗으며 우람한 육체를 달빛 속에 드러냈다. 양손을 좌우로 움직이자 기이하게 꿈틀거리는 근육의 모습이 송백의 눈을 자극했다.

배언신의 오른 주먹이 왼 손바닥과 마주쳤다.

탁!

"시작하지."

배언신의 스산한 미소와 강렬해지는 기도가 송백의 전신을 감싸 안았다. 송백은 도를 늘어뜨리며 배언신의 어깨와 눈동자 사이를 노려보았다. 순간 배언신의 어깨가 꿈틀거렸다. 찰나 송백의 발이 땅을 찼다.

팍!

배언신의 오른 팔뚝과 송백의 도가 부딪쳤다.

"……"

"훗."

팔뚝과 마주쳤으나 백옥도는 상처를 만들 수 없었다. 어둠 속에서 배언신의 이가 보였다. 그것은 살기 어린 미소.

휘익!

강렬한 기운과 함께 왼 주먹이 송백의 안면으로 날아들었다. 송백의 도가 재빠르게 주먹을 내려쳤으나 주먹은 잠시 주춤거렸을 뿐 송백의 안면을 다시 쳐왔다. 송백의 발이 땅을 차며 뒤로 원을 그리듯 물러섰다.

"외공(外功)?"

"육합강체신공(六合剛體神功)이라 하지. 놀랐나?"

슈악!

말을 끝낸 배언신이 강렬하게 회전하며 송백의 가슴으로 몸을 날렸다. 송백의 표정이 굳어졌다. 몸으로 달려들었기 때문이다. 그리고 그것을 막는 순간 주먹과 다리가 날아올 것 같았다. 모든 것을 내포한 공격이었다. 그것을 느낀 순간 송백의 백옥도가 빠르게 앞으로 움직였다.

슈슈슉!

십여 개의 섬광이 피어나며 배언신의 전신으로 찔러 들어갔다.

까가가강!

육체에 닿았으나 울린 것은 그저 금속음.

붕!

강렬한 회전이 멈추며 배언신의 왼 주먹이 날아들었다. 회전을 멈출 수 있었던 것이다. 하지만 주먹을 막기에는 시간이 모자랐다. 송백의 도가 도배를 들어 보이며 안면으로 올라갔다.

쾅!

폭음성이 요란하게 울리며 송백의 신형이 대나무를 부러뜨리고 삼장 가까이 밀려 나갔다. 어두운 밤이었으나 배언신은 송백의 신형을 놓치지 않고 달려들었다. 순간 배언신의 눈동자에 강렬한 섬광이 잡혔다. 배언신의 양손이 앞면을 가렸다.

쾅!

"큭!"

배언신의 신형이 뒤로 밀려나자 이번에는 송백의 신형이 어느새 나타나 배언신의 전신으로 도를 난타하기 시작했다.

수십 개의 도광과 도 그림자가 달빛에 선명한 백색을 그리며 환영처럼 나타났다.

따다다다당!

요란한 소리가 울려 퍼졌다. 배언신의 신형도 뒤로 주춤거리며 물러섰다. 하지만 어느 순간 배언신의 양손이 단전으로 향하더니 순간적으로 근육이 급격하게 물살처럼 움직였다.

따다당!

송백의 도가 배언신의 단전과 명치, 그리고 미간에 꽂혔다.

타다닥!

세 번의 타육음. 한 번의 찌르기로 보였지만 세 번을 찌른 것이다. 하지만 배언신의 입가에는 미소만 걸렸다. 순간 송백의 눈동자가 빛나며 도의 강렬한 섬광이 배언신의 눈동자로 박혀들었다.

아무리 외문기공으로 몸을 금강석처럼 단련했다 하더라도 눈동자는 단련하지 못했을 것이다.

땅!

"킥."

송백의 표정이 굳어졌으며, 배언신의 왼 눈동자가 감겼다. 송백은 눈꺼풀 사이에 박혀 멈춘 자신의 도를 바라보며 표정이 굳어졌다.

"나에게 약점은 없어."

배언신의 말이 끝나는 순간 송백의 얼굴에 처음으로 강렬한 살기가 맴돌았으며, 지금까지와는 전혀 다른 위압감이 배언신의 전신으로 뻗어나갔다.

"대단하군. 정말 놀라워."

송백은 도를 거두며 진정으로 놀란 듯 말했다. 그러자 배언신의 미소가 더욱 짙어졌다.

"소림의 무승들도 나의 경지에 놀라워… 흡!"

번쩍!

팍!

말을 하던 배언신의 눈동자가 미미하게 흔들렸다.

"크……."

배언신의 입가에 박힌 백옥도가 피를 먹은 듯 백색의 도신에 선명한 선혈을 그리고 있었다. 그리고 배언신의 이가 백옥도를 물고 있었다. 말을 하는 사이 입 안으로 박아 넣은 것이다. 하지만 그것조차 이에 막혔다.

"크으으으으!"

강렬한 살기를 뿜어내던 배언신의 이가 강하게 백옥도를 물었다. 그리곤 전신이 미미하게 떨리는가 싶더니 회전하기 시작했다. 백옥도를 잡고 있던 송백의 신형이 그 회전과 함께 돌기 시작했다.

"……!"

송백의 얼굴이 경직되었다. 이런 경우는 처음이었기 때문이다.

붕! 붕!

천천히 돌던 신형이 점점 더 빨라지더니 나중에는 주변으로 회오리치는 경기가 하늘로 올라갔다. 그리고 그 회전이 더 이상 올라가지 않을 때, 정점에 선 순간 배언신의 입이 백옥도를 놓았다.

콰콰쾅!

수많은 대나무가 조각나며 하늘로 솟아올랐고, 송백의 신형이 대나무 숲 사이로 사라졌다.

"크윽!"

입술을 타고 흘러내린 핏물보다 어지러움이 배언신의 육체를 비틀거리게 만들었다. 한 손으로 머리를 잡은 배언신은 어떻게 해서라도 빨리 신형을 바로 세우기 위해 집중했다. 하지만 생각처럼 잘 되지 않았다.

"이가 다 부서질 것 같군……."

배언신은 손으로 턱을 매만지며 앞을 바라보았다. 달빛에 반사되는 백색의 도가 보였기 때문이다.

"자, 이 아픔을 어떻게 갚을까……?"

배언신은 주먹을 말아 쥐며 전신을 강하게 조이기 시작했다. 삼살권(三殺拳)을 펼치기 위함이다. 삼초면 못 죽일 사람이 없다는 그의 절기였다.

송백은 인상을 찌푸리며 배언신을 바라보았다. 무엇보다 어지러움이 전신을 괴롭혔다. 그 다음이 고통이었다. 하지만 그런 문제보다 베지 못했다는 사실에 화가 났다. 아무리 처음 그런 일을 당했다 하더라도 과거였다면 이 사이로 도를 찔러 넣었을 것인데, 그러지 못했다. 잠시의 방심이 고통을 전해준 것이다.

슝!

도를 가볍게 우측으로 휘둘렀다. 그러자 섬광과 함께 십여 개의 대나무가 잘려 나갔다. 몸에는 아무 이상이 없었다. 아직도 충만한 기운이 전신을 감싸고 있었으며 어지러움도 사라져 갔다.

"생각보다 강하군."

송백은 도를 눈앞으로 들어 올리며 천천히 배언신의 앞으로 걸어갔다. 순간 배언신의 주먹이 가볍게 경련을 일으키고 있다는 사실을 알았다.

"아픔은 자신을 깨우지. 하압!"

강렬한 외침과 함께 배언신의 신형이 송백의 앞으로 빗살처럼 날아들었다. 송백의 도가 섬광을 그리며 배언신의 안면을 베어간 것도 순간이었다.

쉬악!

배언신의 신형이 송백의 도를 피하며 옆으로 회전했다. 그 덩치에 맞지 않는 민첩한 행동이었다. 순간 송백의 옆구리에 일권이 박혀들었다.

쾅!

뿌득!

"큭!"

송백의 입에서 신음성이 흘러나왔다. 뼈에 금이 가는 소리가 머리를 울렸다. 그 충격으로 신형이 밀려 나갔다.

"합!"

순간 송백의 머리 위로 배언신의 신형이 날아들었다. 눈동자에 살기를 번들거리며 송백이 도를 위로 베었다.

슈악!

순간 도끝에서 피어난 아지랑이 같은 기운이 일 장 가까이 늘어나며 반원을 그렸다.

"……!"

배언신의 눈동자에 놀람이 어렸으나 발을 교차하며 몸을 틀었다.

핏!

앞머리를 스치고 도기가 지나치자 보인 것은 송백의 가슴이었다. 배언신의 오른손이 송백의 가슴으로 박혀 들어갔다. 송백의 눈동자에 살광이 어리며 순간적으로 몸이 회전했다.

슈악!

회전력과 함께 또 하나의 섬광이 배언신의 주먹을 베어갔다.

쾅!

"큭!"

누구의 신음성인지 모를 음성이 흘러나오며 배언신의 신형이 뒤로 밀려 나갔다. 송백 역시 주춤거리며 두 걸음 밀려났다. 순간 송백의 신형이 마치 엿가락처럼 늘어나며 배언신의 안면으로 날아들었다.

배언신은 몸의 중심을 잡았다. 그 순간 송백의 신형이 늘어나자 놀라 눈을 부릅떴다. 그 속으로 하나의 번갯불이 피어났다.

번쩍!

픽!

"크악!"

배언신의 왼 눈에서 피가 튀어나온 것도 송백의 손에서 번개가 피어난 순간이었다. 왼 눈을 부여잡은 배언신이 피를 뿌리며 뒤로 물러섰다. 짧은 순간에 일어난 일이다.

"이… 개자식이!"

배언신의 신형이 미미하게 떨리며 분노가 폭발할 듯 오른 눈이 불타올랐다.

"죽여 버린다!"

외침성이 터져 나오며 배언신의 신형이 송백의 전신으로 밀려들었다. 한 눈은 감겨 있었으며, 안면은 피로 물들어 있었다. 하지만 그 기세만큼은 거대했다.

송백이 무심히 배언신을 바라보다 앞으로 달려들었다. 백옥도가 더욱 강한 백색의 도기를 뿌리기 시작했다. 배언신의 오른손이 강렬한 기세로 송백의 안면을 향해 내려쳐 왔다. 하지만 고통 때문일까? 분노 때문일까? 동작이 컸다. '휙!' 하는 바람 소리와 함께 송백의 신형이 배언신의 가슴으로 파고들었다. 그리고 피어나는 번갯불.

번뜩!

콱!

픽!

송백의 도가 입으로 날아들자 배언신의 입이 재빠르게 그것을 물었다. 아까와 같은 일초였기에 대응이 빨랐던 것이다.

"히죽!"

도를 문 배언신의 입에 잔인한 미소가 걸렸다. 주먹이 송백의 옆구리에 박혀 있었기 때문이다. 송백의 인상이 일그러졌다. 하지만 지금이 기회였다. 이것을 노렸기 때문이다. 순간 송백의 오른손이 강렬하게 회전하며 그와 함께 도가 돌기 시작했다. 배언신의 외 눈이 부릅떠졌다.

"……!"

따다다다당!

십여 개의 이가 부러지며 핏물과 함께 튀어나왔다. 순간 송백의 백옥도가 강렬한 회전과 함께 입 안으로 들어갔다.

픽!

순간 백옥도의 끝이 배언신의 뒤통수로 튀어나왔다.

주르륵!

입 안에서 흘러나온 핏방울이 백옥도를 타고 흘러내렸다. 부릅뜬 외

눈에는 이미 눈동자가 없었다. 모든 것이 정지한 듯 도에 걸린 배언신의 무거운 육체가 송백의 백옥도에 의지해 서 있었다.

　'적에게 미련이 있는가……?'

■제9장■

경쟁자는 많아야 한다

　거울이 다가오자 무림관에는 점점 사람들이 불어나고 있었다. 자파로 돌아갔던 영재들이 다시 모이기 시작한 것이다. 내년을 준비하기 위해서이다. 물론 돌아가지 않고 이곳에서 수련했던 영재들도 있었다.

　십대문파와 개방, 육대세가, 그리고 많은 군소방파들이 모여 만든 무림맹은 중원무림의 중심이었고 힘이었다. 그들은 신교로 인해 결속을 다질 수밖에 없었으며, 지금에 와서는 그 힘이 어느 정도인지 알 수 없을 만큼 거대해졌다.

　무림관의 백화원주인 연서린은 맹의 객청에서 오랜만에 만난 담오와 많은 이야기를 나누었다. 송영 때문이다. 송영의 이야기로 시간을 보낸 뒤에야 연서린은 담오의 곁에 서 있는 허난영과 함께 무림관으로 갈 수 있었다.

　"그 아이를 잘 부탁하겠네."

"물론이에요."

담오는 그 말을 남기고 장로원 쪽으로 사라졌다. 허난영은 아쉬운 듯 담오에게 깊게 읍했으며, 그 모습에 연서린은 역시 천상음문이라는 생각을 하였다.

무림관으로 가는 동안 그리 많은 대화는 없었다. 그저 몇 가지 무림관과 백화원에 대해서만 말해 주었고, 허난영 역시 그리 많은 말을 하지 않았다.

무림관에 들어가자 넓은 연무장이 보였으며, 많은 건물들이 눈에 들어왔다. 그리고 지나가는 청년들과 처녀들이 연서린을 알아보곤 인사했다. 그러다 그 뒤에 서 있는 허난영을 발견하곤 의문의 표정을 지으며 바라보았다.

청년들은 빼어난 미인이기에 잠시 시선을 두었으며, 처녀들은 호기심 어린 표정으로 바라보았다. 허난영의 허리에는 거대한 물체가 백색의 비단 천에 감겨 있었다. 그것이 무엇인지 궁금했던 것이다.

허난영과 연서린이 지나가자 몇 명의 청년들이 모여들었다.

"누구야?"

"글쎄, 소문을 듣자 하니 천상음문에서 소문주를 보냈다고 하던데… 저 소저가 아닐까……?"

누군가의 말에 청년들은 호기심 어린 눈으로 허난영의 뒷모습을 응시했다.

과거 기수령과 설산, 장지명이 무림관에 왔을 때 무림관은 꽤나 들썩였다. 그런데 허난영이 들어오자 이번에는 백화원이 들썩였다.

"천상음문의 허난영이라 합니다."

대청에 모여 있는 이십여 명의 처녀가 허난영의 인사에 모두 놀라움을 보였다. 천상음문이라면 현 천하제일여라 불리는 조민의 문파였고, 일문(一門)이라 불릴 만큼 대단한 곳이였기 때문이다. 그들의 음공은 신선조차도 듣고 놀라 잠시 걸음을 멈추고 듣는다고 전해졌다.

웅성거리는 소리가 대청에 잠시 요란하게 울렸다. 허난영은 이런 경험이 처음이라 그런지 얼굴을 붉히고 있었다.

"수령아."

"예?"

한쪽에 서 있던 기수령을 향해 연서린이 미소 지으며 말했다.

"함께 지내도록 해라."

"예."

기수령은 미소 지으며 대답했다. 그러자 다른 소저들의 표정이 굳어졌다. 뭔가 차별이라는 생각이 들었던 것이다.

기수령은 강호사현의 공동 전인이라 불릴 만큼 그들 사현의 무공을 고루 익히고 있었다. 그런 여고수가 어느 날 난데없이 나타났다. 반기는 사람도 있었지만 대다수는 어려워했다. 무림대회를 남기고 경쟁자가 늘어난 것이다. 그것도 어려운.

그런데 오늘 허난영이라는 천상음문의 인물이 나타났다. 또 한 명이 늘어난 것이다. 천상음문의 명성을 들어볼 때 절대 가벼운 상대가 아니었다. 거기다 예뻤다.

"특별한 사람들은 특별한 사람끼리 놀라는 거야?"

가장 후미에 있던 붉은 경장의 십대 후반으로 보이는 소녀가 중얼거렸다. 길게 기른 머리를 땋아 내린, 상당히 미인이란 생각이 들 정도의 소녀였다. 그러자 그녀의 주변에 서 있던 두 소녀도 굳은 표정을 지었다.

작은 방 안이었지만 여러 가지 그림들과 꽃들로 화려했다. 여자의 침실처럼 화려한 방 안의 한쪽 탁자에 세 명의 소녀가 둘러앉아 있었다.

"천상음문이라… 천상음문…… 이번 대회에 안 나올 거라 여겼는데 잘도 사람을 보냈군 그래."

머리를 땋은 십대 후반의 소녀가 탁자를 손으로 치며 이를 갈았다. 그녀는 남궁세가의 첫째 딸인 남궁소였다. 빼어난 미모의 소유자인 그녀는 현재 육대세가의 다른 소저들을 이끄는 우두머리 격이었다. 나이는 스물두 살이었다.

무공뿐만이 아니라 그녀의 아버지가 현 무림맹주이기 때문이다. 그러니 다른 세가의 사람들이 따를 수밖에 없었다.

"일단 기수령을 무림대회에 참가시키지 못하도록 해야겠는데… 어때? 일은 잘돼가니?"

"그게… 기 언니의 코가 너무 커서 그런지… 아무도 만나려 하지 않아요."

"그렇겠지……."

십대 후반의 약간 작고 마른 체격인 당혜가 고개를 저으며 대답하자 남궁소가 인상을 찌푸렸다.

"그 계집애는 송영을 좋아하니까… 물론 송영은 죽었지만, 후후……."

남궁소는 무엇이 즐거운지 웃음을 보였다. 송영에 대해 말을 할 때 지나가던 기수령의 그 우울한 얼굴을 보았기 때문이다.

"당분간은 어렵겠지만 시간이 지나면 분명히 넘어올 거야. 우리 오빠가 어디 보통 사람이니?"

"그건 그래요."

당혜가 고개를 끄덕였다. 후기지수 중 최고라 불릴 만한 인물은 송영이었다. 그런데 송영이 죽었다. 그 소식에 무림관의 젊은이들은 슬퍼했지만 내심 기뻐하는 사람들도 많았다. 무림대회에 출전할 것이 확실시 되었는데 죽었기 때문이다.

그리고 송영의 죽음으로 그 명성은 그 다음으로 높은 남궁현에게 돌아갔다.

"오빠와 함께 만나는 것을 높은 사람들에게 몰래 밝히는 거야. 그럼 풍기문란죄로 무림대회에 참가할 자격이 박탈당하지."

남궁소가 말을 하며 미소 지었다. 그러자 한쪽에 앉아 있는 악화지가 조용히 입을 열었다. 악화지는 남궁소보다 두 살 어렸다.

"그렇게 되면 남궁 언니의 오라버니도 참가를 못할 텐데요?"

"상관없어. 어차피 그것도 생각한 것이니까."

남궁소가 싸늘하게 중얼거렸다. 자신의 오빠까지도 몰아낼 생각인 것이다. 그것을 알자 악화지의 안색이 굳어졌다. 당혜 역시 의외인 듯 굳은 얼굴이었다. 그러자 남궁소가 다시 말했다.

"나는 우리 여자들이 무림대회에서 돌풍을 일으키며 올라가길 바랄 뿐이야. 더 이상 남자들의 무림맹이 되어서는 안 되는 것이잖아? 왜 무림맹주는 남자여야 하지? 다음 대의 맹주는 여자가 되어야 해. 그러기 위해서는 내 오빠라도 밟고 올라서야 한다고 나는 생각해."

남궁소가 굳은 어조로 말하자 악화지와 당혜가 고개를 끄덕였다.

"그건 그래요."

"맞아요. 저도 다음 대의 맹주는 여자가 되어야 한다고 생각했어요."

둘의 호응에 남궁소는 힘이 나는지 다시 말했다.

"일단 둘이 만날 수 있도록 최선을 다해 분위기를 조성해야 해. 알았지?"

"예."

둘이 대답하자 남궁소는 미소 지으며 눈을 빛냈다.

'천하대회에 나가는 여자는 나 혼자로 족해. 그리고 다음 대의 맹주는 내가 된다.'

남궁소가 부질없는 상상의 날개를 펼치고 있는 것과는 상관없이 기수령과 허난영은 함께 걷고 있었다. 허난영은 이미 기수령에 대해 많이 알고 있었다. 천상음문에 있다곤 하지만 강호의 소식에 어두운 편은 아니기 때문이다.

"무림관은 많은 문파의 젊은이들이 모인 곳이라 시끄럽지만 나름대로 재미있어요."

"그런 것 같네요."

허난영이 기수령의 말에 미소 지었다. 그녀들의 뒤로 몇 명의 남자들이 거리를 둔 채 따라가고 있었기 때문이다.

"그런데 무공은 언제 수련하나요?"

"그건 자기 마음이에요. 하고 싶을 때… 보통은 자신의 거처나 아니면 수련동을 찾아가요. 수련동은 무림관 뒤쪽에 있는 산중턱에 위치해 있어요."

"아……."

허난영은 고개를 끄덕였다.

무림관에 대해 어느 정도 설명을 들으며 기수령은 허난영과 함께 백화원으로 들어섰다. 백화원부터는 남자들이 들어갈 수 없기에 허난영은 백화원에 들어서면서 뒤로 돌아 손을 흔들었다. 그러자 몇 명의 남자들이 웃으며 마주 흔들었다.

'뭐야? 기대 이하로 잘생긴 사람이 없잖아.'

대충 돌며 여러 남자들을 보았지만 눈에 차는 사람은 없었다. 허난영은 실망한 표정으로 기수령의 옆에 붙었다.

백화원주와 함께 사는 기수령은 자신과 한방을 쓰라는 말에 자신의 방으로 간 것이다. 다른 건물들에 비해 조금 크고, 정원도 작은 아담한 집이 마음에 드는지 허난영은 미소 지었다.

"기 언니라 불러도 돼요? 언니도 편하게 절 대해주시구요. 어차피 한방을 써야 하잖아요?"

방으로 향하는 기수령에게 허난영이 갑작스럽게 물었다. 기수령이야 거절할 이유가 없었다. 거기다 허난영의 미소는 가식이 없었고 예뻤다. 보기 좋은 미소였다. 사람이 이렇게 예쁜 미소를 그릴 수가 있구나 하는 생각을 기수령은 문득 하였다.

"그렇게 해."

기수령은 마주 미소 지으며 방 안으로 몸을 옮겼다. 그 뒤를 따라가는 허난영은 살짝 인상을 찌푸렸다.

'나보다 예쁜 거 아니야?'

기수령의 차분하고 섬세한 이목구비가 허난영의 눈을 자극시켰기 때문이다.

방 안으로 들어가자 허난영은 주변을 둘러보며 만족한 듯 고개를 끄덕였다. 그러다 옆에 끼고 있는 금을 내려놓곤 의자에 앉으며 창가에 서 있는 기수령에게 말했다.

"그런데 기 언니, 물어볼 게 있는데?"

"응?"

기수령이 고개를 돌리자 허난영이 말했다.

"언니는 무림관에 모인 사람들 중 누가 천하대회에 나갈 거라 생각해요? 다섯 명 정도 생각한 사람은 있겠죠? 물론 언니도 포함?"

허난영이 그렇게 말하자 기수령이 미소 지으며 고개를 저었다.

"아니, 나는 아마 다섯에 들지도 못할 거야."

"에!"

허난영의 표정에 놀람이 어렸다. 그도 소문을 들어 알고 있듯 기수령은 강호사현의 무공을 고루 갖춘 인물이다. 그런데 다섯에 못 끼다니. 허난영은 자신과 기수령을 비교했을 때 많은 차이가 난다고는 생각하지 않았다. 그런 기수령이 저런 말을 했으니 가슴이 식어버릴 수밖에.

"그럼 누구누구를 생각하나요?"

"글쎄……."

기수령은 잠시 생각하는 듯하더니 입을 열었다.

"조 예선이 어떻게 나오냐에 따라 다르겠지. 확실히 누가 나갈지는 워낙에 고수들이 많아 나도 잘 모르겠는걸."

기수령이 얼굴을 붉히며 미소 지었다. 그러자 허난영이 다시 말했다.

"그럼 천하대회에 나갈 가능성이 높은 여자들은 누가 있나요? 언니처럼."

"음… 일단 나는 자신이 없으니 빼고, 허 동생이나 팽가의 팽소련? 그리고… 그 외에는 잘 모르겠어. 거기다 또 한 명의 여고수가 올 예정이거든."

"그래요? 누구인가요?"

허난영은 또 한 명의 여고수라는 말에 관심있는 표정을 지었다. 그러자 기수령이 약간 굳은 표정으로 말했다. 아마도 가장 상대하기 껄끄러운 인물이 될 것 같았기 때문이다.

"누가 올지는 모르지만 소식을 듣자 하니 보타산에서 한 명 보냈다고 들었어."

"아……."

허난영은 고개를 끄덕였다. 하지만 보타산에 대해 잘 알지 못하기에 다시 말했다.

"그런데 그곳의 무공이 강한가요? 이렇다 할 고수는 없다고 들어서요."

"아니야. 강호에 나와 잘 활동하지 않았을 뿐 그녀들의 무공은 강하지. 허 동생의 천상음문처럼 보타산도 여성들만 모여 있는데, 음문은 음공을 추구하지만 보타산은 검의 미학(美學)을 추구한다는 것이 다른 점일까? 거기다 이번에 보타산에서 나올 여자는 백 년에 한 번 나올까 말까 하는 기재라는 소문이야."

기수령의 말에 허난영은 고개를 끄덕였다. 하지만 그리 크게 신경을 쓰는 것 같지는 않았다.

"요즘 그 소문에 백화원이 떠들썩하거든, 그런데 네가 온 거야. 경쟁자가 한 명 더 온 거지."

"언니는 싫어요? 경쟁자가 한 명 더 늘어나서."

허난영이 손으로 턱을 받치며 미소 지었다. 그러자 기수령은 고개를 저으며 창가로 시선을 돌렸다.

"경쟁자는 많을수록 좋은 거라 생각해. 그래야 좀 더 노력할 테니……."

기수령은 그렇게 중얼거리며 근래에 들은 소식에 대해 생각했다.

'마정회가 사라진 지 두 달이 되어가는데 소식이 없다니… 안 올 생각인가…….'

기수령은 요즘 들어 산만해지는 자신을 느꼈다.

*　　　*　　　*

송백은 누워 있었다. 항주에서부터 어렵게 이수장에 도착해 누워서 한 달을 보냈지만 아직도 거동이 불편했다. 하지만 창살 사이로 들어오는 햇살에 상체를 일으켰다. 옆구리에서 고통이 전해져 오자 송백은 살짝 인상을 찌푸렸다.

"보름은 더 누워 있어야 해요."

어느새 방지호가 옆에 나타나 중얼거렸다. 송백은 미소 지으며 고개를 끄덕였다. 방지호의 손에는 죽이 담겨 있는 대접이 있었다.

"영양탕이에요."

"고맙군."

"여기 내려놓을 테니 식기 전에 드세요."

그렇게 말하며 방지호는 몸을 돌려 밖으로 나갔다. 방지호가 나가자 송백은 짧게 숨을 내쉬며 죽을 먹었다. 곧 다시 문이 열리며 안희명이 들어왔다. 안희명은 죽을 먹는 송백을 발견하곤 가까이 다가갔다.

"이리 주세요. 제가 떠 먹일 테니."

"손은 움직여."

송백이 고개를 저으며 사양하자 안희명은 아쉬운 듯 옆에 앉았다.

"강남의 겨울은 따뜻하네요. 북쪽은 뼈가 시릴 정도로 추운데……."

안희명은 그렇게 말하며 죽을 먹는 송백을 바라보았다. 먹는 걸 빤히 바라보면 어색해서 못 먹는다 하지만 송백은 신경 안 쓰는 듯 다 먹고 나자 다시 누웠다. 그러자 안희명이 그릇을 치웠다.

"이른 아침부터 차 소저가 열심히 만든 거예요. 그녀에게 고맙다는 말이라도 해주세요. 그런 말은 인색하게 안 하는 것보다 자주 하는 게 좋아요."

안희명이 미소 지으며 말하자 송백은 눈을 감았다.

"맛있군."

송백의 간단한 대답에 안희명은 고개를 저으며 방을 나섰다. 이제 송백은 잠들 것이다, 죽에 넣은 수면제 때문에. 자는 것이 상처의 치유에 가장 큰 보약일지도 모른다.

능조운은 밥을 먹으며 왼손으로 젓가락질을 하고 있었다. 오른손은 무거운지 밑으로 내려져 있었다. 물론 뇌정도도 함께 손에 감겨 있었다. 벌써 한 달 동안 그렇게 생활하고 있었다.

"너, 오른손 한 번만 더 올리면 죽을 줄 알아!"

안희명의 불같은 성화에 오른손은 밥 먹을 때 움직이지도 못하게 되었다. 무의식 중에 움직이다 안희명을 벨 뻔했기 때문이다. 그때 몇 대

맞았고, 또 무의식 중에 차 소저 역시 벨 뻔했다. 물을 부엌으로 나르다 차화서가 부르자 무의식 중에 몸을 돌렸는데, 뇌정도가 차화서의 소매를 벤 것이다.

"아구! 아구! 쩝! 쩝!"

능조운은 보통 사람의 두 배는 됨직한 그릇에 산처럼 쌓인 밥을 마구 입에 넣으며 씹어 삼켰다. 운동량이 많았기 때문이다.

"진짜 머슴이다. 아주 그냥 이 기회에 우리 이수장의 머슴으로 들어오는 것은 어때?"

차화서가 그 모습에 혀를 내두르며 말했다. 이미 한 달이라는 시간 동안 친해졌기에 서로 편하게 대하고 있었다.

"몰랐니? 이 녀석은 사실 내 머슴이었어."

안희명이 밥을 먹으며 말하자 차화서의 표정이 굳어졌다.

"어쩐지… 처음 볼 때부터 이상하다고 생각했어……."

차화서가 그게 사실인 양 말하자 능조운의 두 눈이 부릅떠졌다.

"이 트… 우물… 타! 탓!"

"말 좀 똑바로 해라."

"못 알아듣잖아. 입에 있는 거라도 삼켜."

"우물, 우물. 꿀꺽!"

능조운은 입에 있는 것을 삼키며 소리쳤다.

"이렇게 만든 게 다 누군데!"

능조운은 버럭거리다 다시 밥을 먹기 시작했다. 한쪽에 앉은 방지호는 조용히 식사에 열중했다. 안희명과 차서희 역시 그 말에 뭐라 하려 했지만 사실인지라 조용히 입을 닫았다.

밥을 다 먹은 능조운은 체력을 단련하기 시작했다. 일단 오른손보다 왼손의 단련이었다. 한 달이라는 시간 동안 왼손만 쓰다 보니 불편한 점이 이만저만이 아니었다. 하지만 점점 익숙해져 갔다. 그리고 오른손의 가려움증도 많이 사라졌다.

팔굽혀펴기부터 자기 키만한 거대한 바위를 들고 앉았다가 일어서기를 반복하고, 이수장의 뒤편에 있는 산을 한 바퀴 돌고 오자 온몸이 땀으로 젖어 있었다.

그리고 하는 일이 물을 날라 부엌에 가득 채우고, 산으로 올라가 나무를 패오는 일이었다. 나무는 오른손인 뇌정도로 팼다. 거대한 나무를 잘라 끈으로 묶어 끌고 오는 일도 체력을 단련하는 데 한몫 했다.

그렇게 가지고 온 나무를 왼손으로 톱질하고 잘라 왼손으로 도끼질을 했다. 오전 중에 그 많은 일들을 다 하는 것이다. 그것도 한 달이 지났기 때문에 가능했다. 처음에는 하루에 다 채우지도 못했다. 하지만 해야 했다.

역시 거대한 밥그릇에 가득 담긴 점심을 먹고 뒤뜰에 앉아 오른손의 뇌정도를 움직였다.

휘릭! 휘릭!

손목만으로 뇌정도가 이리저리 돌아갔다.

"짧게, 짧게……."

능조운은 늘 머리 속에 그 생각을 하였다. 뇌정도를 이리저리 움직이며 짧은 원과 짧은 선을 그렸다. 이제는 점점 익숙해져 가고 있었다. 짧은 원과 짧은 직선들. 그리고 마지막 도를 멈추는 선에서 왼손을 오른손의 뒤로 잡으며 힘을 전하였다.

팍!

공기의 풍압이 소리를 발산하며 퍼져 나갔다.

"좋아……."

능조운은 만족했는지 미소 지었다. 그때 능조운의 앞으로 하나의 그림자가 나타났다. 안희명이다.

"준비되었지?"

"물론."

능조운은 고개를 끄덕이며 자리에서 일어섰다. 그러자 안희명의 양손이 움직이며 도를 뽑았다.

"시작한다."

안희명의 말에 능조운은 상체를 숙이며 오른손을 들어 올렸다. 그것을 보자 안희명의 신형이 순식간에 능조운에게 달려들었다.

따다다당!

수십 개의 도 그림자가 난무하며 금속음을 연발하기 시작했다. 여전히 안희명이 달려들어 능조운의 온몸을 난타하기 시작했으며, 능조운은 그것을 막는 것도 벅찬지 뒤로 물러서고 있었다. 그렇게 오후의 비무가 시작되었다.

한쪽에서 차화서가 그 모습을 지켜보며 부엌칼을 이리저리 움직이고 있었다. 자기도 하고 싶었던 것이다.

따땅!

양도가 능조운의 뇌정도에 막히자 더 이상 움직임을 멈추었다. 능조운의 얼굴이 땀에 젖어 있었기 때문이다.

"허억! 허억!"

능조운의 입에서는 거친 숨소리와 단내가 흘러나오고 있었다. 하지만 안희명도 전신에 땀이 가득했다. 단지 숨소리만 미약하게 내쉴 뿐이었다.

"많이 늘었네."

안희명이 미소 지으며 도를 거두고 몸을 돌려 걸었다. 그러자 그 앞으로 차서희가 걸어오고 있었다. 안희명의 손이 위로 올라가자 차서희의 손이 그 손과 마주쳤다.

짝!

"임무 교대."

차서희가 말을 하며 두 개의 부엌칼을 얼굴 위로 들어 올렸다.

"흐흐……."

창! 창!

차화서가 부엌칼을 교차하듯 소리내며 능조운을 바라보았다.

"허억! 허억! 휴우……."

능조운은 숨을 고르며 지친 육체를 어느 정도 안정시키고는 뇌정도를 들어 보였다.

"와라."

쉬악!

능조운의 말이 끝나는 순간 차화서의 신형이 그림자를 남기며 능조운의 앞으로 달려들었다.

따다다다당!

또다시 금속음이 난무하기 시작했다.

차화서는 안희명보다 상대하기 껄끄러웠다. 무엇보다 차화서에게서는 알 수 없는 광기가 보였기 때문이다.

붉게 충열된 두 눈, 기괴하게 웃고 있는 입술과 일그러진 안면의 근육들, 그리고 광포하게 내려쳐 오는 수십 개의 부엌칼 그림자.

따다다다당!

"으랴앗! 죽어! 죽어! 죽어! 죽으란 말이야!"

따다다당!

능조운의 신형이 미친 듯이 뒤로 물러나고 있었다. 오른손을 빠르게 움직여 막고는 있지만 진짜 죽을지도 모른다는 생각이 들었다.

"허억! 허억!"

바닥에 풀썩 주저앉아 거칠게 숨을 몰아쉬는 능조운을 바라본 차화서는 곧 신형을 돌려 걸었다.

"저녁까지는 푹 쉬어."

차화서의 말에 능조운은 혀를 길게 내밀곤 오른 손목을 왼손으로 잡았다. 부러질 것 같았기 때문이다.

'아직도 멀었군……'

능조운은 고개를 저으며 바닥에 쓰러졌다. 아직도 체력이 모자라다는 생각이 들었다.

기초 체력이 튼튼해야 내공을 발휘해도 더 강한 힘이 생긴다. 이전까지는 뇌정도를 근력보다는 내공으로 들었다. 하지만 지금은 내공보다는 근력에 의존했다. 그리고 그 튼튼한 바탕 위에 내공을 운용하면 더욱 강인함을 지니게 된다는 사실도 알았다.

그것이 조금씩 보이기 시작한 것이다. 혈맥을 따라 흐르는 기의 순환도 전보다 더욱 활력이 돌았다. 그것은 비무를 통해 전해지는 외부의 기운 때문이다. 그 고통이 자극으로 변하여 느리게 순환하던 뇌정공을 빠르게 움직이기 시작했다. 그것을 몸으로 느끼는 능조운이었다.

거칠게 숨을 몰아쉬고 어느 정도 안정을 취하자 능조운은 일어나 자신의 방에 들어갔다. 그리고는 앉아 뇌정신공을 운용하기 시작했다.

몸과 마음이 지친 상태에서 뇌정신공을 운용하자 오히려 정신은 더욱 맑아지는 것 같았고, 육체는 가벼워지는 것을 느꼈다. 그렇게 저녁 식사 때까지 한 시진가량 운용했다.

뇌정신공은 하루에 세 번 운용한다. 새벽에 한 번, 저녁 전에 한 번, 그리고 잠자기 전. 그렇게 하루에 세 번을 반복하고 있었다.

그리고 오늘도 반복되는 하루가 끝나가고 있었다.

보름이 지났다. 날씨는 더욱 추워졌으며 날도 짧아졌다. 새벽의 공기는 더욱 차갑게 식어 있었다.

이수장의 뒷문으로 나선 인영은 빠른 걸음으로 뒷산을 향해 오르기 시작했다. 서리가 긴 풀을 밟으며 산으로 오르는 청년은 송백이었다. 이미 옆구리의 상처는 다 나았다. 활동하는 데 전혀 지장이 없자 일어나 산에 오른 것이다.

배언신의 권에 가격당해 갈비뼈가 여섯 개나 부러졌었다. 두 번의 주먹이 같은 곳을 가격했기에 상처가 컸다. 보통 사람이라면 석 달은 더 누워 있어야 했을 것이다. 무림인이기에 한 달 반 만에 일어날 수 있었다. 그리고 외공도 무섭다는 것을 알았다. 왜 소림의 무승들이 무림에서 대단한 명성을 얻는지 알 것 같았다. 그들은 내외공(內外功)의 조화가 잘 이루어졌기 때문이다.

정상에 올라 동편을 바라보았다. 아침에 떠오르는 햇살이 눈으로 들어왔다. 아직까지 해는 뜨지 않았지만, 저 멀리 포양호의 수면이 점점 붉게 물들어가고 있었다. 그리고 살짝 얼굴을 내민 태양은 수면의 출

렁임과 함께 일어나려는 듯 조금씩 모습을 드러내었다.

작은 태양이었다. 하지만 그 빛은 천지를 비추고 있었다. 점점 밝아지는 옷깃의 느낌이 피부를 타고 전해져 왔다.

"……."

뜨거움. 그것은 뜨거움이었다. 마음에서 일어나는 활화산 같은 뜨거운 의지가 요동치듯 전신을 조여왔다.

'저 해를 넘는다면… 혹시… 닿을지도…….'

송백은 떠오르는 해를 넘어볼 수 있다면 늘 자신의 앞을 막고 서 있는 스승의 그림자를 볼 수 있을지도 모른다고 여겼다. 아니, 스승의 옷깃을 잡을 수 있을지도 모른다고 생각했다.

순간이었다, 태양의 중앙에 점이 생긴 것은.

"……!"

송백의 눈동자가 부릅떠졌다. 순간 태양의 점은 점점 가늘게 좌우로 퍼지더니 곧 반을 자른 듯 태양의 중심을 잘라 버렸다. 송백의 부릅뜬 눈동자와 갈라진 듯 흔들리는 동공이 파랗게 번뜩였다. 그리고 그 검은 선은 점점 크게 변하며 태양을 조금씩 검게 잡아먹고 있었다. 순간 송백의 머리 위로 무언가 강렬한 충격이 내려쳐 왔다.

쿠쿵!

전신이 미미하게 떨렸으며 저절로 눈이 감겼다.

쏴아아아아!

순간 강렬한 바람이 송백의 주변에서 일어나며 송백의 몸으로 빨려들어 가기 시작했다. 지금까지와는 다른 맹렬한 회오리였다.

쉬아아아악!

빨려들어 가던 회오리가 더욱 맹렬하게 사방으로 뻗어나기 시작했

다. 풍압에 흙이 날렸고, 주변의 나무들이 맹렬하게 요동치기 시작했
다.

삐이이익!

그 머리 위로 한 마리의 수리가 지나쳐 갔다. 태양을 자른 것이 아니
라 수리가 태양의 중심을 날아오른 것뿐이었다. 하지만 그것은 송백에
게 충격이었다. 그리고 백회가 뚫린 것이다.

쉬아아아악!

또다시 맹렬하게 요동치며 수많은 회오리바람이 송백의 주변에서
하늘로 솟구쳐 올라갔다. 그 중앙에 서 있는 송백의 몸 안으로 한순간
빨려들어 간 회오리가 다시 요동치며 사방으로 거대한 회오리를 만들
듯 퍼져 나가기 시작했다.

적화허무(迹化虛無).

─자취만이 허무하게 남는구나.

얼마의 시간이 흘렀을까? 송백의 주변으로 요동치던 바람도, 날아오
르던 흙들도, 부러진 나뭇가지와 휘날리던 나뭇잎들도 모두 땅으로 돌
아간 듯 고요하게 가라앉아 있었다.

송백은 서서히 눈을 떠 저 멀리 보이는 해를 바라보았다. 아까와는
다르게 해는 밝았으며 빛났고 뜨거웠다.

송백의 손에 어느새 백옥도가 들렸다. 그리고 가볍게 해를 향해 일
직선을 옆으로 그었다. 그 순간 태양의 중앙에 검은 선이 거짓말처럼
그어졌다.

"……."

미미하게 떨리는 전신.

땅!

백옥도가 땅으로 떨어져 내렸다. 송백의 부릅뜬 눈은 여전히 태양을 바라보고 있었으며, 요동치듯 심장의 박동 소리는 금방이라도 터져 버릴 듯 힘차게 움직였다.

송백은 자신도 모르게 어깨에 메고 있던 검은 상자를 꺼내 백리를 손에 들었다. 순간 요동치던 마음도, 심장의 박동도 무엇 때문인지 차갑게 가라앉았다. 백리라는 이름을 눈으로 확인한 순간이었다.

쉬이익!

송백의 주변으로 미약하지만 공기의 흐름이 있었고, 그 공기의 파장이 마치 빨려들어 가듯 송백의 전신으로 빨려들어 가고 있었다. 숨을 들이쉬니 전신으로 주변의 기운이 빨려들어 왔으며 내쉬니 함께 빠져나갔다.

핏!

순간 백리에서 피어난 빛 무리가 태양 속으로 힘차게 들어갔다. 그리고 보이는 검고 굵은 선. 백옥도와는 다른 더욱 선명한 직선의 모습, 그리고 허무하게 사라지는 그 모습

짧은 시간 생겼던 선을 보던 송백은 검을 어깨에 메고 도를 손에 쥐었다. 밑을 바라보자 족히 오십여 장은 될 것 같은 절벽이었고, 숲이었다. 송백의 입가에 처음으로 미소가 걸렸다.

"하하."

가벼운 소리였다. 하지만 조금씩 그 웃음소리는 커져 갔다. 순간 송백의 발이 허공을 밟으며 절벽에서 떨어져 내렸다. 하지만 송백의 양팔은 넓게 벌려져 있었다.

"하하하하하!"

거대한 웃음소리가 산중에 메아리쳤다. 그것은 환희였고 희열이었다. 드디어 본 것이다, 스승의 그림자를.

■제10장■

모여드는 사람들

모여드는 사람들

　이십오 년 전, 하남성(河南省) 복우산의 남쪽 끝에 자리한 작은 산간 마을인 정촌(井村)에는 계곡물 사이로 많은 집들이 늘어서 있었다.

　이십대 중반으로 보이는 젊은 도사는 정촌을 지나고 있었다. 일이 있어 하남성을 지나다 길을 잘못 들어 정촌까지 온 것이다. 그리고 정촌을 지나 복우산을 넘을 때 밤이 되었고, 민가를 하나 발견하여 들렀다.

　집은 마을에서 한참 떨어진 외진 곳에 있었으며, 주변에는 사람이 사는 흔적이 거의 없었다. 앞에 보이는 텃밭만이 유일한 수입인 듯한 그런 집이었다.

　젊은 도사는 잠시 하룻밤을 보내기 위해 들렀으나 집에서 나온 여인을 본 순간 그곳에서 걸음을 뗄 수가 없었다. 홀로 사는 여인. 그리 깨 끗하지 못한 옷을 입고 있었고, 얼굴은 햇살에 그을린 듯 까무잡잡했으나 눈동자만큼은 선명하였고 아름다웠다.

산에서 사는 촌녀일 뿐이었지만 도사는 한눈에 반하고 말았던 것이다. 단지 아름다워서가 아니라 가슴을 때리는 슬픔이 도사의 가슴을 뛰게 만든 것이다.

도사는 도복을 벗고 평복을 입었다. 그리고 그녀와 함께 낮에는 밭을 갈고, 나무도 해 마을에 내려가 팔았고, 잘사는 집에 일꾼으로 들어가 매일매일 품삯을 받아왔다. 힘든 나날이었으나 행복했고 즐거웠다. 도사는 태어나 처음으로 살아가는 즐거움을 안 것이다.

여인의 창백한 입술도 조금씩 붉어졌으며, 얼굴에 낀 주름도 사라지고 미소가 가득했다. 여인도 처음으로 느끼는 행복감에 하루하루 즐겁게 보낼 수 있었다.

하지만 그 시간은 그리 오래가지 못했다. 어느 날 마을로 내려가 허드렛일을 할 때 도사의 사제가 찾아온 것이다. 이곳에 머문 지 넉 달 정도 흘렀을 때였다.

사제는 큰 사건을 도사에게 알려주었고, 도사는 그날 여인의 집에서 도복을 다시 입었다. 여인은 슬픈 듯이 바라보았지만 말리지 못했다. 그는 도사였고, 그리고 언젠가는 떠날 것이라 여겼기 때문이다.

도사는 여인을 안았다. 자신이 해줄 수 있는 일은 이렇게 안아주는 일 뿐이었다. 여인은 울었지만 소리를 내지 않았다. 그것이 도사의 발을 잡았다.

도사는 해가 떨어져서야 여인을 놓았으며 차마 떨어지지 않는 발을 옮겼다. 그렇게 여인의 집에서 나와야 했다.

자파로 돌아간 도사는 그 후 스승의 죽음을·알고 슬퍼했으며, 자신이 없는 동안 스승의 임종조차 지키지 못한 자신을 탓하였다. 그리고 도사는 장문인의 자리에 앉았다.

그리고 칠 년이 흘렀다.

도사는 그 여인이 떠오를 때면 해를 바라보고 별을 바라보며 어떻게 살고 있는지, 건강한지, 아니면 아직도 힘들게 지내는지 그 모든 것의 답을 구하려 하였다. 하지만 답은 나오지 않았다. 아무리 도사의 깨달음이 하늘에 닿았다고 하지만 알 수가 없었다.

결국 도사는 다시 복우산의 그곳으로 갈 수밖에 없었다. 자신에게 삶의 즐거움과 기쁨을 알려준 여인, 그 여인의 미소를 다시 보고 싶었다. 좋다면 그때처럼 그렇게 하루하루 품삯이라도 벌면서 살아주리라.

명예도, 권력도, 무공도, 하늘에 닿을 깨달음도 필요가 없었다. 그것을 안 것이다. 모든 것을 버릴 자신이 생겼을 때, 도사는 그곳으로 갔다. 진정한 삶이 무엇인지 알게 해준 여인에게.

하지만 복우산에 닿은 도사는 슬픔을 알아야 했다. 여인은 병석에 누워 있었으며, 언제 죽을지 몰라 하루하루를 그렇게 보내고 있었다. 그리고 여인의 옆에 앉아 있는, 이제 불과 여섯 살 정도의 소년은 그런 어머니의 손을 꼭 잡고 있었다.

도사는 눈물을 흘려야 했다. 여인의 손을 잡았을 때 여인은 도사의 얼굴을 보고 미소 지었다. 도사가 오기를 기다린 듯 도사에게 보여줄 생각이었는지 그 미소는 밝았고 아름다웠다.

"오셨네요……."

마지막 말이었다. 도사의 손을 잡은 여인은 그 말을 남기고 눈을 감았다. 결국 도사를 보기 위해, 도사의 얼굴을 한 번이라도 확인하기 위해 죽음을 거부하고 있었던 것이다.

얼마나 힘들었을까? 얼마나 외로웠을까? 그리고 얼마나 고통스러웠을까? 홀로 아이까지 낳아서 키웠으니 그 힘듦을 어떻게 느낄 수가 있을까? 도사는 하늘을 보고 소리없이 통곡했다. 결국 자신은 할 수 있는 것이 아무것도 없었다. 그렇게 하늘을 원망하며 눈물을 흘릴 때 소년의 손이 도사의 손을 잡았다.

"울지 마세요……."

작은 목소리였다. 하지만 소년은 충혈된 눈만 하고 있을 뿐 끝내 눈물을 흘리지 않았다. 도사는 소년의 손을 움켜잡고는 눈물을 떨구었다.

"울어도 된다."

그 말이 소년의 마음에 남은 담을 뚫어버리듯 울렸을까? 소년의 눈이 떨리더니 도사의 품에서 크게 울기 시작했다. 그 울음소리가 사방으로 울렸고, 도사의 손이 소년의 머리를 쓰다듬었으며 강하게 끌어안았다.

'내 아들아…….'

무당파의 장문인이자 현 절대십객 중 한 명인 명선 진인(明善眞人)은 육십이 다된 나이지만 보기에는 그저 삼십대 초반처럼 보였다. 그만큼 맑았으며 검고 윤기나는 머리카락과 수염을 기르고 있었다. 눈동자는 잔잔한 호수처럼 맑았으며 내면은 깨끗한 듯 늘 훈풍이 주변을 돌았다.

그런 명선 진인은 눈앞에 앉은 젊은 청년을 바라보았다. 총기가 뛰어나 보이는, 선이 굵은 인물이었다. 어떻게 보면 명선 진인과 닮은 것도 같았다.

이십 년 전 명선 진인이 데리고 온 인물이었고, 명선 진인의 유일한 제자였다. 명선 진인은 눈앞에 앉은 청년을 제외하곤 제자를 두지 않왔다. 그 이유에 대해 많은 사람들이 궁금해했지만 명선 진인은 다음 대의 장문인으로 눈앞에 앉은 청년을 지목했고 가르쳤다.

"청우(淸雨)야."

"예, 스승님."

"이제 곧 무림관에 가야 한다. 준비는 다 되었느냐?"

"물론입니다."

청우는 고개를 숙이며 읍했다. 그러자 명선 진인은 고개를 끄덕였다. 그런 명선 진인의 입에서 뜻 모를 말이 흘러나왔다.

"내가 가르친 검은 무엇이냐?"

"활(活)입니다."

"내가 가르친 검은 또 무엇이냐?"

"생(生)입니다."

"내가 가르친 검은 또 무엇이 있더냐?"

"학(學)이 있습니다."

명선 진인은 고개를 끄덕이며 청우의 대답에 만족한 듯 미소 지었다. 그리곤 수염을 만지며 다시 말했다.

"그래, 그 가르침을 너는 다 알았느냐?"

청우는 고개를 저으며 말했다.

"활(活)과 생(生)은 알겠으나 아직 학(學)은 알지 못하였습니다."

청우의 대답에 명선 진인은 만족한 듯 웃음을 보였다.

"허허. 학(學)에는 끝이 없다. 나조차도 모르니 그것은 어쩌면 당연한 것일지도 모른다. 그저 자만하지 말고 늘 겸손하며 상대를 존중하고 활을 행하며 생을 중히 여긴다면 좋은 결과가 있을 것이다."

"명심하겠습니다."

"좋구나, 좋아."

명선 진인은 고개를 끄덕이며 다시 말했다.

"내일 무림관으로 떠나거라. 그리고 배운 바를 무림대회와 천하대회에서 펼치거라. 결과에 승복하고 패배에 담담해야 한다. 알겠느냐?"

"명심하겠습니다."

청우는 깊숙이 엎드리며 말하였다. 명성 진인은 그저 미소만 그렸다. 그 어린아이가 이렇게 당당하게 자랐기 때문이다. 자신을 닮은 청년.

청우는 모르고 있었다. 물론 아는 사람은 세상에 단 한 명, 명선 진인 자신뿐이었다. 그리고 자신의 아들이 이제 무림대회에 나가게 된다. 아버지의 마음이 이런 것일까? 명선 진인의 마음속에는 자랑스러움과 대견함이 가득 차 올랐다.

이른 아침 무당산의 산문을 나서는 청년이 있었다. 이십대 중반으로 보이는 청년은 청우였다. 깨끗한 백색의 도복을 걸치고, 어깨에 자신의 검을 멘 청우의 옆으로 빠르게 뛰어오는 인물이 있었다.

"청우 사형!"

청우는 소리치는 목소리에 고개를 돌렸다. 그러자 삽십대 중반으로 보이는 도사 한 명이 뛰어왔다. 짧은 수염을 기른 조금 큰 덩치의 도사였다. 나이는 청우보다 많았지만 청우가 그보다 십 년 빨리 입산하였기에 사형이 되었다.

"청풍 사제."

청우도 자신과 가장 친한 청풍을 보자 반가운 듯 미소 지었다.

"아니, 무림관에 가면서 혼자 가십니까? 저를 놔두고 혼자 가면 편할 줄 알았습니까? 하하하!"

청풍은 크게 웃으며 청우의 옆에 섰다. 청 자 배 제자들 중 청우와 유일하게 친한 사람은 청풍 한 명이었다. 대사형인 청수(淸水)도 청우를 싫어했다. 장문인의 유일한 제자이기 때문이다. 거기다 무공까지 청 자 배 중 누구도 청우를 능가하지 못했다. 그것이 문제였다.

"이번에 무림맹에 가면 청수 사형이 있을 텐데 걱정입니다. 그 꼬장한 사형이 청우 사형을 보면 어떻게 해서라도 괴롭히려 할 텐데……."

청풍이 걱정스러운 듯 말하자 청우는 담담하게 미소 지었다.

"그래서 자네가 옆에 온 것 아닌가? 내가 걱정되니 말이야."

"앗! 걸렸습니까? 하하!"

청풍은 크게 웃어 보였다. 사실 청풍도 청수에게 미움받고 있었다. 다른 이유가 아니라 청우와 친하기 때문이다.

그렇게 무당산에서 두 명의 청년이 내려갔다. 때는 봄이었고, 무림 대회가 두 달 앞으로 다가왔을 때였다.

*　　　　*　　　　*

거대한 대전이었다. 좌우로 십여 개의 기둥들이 오 장여 높이로 높게 올라가 있었으며, 대전의 중앙에는 거대한 인공 호수와 그 중앙에 높게 솟은 열두 봉우리가 있었다. 그 사이로 폭포가 호수의 수면으로 떨어져 내렸다.

뚜벅! 뚜벅!

그 호수를 지나가는 백색의 여인은 휘날리는 비단 궁장을 입고 있었으며, 허리까지 흘러내린 머리카락은 살아 있는 생명처럼 윤기가 흘렀다.

여인이 호수를 지나 대전의 상단에 다가오자 대전의 상단에 앉은 열두 명의 중년여인이 미소 지었다. 그중에 가장 중앙에 앉은 여인은 사십대 초반으로 보이는 중년여인으로 고운 미소를 머금고 있었다.

"어서 오너라."

"냉유리(冷瑜璃), 부르심을 받고 왔사옵니다."

냉유리가 가볍게 읍을 하자, 가장 중앙에 앉은 청명 사태의 입가에 훈풍이 불었다. 그럴 수밖에 없는 것이 자신과 그녀의 사제들이 힘을 모아 키운 아이였기 때문이다.

"내 너를 부른 이유는 이제 무림대회가 가까워졌기 때문이다. 백 년 가까이 우리 보타산은 천상음문에 가려져야 했다. 여중제일이라 불리는 선조님들께서 남기신 비학(祕學)을 우리가 우매하여 대성하지 못한 이유도 있겠지만, 그만큼 천상음문의 무공이 고강했기 때문이다. 하지만 네가 그것을 바꾸어야 한다. 할 수 있겠느냐?"

"예."

냉유리는 고개를 숙이며 대답했다. 작은 목소리였으나 차가움이 배어 있는 듯 맑았다.

"명예를 중시할 필요도 없지만, 그렇다고 명예를 가벼이 여길 수도 없었다. 마침 무림대회가 열리고, 나이는 서른 미만이라고 하더구나. 네가 나간다면 충분히 천하대회에 나갈 수 있을 것이다. 그리고 신교의 고수를 이겨 진정한 검학이 무엇인지 보여주거라."

"명심하겠습니다."

냉유리의 명료한 대답에 청명 사태는 다시 말했다.

"그렇다고 무림대회에 너무 열을 올릴 필요는 없다. 네가 해야 할 사명은 무림대회가 아니라 태청검법(太淸劍法)의 대성이다. 강호에 나가 여러 사람을 만나다 보면 여러 가지 일을 겪을 것이다. 그 경험들이 태청검법을 완성할 것이다. 네 진정한 사명은 그것임을 명심하거라."

　"제자 명심하겠습니다."

　냉유리는 다시 대답했다. 무림대회라는 말에 심장이 떨렸으나 자신의 사명은 태청검법의 완성이란 사실에 전신을 미미하게 떨어야 했다. 그것이 얼마나 어렵고 힘든 일인지 아직은 모르지만 적어도 무림대회보다 어려울 것이라는 생각이 들었다.

　"강호는 좋은 곳이다. 그러니 사람을 만남에 있어 거짓을 보이지 말고 늘 선을 행하며 옳은 마음을 가지거라. 네 성을 냉(冷)으로 한 것은 차가운 물처럼 늘 맑고 깨끗한 마음을 가지라는 뜻에서 그렇게 한 것이다. 그 뜻을 늘 마음에 두거라."

　"예."

　냉유리가 대답하자 청명 사태는 할 말을 다한 듯 입을 닫았다. 그리고 주변으로 시선을 던졌다. 사매들에게 할 말이 있다면 하라는 뜻이었다. 하지만 모두 미소를 그리며 고개를 저었다. 더 이상 할 말이 없었던 것이다. 이제 남은 일은 자신들이 공들여 키운 냉유리가 강호에 나가는 일이었다.

　"무림맹에 있는 지기에게 이미 서신을 보내놓았다. 그러니 가서도 편히 지낼 수 있을 것이다. 출발은 내일이다."

　냉유리의 눈동자에 처음으로 기광이 어렸다. 드디어 강호에 나가는 것이다. 귀로만 듣던 강호라는 세계에 자신이 들어가는 것이다. 그 설레임이 표정으로 나오지는 않았지만 눈동자에 어렸다.

*   *   *

휙! 휙!

손 안에서 도는 뇌정도의 모습은 부채처럼 계속해서 작은 원을 그렸다. 손에 감긴 천은 이미 너덜해져 걸래처럼 변했으며, 긴 도의 손잡이가 뒤로 튀어나와 또 하나의 작은 원을 그렸다. 그리고 원이 끝날 때면 어김없이 왼손이 오른손의 뒤에 붙어 도끝이 멈춰 섰으며 끊어졌다.

팡!

도가 멈출 때마다 울리는 바람 소리가 뒤뜰에 앉은 능조운의 주변으로 울려 퍼졌다.

'반년인가……'

겨울도 지나 봄이었다. 새해가 이미 석 달이나 지났다. 그동안 능조운에게는 수많은 변화가 있었으며, 능조운의 뇌정도 역시 이미 오른손과 하나가 되었다. 그리고 왼손 역시 오른손처럼 자유자재로 사용할 수 있었다.

가장 큰 변화는 도에 있었다. 도가 원을 그릴 때 도신을 타고 가벼운 번개가 타 올랐다.

찌링! 찌링!

뇌전이 도신에 타 오르며 미약한 소리를 냈지만 그 정도면 충분했다. 어느새 팔성의 경지까지 오른 것이다. 거기다 능조운만의 새로운 뇌정도법이 탄생되었다. 기존과는 다른 짧고 단순하면서도 강렬한 도법. 능조운은 그것을 소뇌정도법(少雷霆刀法)이라 불렀다.

뒤뜰에 앉아 있는 능조운의 머리 위로 햇살이 비추었으며, 그 햇살이 검은 그림자에 사라지자 능조운이 고개를 들었다.

"시작해야지."

그곳에 안희명과 차화서가 서 있다. 안희명과 차화서의 표정은 냉막하게 얼어 있었다. 그것은 능조운의 발전 때문이다. 이제는 혼자 상대하지 못하고 둘이 한꺼번에 상대해야 했다.

"좋아."

능조운은 미소 지으며 일어섰다. 그러자 차화서가 두 개의 부엌칼을 들었으며, 안희명도 쌍도를 손에 쥐었다.

"이번에는 기필코 둘을 눕혀주지."

"흥!"

"죽어!"

슈악!

먼저 달려든 것은 차화서였다. 그녀의 쌍칼을 쳐내는 순간 안희명의 쌍도가 상하를 노리고 날아들었다. 안희명도 이제는 놀면서 상대하는 것이 아니라 자신의 절기인 환상이도를 조금씩 섞어가면서 펼치고 있었다. 차화서 역시 자신의 본신무공은 아니지만 나름대로 쌍도에 대한 도법 하나를 구해 연마했다.

어느 날부터 밀렸기 때문이다. 그때부터 성질나 공부하게 되었고, 안희명도 남몰래 특훈했다. 결국 능조운만 발전한 것이 아니라 안희명과 차화서도 발전한 것이다.

따다다다당!

이번에는 세 명의 그림자가 뒤뜰을 가득 메웠으며 손 그림자와 도 그림자들이 난무했고, 난폭한 경기들이 사방으로 난무했다. 그렇게 금속음이 그치지 않고 있었다.

　세 사람은 땅바닥에 주저앉아 있었다. 모두 땀에 젖어 있었으며, 거칠게 숨을 몰아쉬고 있었다. 능조운은 숨을 크게 몰아쉬며 안희명과 차화서를 바라보았다.

　"이제는 어느 정도 견딜 만하네. 둘이 약해진 게 아니야?"

　"뭐!"

　"흥! 우리가 진짜 상대했다면 벌써 넌 죽었어."

　차화서가 싸늘하게 말하자 능조운은 빙글거리며 일어섰다.

　"이 정도면 이제 송형에게 덤벼도 되겠지."

　능조운은 결심을 한 듯 힘주어 주먹을 쥐었다. 그리고 내일 손에 감긴 붕대를 풀 것이다.

　능조운이 사라지자 안희명은 일어나 이수장을 빠져나왔다. 차화서야 부엌으로 가야 했다. 차화서도 안희명이 남몰래 특훈한다는 사실을 알고 있었다. 그것은 능조운을 상대할 때와 다른 일이었다.

　"오늘은 좀 빨랐군."

　안희명은 바위에 걸터앉아 있는 송백을 바라보며 미소 지었다. 자신의 과외 선생이었기 때문이다.

　"능가 녀석의 무공이 날로 높아지고 있어요. 이제는 힘으로 밀리는 기분이에요."

　"천부적인 자질을 타고난 녀석이야. 어쩌면 당연한 것인지도 몰라."

　송백의 무심한 말에 안희명은 인상을 찌푸렸다. 그러자 송백이 다시 말했다.

　"하지만 네 무공도 그리 약한 게 아니다. 환상이도는 볼래 살을 위한 도법. 그 도법은 살기를 담아야만 진정한 위력을 발휘하지. 네가 잠들었을 때 펼치는 도법처럼."

송백은 잠든 안희명과 깨어 있는 안희명의 환상이도(幻想二刀)가 많이 다르다는 사실을 알고 있었다. 그리고 잠들었을 때는 분명 깨어 있을 때보다 몇 배나 빨랐고, 잔인했으며 과감했다. 그것이 진정한 환상이도였다.

"잠잘 때는 제가 잘 모르니 알 수가 없어요. 그러니 이렇게 깨어 있을 때 수련해야 해요. 그리고 잠도 한 시진이나 줄었잖아요."

사실이었다. 안희명은 이제 반나절만 잠을 잤다. 그리고 반나절은 깨어 있었다. 그것만으로도 큰 성과였다. 이미 구성을 넘어서고 있었던 것이다. 하지만 깨어 있을 때 펼치는 환상이도는 그저 오성 정도의 도법이었다.

"거기다… 저는 살(殺)을 행할 수 없어요."

안희명은 딱 부러지게 말했다. 그러자 송백은 고개를 끄덕이며 말했다.

"그렇다면 지금처럼 체력과 시각, 청각을 키워야 해. 다른 방법은 나도 모른다."

그렇게 말한 송백은 도를 들었다. 체력은 이미 오전에 단련하고 있었다. 그리고 오후에는 능조운을 통해 가벼운 준비 운동을 했다. 능조운을 통해 신경을 긴장시키며 그 긴장감을 송백에게 푸는 것이다.

안희명은 준비한 검은 천으로 눈을 가렸고, 쌍도를 늘어뜨렸다. 이제부터 송백과의 비무가 시작된 것이다.

쉬악!

미미한 바람 소리에 안희명의 도가 위로 올라갔다.

깡!

순간 십여 개의 바람 소리가 안희명의 귓가에 잡혀들었다. 그리고 빠르게 몸을 움직이며 십여 번의 도광을 피워냈다.

따다다당!

핏!

소매가 잘려 나갔다. 그것을 느낌으로 알 수 있었다. 이렇게 송백은 언제나 상처를 남겼다. 피부에 상처를 남기는 것이 아니라 마음에 상처를 남겼다.

다음날이었다. 능조운은 뒤뜰에 앉아 떠오르는 태양을 바라보며 오른손을 들었다. 그리고는 이미 걸레처럼 변해 버린 붕대를 서서히 풀기 시작했다.

툭!

때가 하도 타 검게 변해 버린 천이 바닥에 떨어지자 이제는 기억에서 사라져 버린 손이 보였다. 해를 못 봐 새하얀 손은 그렇게 칠 개월 만에 능조운의 눈앞에 모습을 보였다.

"아… 내 손! 내 손! 이게 얼마 만에 보는 손이냐! 하하하! 정말 내 손 맞는 거지?"

능조운은 호들갑을 떨며 오른손으로 얼굴을 비볐다. 그 촉감을 느끼며 감회에 젖어 있었다.

"아… 이 아름다운 손을 칠 개월 동안 못 보았다니… 하늘도 원망스럽지……."

능조운은 태양을 바라보며 중얼거렸다. 그러자 심장의 박동 소리가 커져 가기 시작했다. 과연 얼마만큼 성장했을까? 과연 어느 정도 할 수 있을까? 그 모든 것이 궁금했다, 자신의 능력과 발전이.

슥!

순간 능조운의 앞으로 검은 그림자가 나타났다. 잊을 수 없는 얼굴. 그리고 지금까지 할 일 없이 빈둥거리며 놀던 인물. 자신은 죽어라 수련할 때 옆에서 구경하며 낮잠이나 자던 인물. 죽어라 장작 팰 때 옆에 앉아서 구경하던 인물. 물을 기를 때 그 물을 떠서 마시던 잊지 못할 인물이었다.

"칠 개월 만인가?"

송백은 미소 지으며 도를 어깨에 걸쳤다. 백색의 도집이 능조운의 눈을 자극했다. 능조운은 스산한 미소를 입가에 그렸다. 그것은 자신감이다. 그리고 뇌정도를 손 안에서 돌렸다.

웡! 웡!

손목과 손가락만 이용해서 전후좌우로 돌리던 능조운은 원을 그리듯 맹렬히 돌고 있는 뇌정도의 손잡이를 잡았다.

탁!

그리고 도끝은 송백을 향했다.

"이번에는 쉽지 않아."

능조운은 자신있었다. 자신은 죽어라 수련할 때 송백은 놀았던 것이다. 눈으로 보고도 알 수 있을 만큼 송백은 책이나 보았고, 가끔 포양호에 낚시를 하러 나갔다. 그렇게 좋아하는 낚시조차 자신은 이를 악물고 참으며 수련했다. 그 결과를 지금 보여줄 것이다. 그렇게 다짐했다.

찌릉!

"……!"

송백을 향한 뇌정도의 도신에서 강렬한 전류가 피어났다. 그 모습을 본 송백의 표정이 굳어졌다. 지금까지 본 적도 없는 모습이었기 때문이다. 능조운은 이날을 위해 감춰왔던 것이다. 그리고 지금이 모든 것을 보여줄 때였다.

스릉!

송백의 백옥도가 천천히 뽑혔다. 그리고 늘어뜨린 백옥도를 확인한 순간 능조운의 신형이 땅을 찼다.

"하압!"

기합성과 동시에 회전하는 십여 개의 뇌정도가 강렬한 풍압과 전류를 뿌리며 송백의 전신으로 날아들었다. 전과는 다르게 빨라 어느새 송백의 바로 코앞에 나타났다. 순간 십여 개의 도가 사라지고, 하나의 거대한 뇌정도가 전류를 뿜어내며 송백의 목을 쳐왔다.

그리고 목에 도가 닿는 순간 능조운의 왼손이 뇌정도의 손잡이를 오른손과 함께 잡아 끊었다.

퍽!

순식간에 송백의 목으로 뇌정도가 파고들었다. 능조운의 표정이 굳어졌다. 순간 송백의 신형이 흐릿하게 사라지며 눈동자에 비쳐진 세상이 온통 백색으로 빛났다.

빡!

쿵!

능조운의 이마에 혹이 크게 났으며, 양손은 도를 잡고 앞으로 뻗어 있는 상태였다. 하지만 등은 땅에 닿아 있었다. 눈은 감겨 있었으며, 다리는 대 자로 뻗어 있었다.

송백도 가만히 놀고만 있었던 것이 아니다. 이미 길을 얻었기에 그 길에 대해 생각했고, 상념에 잠겨 있었다. 지금의 송백에게 중요한 것은 수련이 아닌 상념이었다. 그것을 모르는 능조운은 다시 누울 수밖에 없었다. 하지만 송백의 소매는 검게 그슬려 있었다. 뇌정의 기운에 타버린 것이다.

거기다 백옥도를 쥔 오른 손목이 가볍게 아파왔다. 뇌정신공이 은연중에 능조운의 전신을 감쌌기 때문이다. 그것을 뚫고 들어가 이마를 가격할 때 생긴 반탄공이 손목에 충격을 전한 것이다.

짧은 시간 동안 대단한 발전이라 여겼다. 진정으로 송백은 능조운에게 감탄했다. 안희명보다 한참 뒤떨어졌던 능조운이 이제는 안희명과도 승부를 가리기 힘들게 발전한 것이다.

만약 능조운의 뇌정도법이 대성한다면 결코 쉽게 상대할 수 없을 것이다. 그리고 능조운이라면 가능하리라 여겼다. 그때가 되면 다시 상대할 생각이었다.

"이런, 시파!"

능조운은 소리치며 탁자에 얼굴을 묻고는 손으로 두드렸다. 태어나서 이렇게 맹렬하게 수련한 적도 없었다. 그런데 송백에게 다시 정신을 잃은 것이다. 견딜 수가 없었고, 이 정도가 자신의 한계인가 하는 의구심도 들었다.

그 옆에 안희명이 앉아 있었다. 안희명은 별말을 하지 않았다. 그 상처를 알 것 같았기 때문이다.

"제기랄… 이래 가지고 무림대회에 나갈 수나 있겠어……."

능조운이 붉게 충열된 눈으로 고개를 들자 안희명은 애써 태연한 척 입을 열었다.

"천하대회에 나간다면서."

안희명의 말에 능조운의 표정이 굳어졌다.

"하지만… 지금 이 실력으로 과연 통할까? 자신있었는데… 이렇게 열심히 수련한 것도 처음이었는데……."

능조운은 자괴감에 빠져 있었다. 그것을 아는 안희명은 깊게 숨을 내쉬며 말했다.

"송 소협이 너무 강해서 그런 것뿐이야. 그러니 자신을 가져."

안희명이 그렇게 말했으나 고개 숙인 능조운은 깊은 숨만 내쉬고 있었다.

"자신만 가진다고 될 문제가 아니잖아."

능조운이 조용히 속삭이자 안희명이 인상을 찌푸리며 일어섰다. 능조운의 이런 모습에 화가 난 것이다.

"남자가 되어가지고 겨우 그런 일로 포기하는 거야? 자신을 상실하고 침울해 있고."

"이게 자신을 가지고 될 문제인 줄 알아!"

능조운이 인상을 찌푸리며 소리치자 안희명의 눈동자가 크게 떠졌다. 순간 능조운은 당황한 듯 고개를 돌렸다.

"자신만 가진다고 모든 게 다 되는 것은 아니야."

능조운이 작은 소리로 중얼거렸다. 그러자 안희명은 숨을 크게 내쉬며 신형을 돌렸다.

"그래도 믿었어. 천하대회에 나갈 거라고. 나를 위해서 싸운다고 했을 때, 그 말을 들었을 때 조금은 멋있다고 생각했으니까."

순간 능조운의 얼굴이 굳어졌다. 능조운은 놀라 고개를 들었으나 방문을 닫고 나가는 안희명의 뒷모습만 볼 수 있었다.

"바보 같은 놈……."

능조운은 입술을 깨물며 중얼거렸다.

잠시의 침묵과 고요함이 무겁게 주변을 맴돌았다. 그리고 능조운의
입에서 한숨이 길게 흘러나올 때 하나의 그림자가 나타났다.

"뭘 그렇게 실망하세요?"

"헉!"

능조운은 갑작스럽게 들린 목소리에 고개를 들었다. 어느 샌가 방지
호가 들어와 있었다. 능조운은 놀란 표정으로 방지호를 바라보았다.
기척도 없이 들어왔기 때문이다.

"몰라도 돼."

능조운은 고개를 돌리며 중얼거렸다. 그러자 방지호가 빠르게 말했
다.

"그렇게 실망할 필요가 있나요?"

'성질나 죽겠는데, 이건 또 무슨 소리야?'

능조운은 분노 섞인 눈으로 방지호를 바라보았다. 하지만 방지호는
변화없는 얼굴로 말했다.

"송 소협은 제가 볼 때 거의 절대십객에 가까워요. 그런 송 소협에
게 진 것은 창피한 일이 아니라고 보는데요? 거기다 능 소협의 실력은
이미 젊은 무인들 가운데 정상에 가까워요. 그것은 제가 보증하지요.
송 소협은 논외로 치세요. 그 사람은 사람이 아니에요. 몇 달 전에도
배언신을 단 삼 초 만에 죽였어요. 그 강남십왕 중 한 명이라 불리고,
구주십오객과 버금가는 그 자를 단 삼 초! 삼초!"

방지호는 손가락을 세 개 세우며 강조했다. 순간 능조운의 표정이 굳어졌다. 처음 듣는 소리였기 때문이다.

"자세하게 말해 봐."

능조운이 놀라 묻자 방지호가 말했다.

"작년에 송 소협이 실전 감각이 줄었다면서 어디 적당히 싸울 상대가 없냐고 하기에 제가 배언신을 지목했어요. 물론 송 소협이 혼날 거라 여겼죠. 패할 거란 생각도 했구요."

"호오."

능조운이 흥미로운 표정을 짓자 방지호가 다시 말했다.

"그랬는데 삼초 만에 죽였어요."

"그렇군. 그래서 돌아왔을 때 한 달 동안 누워 있었나?"

"그건……."

방지호는 얼굴을 붉혔으나 곧 본래의 무심한 표정으로 다시 말했다.

"배언신은 구주십오객에 버금가는 강자예요. 그자를 죽일 때 옆구리에 일권을 맞은 거예요. 그런 상처도 없이 배언신을 죽이는 것이 가능하다고 여기나요? 배언신은 이미 금강불괴라 불릴 만큼 그 어떤 도검으로도 상처를 입힐 수 없다고 소문난 인물이에요. 그를 죽이겠다고 덤비다 하늘로 올라간 무림인만 해도 부지기수고."

"하긴… 그렇겠지……."

능조운이 어느 정도 수긍을 하자 방지호는 능조운의 옆으로 다가가 작은 소리로 말했다.

"이건 비밀인데요……. 송 소협은 배언신을 죽일 때 검강(劍罡)을 구사했어요."

"뭐!"

능조운의 입이 저절로 크게 열리며 외쳤다. 그 놀라움이 컸기 때문이다.

"사실이야?"

능조운이 부릅뜬 눈으로 묻자 방지호는 자신있게 고개를 끄덕였다.

"물론이에요. 그러니 송 소협은 논외로 치세요. 그자는 인간이 아니에요. 괴물, 귀신 그런 사람이에요. 그러니 일초에 정신을 잃었다고 실망할 필요가 없어요. 오히려 송 소협은 능 소협의 무공이 많이 늘어 일초에 정신을 잃게 하지 않았다면 자신의 도가 부러졌을 거라고 했어요. 그게 싫어서 일초에 모든 힘을 집중해 승부를 걸었다고 했지요."

방지호가 귓가에 속삭이자 능조운의 얼굴에 화색이 돌았다. 검강을 구사했다면 이야기가 달라지기 때문이다. 그 정도의 고수는 절대십객에 들어갈 정도이기 때문이다. 물론 방지호는 못 봤다. 그리고 다 거짓말이다. 단지 차화서가 시켰기 때문에 하는 말이다.

"그랬었군. 어쩐지… 전에는 보이지 않던 보법을 보인다더니… 그런 수를 쓴 것이었군."

능조운은 고개를 끄덕이며 수긍하는 표정을 지었다. 그러자 방지호가 만족했는지 물러섰다.

"내일 무림관으로 떠난다고 했어요. 그러니 준비하세요. 능 소협은 분명히 천하대회에 나갈 거예요. 모두 그렇게 믿고 있어요."

"물론이지. 내가 안 나가면 누가 나간다고. 자신있다."

능조운은 주먹을 말아 쥐며 전신을 미미하게 떨었다. 새로운 각오를 다진 것이다.

탁!

방지호가 사라지자 능조운은 떨리는 얼굴로 미소를 그렸다.

"검강이란 말이지… 검강… 목표는 멀리 있을수록 좋겠지……"

능조운은 굳은 결심을 한 듯 주먹을 굳게 쥐었다.

*　　　　*　　　　*

염동서는 아침 일찍부터 부지런히 움직여야 했다. 드디어 자신의 손님들이 떠나기 때문이다. 그동안 바빠 자주 만나지는 못했지만 방지호의 보고로 어떻게 지내는지 손바닥 보듯 알고 있었다. 특하나 송백이 배언신을 죽인 사건에 대해 내심 좋아했다. 그도 사실 껄끄러웠던 상대였기 때문이다. 손 안 쓰고 코를 푼 격이니 좋아할 수밖에 없었던 것이다.

그것은 행운이라 불릴 만했던 사건이다.

마당에 나오자 방지호가 이른 아침부터 하인들과 함께 말을 준비하고 있었다. 방지호도 이번 무림맹 입성에 함께하기로 한 것이다. 물론 그것은 염동서의 생각이기도 했다. 방지호로 하여금 조금이지만 무림맹의 정보를 얻기 위해서다.

그리고 십무성 중 두 명을 참가시켰다. 그것은 현 무림의 무공이 어느 정도인지 측량하기 위한 목적이었다. 물론 우승은 바라지 않았다. 우승을 바라기엔 무림의 깊이가 너무도 깊었다. 당장 눈앞에 있는 송백만 봐도 포기해야 했다. 저런 인물이 수두룩하다면 염동서는 무림을 혐오했을 것이다.

"준비는?"

"말만 있으면 되는데 무슨 준비를 하지요? 어차피 가는 길목마다 객잔이 있고 주루가 있어요."

방지호가 고개를 돌리며 대답하자 염동서는 고개를 끄덕이며 말들을 바라보았다. 다섯 필의 말이었고, 모두 비싸 보였다. 그리고 그중에 한 마리의 말이 눈에 들어왔다. 흰눈 같은 백마, 그것을 본 순간 염동서의 눈이 부릅떠졌다.

"뭐야! 저건 내 귀염둥이잖아!"

염동서가 놀라 방지호에게 다가가자 방지호가 백마의 고삐를 잡으며 말했다.

"차 무성께서 탄다고 꺼내라 하셨어요."

"헉!"

염동서의 발이 멈추었다. 차화서가 타기 위해 꺼낸 것이기 때문이다. 염동서의 전신이 미미하게 떨렸다.

'내 이년을 그냥!'

염동서는 오늘만큼은 그냥 안 둔다는 생각으로 이를 갈았다. 그 순간 차화서의 모습이 눈에 들어왔다. 가벼운 경장 차림을 한 차화서의 모습은 수수했으나 여전히 여인 같다는 느낌이 들 정도로 서정적인 분위기를 뿌렸다. 그런 차화서의 눈이 염동서를 향했다.

"어머, 사형! 오늘따라 멋있어 보이네요."

순간 차화서의 눈에 미소가 어리며 염동서의 곁으로 다가왔다. 오늘따라 귀엽게 미소를 그리고 있는 그녀였다. 염동서의 주먹이 순간 올라가려다 내려갔다.

"사형의 애마 좀 빌려 탈게요. 너무 예쁘니까 꼭 한 번 타보고 싶었어요."

"그… 그래… 사매가 탄다면야……."

염동서는 자신의 애마를 바라보며 앞으로 거칠게 다룰 차화서의 손

길을 상상했는지 눈시울이 붉어졌다. 하지만 어떻게 할 수가 없었다. 차화서는 자신이 가장 예뻐하는 사매였다. 아무리 성격이 지랄 같아도 예쁜 것은 어쩔 수가 없었다.

차화서가 백마의 말고삐를 잡을 때 능조운과 안희명이 걸어나왔다. 안희명은 아침에 눈을 뜬 듯 약간 졸려 보였고, 능조운은 밝은 미소를 입가에 매달고 있었다. 어제의 일은 모두 잊은 듯했다. 그 뒤로 송백이 천천히 걸어왔다.

"모두 좋은 아침."

능조운이 밝게 미소 지으며 말했다.

"좋은 아침."

"날씨가 좋네요."

차화서와 방지호가 말하자 능조운은 염동서의 옆으로 다가갔다.

"염형은 안 가는 것이오?"

"하하. 저는 할 일이 많아서……."

"아쉽구만… 무림관에는 예쁜 여자들도 많은데……."

능조운이 염동서의 귓가에 가늘게 속삭였다. 그러자 염동서는 어색하게 미소 지었다.

"험, 험. 능 소협은 참……. 하하."

염동서가 그렇게 어색하게 있자 송백이 다가왔다.

"출발하기에는 너무 좋은 날이군."

"그렇소. 좋은 날씨요."

송백의 말에 염동서는 하늘을 바라보며 고개를 끄덕였다. 구름 한 점 없는 맑은 날이기 때문이다.

"작별인가?"

"설마 그렇게 되겠소? 하하, 또 만나게 될 것이오. 거기다 그림자도 따라가지 않소?"

염동서는 송백의 말에 미소 지으며 방지호를 바라보았다. 송백도 그녀를 보자 고개를 끄덕였다. 그녀가 있다면 염동서는 어디에 있더라도 자신의 상황을 파악하고 있을 것이다.

"그럼 무림대회에 참가하는 사람은 송형과 능형, 그리고 안 소저와 차 소저 이렇게 네 분이구려. 모두 본선에 진출하길 바라오."

염동서가 포권하며 말했다.

"사매도 본선까지 올라와라. 본선부터는 일반 무림인들에게도 공개를 하니 한쪽에서 내가 구경하고 있으마. 물론 탈락하기를 빌고 있으마. 아니, 본선에도 못 올라오는 것은 아니겠지?"

"흥! 그 꼴 보기 싫어서라도 천하대회에 나가야겠네요."

"좋아. 본선에 올라가면 그 말을 너에게 선물하마. 그러니 열심히 해야 한다."

"흥!"

차화서는 고개를 돌렸다. 하지만 염동서의 응원을 충분히 느꼈다. 송백도 말에 올라타고 방지호만이 남자 염동서가 그녀의 곁으로 다가갔다. 그리곤 귓가에 입술을 붙이며 속삭였다.

"무림관에 가면 기수령이라는 소저에 대해 조사하거라. 그녀의 취미라든지, 좋아하는 음식이라든지, 좋아하는 분위기나 뭐 그런 거."

"……"

방지호는 입을 닫았다. 이번 일이 자신에게 얼마나 중요한 일인지 잘 알기 때문이다. 물론 지금의 말은 자신의 사명과는 전혀 상관없는 말이었다.

"아니, 그냥 심심할 때 조사해 봐."

방지호에게서 대답이 없자 염동서는 다시 말했다. 그러자 방지호가 말 위에 올라타며 고개를 저었다.

"시간이 날지 모르겠네요."

방지호의 대답에 염동서는 그녀의 귓가에 전음을 보냈다.

"훗, 부탁한다. 이건 문주의 명령이다."

"문주님의 명령이라면 어떤 일이 있어도 완수하겠어요."

방지호가 대답하자 염동서는 만족한 듯 한쪽으로 물러섰다.

"모두 건승을 기원하겠소."

"아자!"

능조운이 소리쳤다. 그 외침에 긴장했던 얼굴들에 미소가 걸렸다. 그리고 능조운의 말이 먼저 허공을 찼다.

"무림이 우리를 기다린다. 출발!"

능조운이 소리치며 앞으로 나아가기 시작하자 다른 말들도 출발했다. 마지막에 남은 것은 송백이었다. 송백은 염동서를 내려다보며 가벼운 미소를 보였다.

"고맙군."

"서로 돕고 사는 것일 뿐이오."

염동서가 미소 지으며 대답하자 송백이 다시 말했다.

"우리는 어느새 친구가 된 것 같군."

염동서의 표정이 잠시 굳어졌지만 이내 호탕한 웃음을 흘렸다.

"그것을 이제 알았소? 하하하!"

그렇게 웃던 염동서는 곧 웃음을 멈추고 굳은 표정으로 말했다.

"차 사매와 지호를 잘 부탁하오."

염동서의 염려 섞인 눈동자를 바라본 송백은 고개를 끄덕였다.

"무림맹에서 만나세."

"무림맹에서."

염동서가 포권하자 송백의 말이 천천히 출발했다. 저 앞에 이수장의 정문에 서 있던 네 필의 말이 송백의 말을 기다리고 있었다. 그들이 정문을 통해 빠져나가는 모습을 지켜보던 염동서가 문득 중얼거렸다.

"이제부터 시작인 것이다."

무엇이 시작인 것일까? 그것은 염동서만이 알고 있었다.

『송백』 5권으로 이어집니다

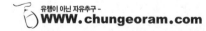